Tharn Type Story

ターン タイプ ストーリー

1

MAME

目次

Contents

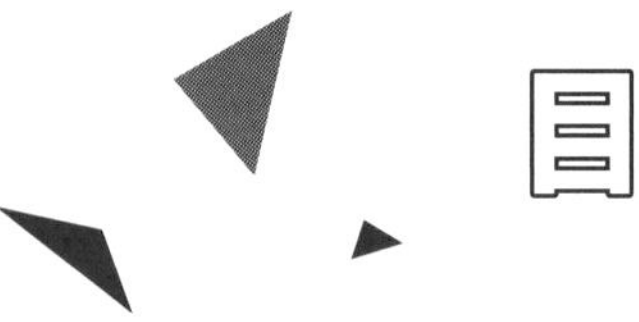

プロローグ……6
第一章……13
第二章……27
第三章……41
第四章……55
第五章……68
第六章……82
第七章……96
第八章……112
第九章……126
第十章……140
第十一章……154

第十二章……168
第十三章……182
第十四章……197
第十五章……212
第十六章……229
第十七章……242
第十八章……255
第十九章……269
第二十章……281
第二十一章……295
第二十二章……309

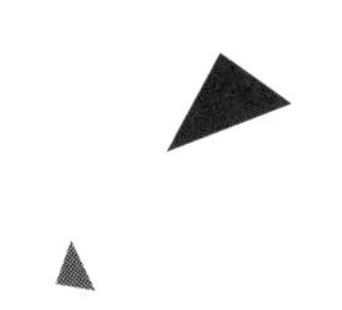

人物紹介
Character

ルームメイト

ターン（Tharn）

音楽学部でドラムを専攻している大学1年生。見惚れるほどのルックスと人柄の良さで、男女問わず人気が高い。自分の性的指向に対して否定的なタイプの態度に納得できず彼からの嫌がらせに屈することなく反撃する。

タイプ（Type）

スポーツ学部を専攻している大学1年生。仕方なく男子寮に入ることになり、ルームメイトとしてターンと出会う。素直で明るい性格だが、彼がゲイだと知ると態度が一変し、部屋から追い出そうと画策する。

友人

ロン（Lhong）

ターンの友人で、同じ音楽学部を専攻している。彼の恋愛遍歴をよく知っており、ターンの様子をからかってくることもしばしば。

友人

テクノー（Techno）

タイプとは高校からの友人で、大学でも同じスポーツ学部を専攻している。お調子者だがタイプのよき相談相手。

装画
須坂紫那

TharnType Story 1

プロローグ　タイプの場合

「ゲイなんて大嫌いだ！」

　これは口が酸っぱくなるほど俺がみんなに言い聞かせている言葉だ。

　中学、高校と言い続け、大学生になってもずっと言っている。もしこの世で何が一番嫌いかと聞かれたら、ゲイと答えるくらい大嫌いだ。

　ちょっと待って、そんなに怒らないで。俺は性差別主義者というわけではない。〝俺に関わってこない限りは〟どんな性的指向であっても平等であるべきだと思ってる。

　しかしなぜ同性愛者という輩(やから)は俺に興味を持つのか、生まれてから十八年と半年が経った今でもさっぱり分からない。ああ、話してたらムカついてきた。

　あいつらは何を考えて自分勝手に俺に声をかけてくるのか全く理解ができない。話しかけられるだけでも気持ち悪いのに、腕を撫(な)でてくる変態までいる。自分の腕でも撫でておけばいいのに、よりにもよってこの俺の腕を撫でてくるのだ。

　少し話をしただけで頭に血が上ってきた。もう充分だ、これ以上ゲイについて語らせないでくれ。視野が狭いだの、精神的に未熟だの、世間知らずだの、色々言われるのはもううんざりなんだ。

「嫌い」なものは「嫌い」なんだから。

「もしゲイだったらタイプには関わるな、一番いいのは彼にゲイだとバレないようにすることだ」というのは、ずっと前から俺の周り全員に共通する認識だ。

　実際、俺は奴らをただ怒鳴るだけではなく、蹴飛ばしもするくらい本当に嫌いだから。

　大学に入学する時、父親に男子学生寮じゃないところで一人暮らしをさせてほしいと、土下座する勢いで頼んだ。最高な大学生活を送るはずだったんだ。どこの誰かも分からない赤の他人と生活することもなければ、女の子を部屋に連れ込むチャンスだってあった。考えるだけでわくわくしていた。それなのに……。

　夢物語は父親の命令で儚くも散ってしまった。

「お前は寮でないと駄目だ。他人と生活することで協調性というものを学んでこい。専攻学部の友人との付き合いだけではなく、他の学部の友人ともコネクションを作るんだぞ。分かったか？　二年生になる時にまた話し合おう」

　つまり、一年生の間は大学の男子学生寮に入ることを強制されたのだ。一年経ったら引っ越しさせてもらえるよう、父親に泣きつくしかない。

　そうなると気になるのが「ルームメイトがどんな奴か」ということだが、その結果は……。

「タイプ、このお菓子食べていいよ。先輩にもらったんだ」

　かっこよすぎるだろと内心思いながら、ベッドの上でおどけてウインクをするイケメンを眺める。あと一年間、こいつと一緒に生活をしないといけない。ふざけている時もイケメンさが止まらない彼と。

　俺の言いたいことが伝わるといいけど、かっこよすぎて足元がゾワゾワするくらいのオーラを出しているんだ。同室の俺なんて全くかなわない。

　そうだな。このイケメンについて、もう少しきちんと説明をしないといけないな。

　バンドマンのターンは、付属の中高等部からこの大学に内部進学で来たようだ。百八十センチメートルオーバーの俺と同じくらい高身長で、音楽学部でドラムを専攻しているだけあって身体も絞られている。とはいっても、ドラムと身体になんの関係があるのか俺もよく分からないがとにかく筋肉質なんだ。

　そして顔はイケメン、この一言に尽きる。クオーターで中近東のルーツがあると噂で聞いたことがあるが、鼻が高くて俺の目に突き刺さりそうなほどだ。しかも色白である。俺よりも……。

　本当に、こいつにはかなわない。

　何よりも俺を安心させたのは、ターンのかっこよさが女子の心と子宮を鷲掴みにしていること。つまり、ゲスな〝ゲイ〟には興味がないということだ。

　やったぜ、これで今年は安泰だ。

俺はターンの私物である丸テーブルに置かれたお菓子を見ながら、彼がハンガーにかけてあった制服を取ってタンクトップの上に羽織るのを見ていた。確かに外見は完璧だ。ただ、それだけではなく性格もいい。イケメンなのに傲慢じゃない。そこもあいつのいいところだ。

寮に入ってまだ四日間しか経ってないが、たったその短い間でも、大袋のお菓子をいつも俺に分けてくれる。昨日なんて、学部の新入生オリエンテーションが終わって、あまりの疲労で這うように部屋に戻ってきた俺に、食事も分けてくれたんだ。

もう一つ、ターンは物静かだ。いつもベッドの上で目を閉じてイヤホンをつけている。何を聞いているのかは見当もつかないが……とにかく、俺はこのルームメイトに総合的に満足しているということだ。

「もう大丈夫だよ、何日ももらってばかりで悪いからさ」

俺は振り返って、伸びきった寝巻きのシャツを脱ぎながら言った。

「俺一人じゃ食べきれないから一緒に食べてくれよ」

ターンは笑っている。

実は呼び方を「君、僕」から「お前、俺」に変えたのはつい昨日のことだ。その方がずっと、会話がスムーズにいく。

「ははっ、女の子のファンから差し入れをもらってるんだろ」

親しくなったばかりということもあり、距離感は保ちつつもふざけて言ってみた。制服を着終わってターンを見ると、彼も俺を見ている。目が合い、ターンは肩がけ鞄を掴み取って言った。

「授業に行ってくるよ」

今のあいつの視線、変じゃなかった？　気のせいか？　ゲイを気にしすぎて、俺、どうかしちゃったんだな。

そうして俺は、ターンと同じように鞄を取って授業に出ることにした。

さすがに神様も俺がゲイと一緒に一年間も生活す

るなんてイタズラはしないだろう。

……ところが、神様はイタズラを一つどころかいくつも仕掛けてくるってことを、その時の俺はまだ知るよしもなかった……。

プロローグ　ターンの場合

「どうした、今朝は早いな」

「おう、部屋にいても何もすることないからな」

「〝何か〟をする相手がいないって正直に言えよ」

その言葉に、俺は大きくため息をつくしかなかった。飛びついてきた親友の手を振り払い、朝食をとるため学食に入っていく。高校時代からの腐れ縁で続いている親友のロンは俺についてきて、まだ軽口を叩いている。

「お前、大学の男子寮にいるって本当か？　今まで寮なんていたこともないのに、どうしたんだよ。大学の外のマンションで一人暮らしだってできるだろ」

「マンションは通学が面倒なんだよ。本当も何も、引っ越しだって済んでる」

少し肩を竦め、鞄をベンチに置いて言った。

「ルームメイトもいい奴だしな」

「スポーツ学部の奴だろ？」

「そう」

いつものおばさんがいる売店へ着く前に一言だけ答える。いつものメニューを頼み、携帯電話に目を落としてはみたものの、頭の中はルームメイトのことでいっぱいだった。

最初は俺も寮に入るか迷っていた。なぜなら俺は超がつくほど潔癖だからだ。大抵のことは我慢できても、不潔なものだけはどうしても生理的に受けつけない。ロンに言った通り、本当に通学に便利だからという理由だけで寮に入ることを決めたのだ。寮に住んで通学時間を節約できたらその分練習ができる。

言ったかどうか忘れたけど、俺は高校生の頃からドラムを専攻していて、大学に進学したからには真面目に打ち込みたかった。寮に住んでいれば夜遅くなっても問題ない。ドラムの練習時間をたっぷり取れるし、他にも寮に住むメリットはたくさんある。ルームメイトを気に入ったこともそうだ。

最初にスポーツ学部の奴と同室と聞いた時は少し不安だったが、今のところは問題ない。タイプはどんなに疲れていても、部屋に帰ってきたら真っ直ぐにシャワーを浴びに行くからだ。

それにあいつは正真正銘のイケメンだ。

タイプは色白じゃないし、クオーターの俺みたいな肌とは全く違うといってもいい。ただイケメンだということに間違いはない。特に目。タイの南部出身だと言っていたが、マレーシア国境近くの深南部ではなく、恐らくスラタニーの辺りだろう。

そして彫りが深く、女の子たちが泣いて羨ましがるほど長いまつ毛。しかもスポーツマンらしい引き締まった身体をしている。

タイプが俺の目の保養になっていることは間違いない。なぜかというと——。

「ターン、毎朝同じもの食べてるな」

声の方へ顔を向けると、ベースを肩にかけている痩せ細った三年生の男が、おずおずと不安そうな顔で微笑みかけてきた。

一旦ルームメイトに想いを馳せるのをやめよう……彼は「元彼」だ。

「はい」

丁重に答え、俺は携帯を見るふりをした。

話したくないわけではない。ただ、食欲がなくなるくらいには最悪な別れ方をしただけだ。学食のおばさんにお金を払ってテーブルに戻ると、ロンが元彼を見ながら言った。

「ヨリを戻したがってるんじゃないのか？」

俺は「ふざけるな」とだけ言って朝食を食べはじめたが、ロンは面白半分に俺を指差して続ける。

「ふざけてなんかないさ。お前、気をつけろよ、学部内だけでもお前の元彼ばっかりじゃん。元彼たちがお前を巡って殴り合いするとか、あり得るぞ。そうそう、お前のルームメイトも気をつけないとな。お前と同じ屋根の下で毎日暮らしてるんだから、嫉妬されて大変じゃないか？」

「あいつはストレートだぞ」

ふーん、とだけ小声で呟いたロンと目が合う。

「俺のルームメイトはストレートだ」

そう、そして俺はゲイなんだ。

「モテ男のターンだったら、ストレートの男でも落とせちゃうだろ」

ロンは真顔で、いつものように核心を突くようなことを言った。

俺は大きくため息をついた。ストレートの男を好きになっても、その結果は見えている。大半はただただ傷つくだけだ。それもボロボロになるまで……。だが、もっと最悪なのは、もう二度と女なんて抱きたくないとストレートの男に思わせることだ。そんなことを俺は望んでいない。

「俺がストレートの男には手を出さないことくらい、ロンも知ってるだろ」

俺は肩を竦めて朝食を食べ続けた。親友でなかったら舌打ちしていたところだ。しかしロンはこの会話を終わらせる気がないらしく、前のめりになって続けてくる。

「お前のルームメイト、ゲイが大嫌いらしいぞ」

俺はしばらく黙り込んでから頷(うなず)いた。

噂には聞いていた。俺がゲイだとあいつが知らない限り、安泰に暮らせるだろう。俺もバレないように気をつけているし、後々トラブルにならないよう、意識してストレートの男には近づかないようにしている。

つまり、タイプには絶対近づかない、ということだ。

「あいつにバレない限り問題はないさ」

そう言って俺は全く興味がないふりをした。俺の頭の中は音楽のことでいっぱいなんだ。ただ、少なからず好みの男と同じ屋根の下で一緒に生活するのは、理性を抑え込むのが難しい。ダメだ、ダメだ、煩わしいことはできるだけ避けないと……。

「ゲイ嫌い」と俺みたいな「正真正銘のゲイ」の同居生活にこれから何が起こるのか、その時の俺はまだ知るよしもなかった……。

第一章　嫌いなものほど逃れられない

よーい、スタート！

ザッバーン！

水着姿の学生たちが冷たい水に一斉に飛び込むと、ガラスのようにきらきらと輝く水面(みなも)が白い泡でいっぱいになった。先生の声とスポーツ学部の一年生たちの弾んだ声が交錯する。猛暑の中、冷たい水に入るだけで気持ちがいい。ティワット――通称タイプにとってもそれは同じだ。タイプは漁師の息子らしく、先生の号令とともに真っ先にプールに飛び込んだ。

水泳の授業はスポーツ学部一年生の必修科目であり、全員が履修しなければいけない。泳げる学牛にとっては楽勝だが、泳げない学生には地獄の猛特訓が待っている。少なくとも後期の期末試験までには泳げるようにならないといけないからだ。

タイプはというと、どんな泳法でもイケる。〝溺(おぼ)れた子犬のような〟泳ぎ方だってマスターしているのだ。

「タイプ！　俺と一緒に初心者クラスでやろうぜ」

「泳げないなら泳げないって言えよ！　カッコつけてないでプールの縁にでも掴まってろ馬鹿！」

例外なく全員が履修しなければいけないこの科目で、彼は〝あの男〟に再会した。

高校時代の友達、テクノーだ。

タイプがテクノーと知り合ったのは、高校一年生の体育祭だった。彼はサッカーチームに所属していたものの、タイプと同じ理数学科ではなく、元々は美術科にいた。体育祭で全十クラスを五チームに分けた時、タイプのクラスとテクノーのクラスが同じチームになったというわけだ。

しかし彼らは最初からそんなに仲が良かったわけではない。二年の体育祭で、タイプのクラスの人数が足りなかった時にサッカー経験者のテクノーが助っ人となり、試合に勝つことができたのがきっかけだった。サッカーだけでなく全ての競技で彼らの組が勝ち、そこからテクノーと仲良くなったのだ。あの体育祭は、テクノーにとってスポーツ学に興味を持つ原点でもあっただろう。

昔話はこのくらいでおしまいにしよう。とにかくタイプとテクノーは高校時代からの友達である。

しかしテクノーは、サッカーは上手だが、全くといっていいほどのカナヅチだ。

「惨めだな～」

タイプは頭を抱えて苦笑いしながら、プールの縁を掴んで初心者のバタ足の特訓をしている友達を見ていた。「サッカーで勝負しようぜ」という負け犬の遠吠えが聞こえてくる。

先生から言われた通り真剣に足をバタつかせている彼を見ながら、小麦色の肌のタイプはふざけて答えた。

「わざわざ負ける勝負なんて誰がするか。馬鹿」

「馬鹿で結構！　俺は大学のサッカー選抜チームに選ばれたんだぞ！」

タイプはテクノーと同じようにバタ足をしながら「筋肉ムキムキの足はよく動いても、脳みそが働くとは限らないみたいだな」と、冗談めかして言った。

ジリジリと照りつける太陽の下、冷たい水の中で遊ぶことほど気持ちがよいものはない。

すると突然、テクノーが尋ねてきた。

「お前もサッカーチームに入らないか？」

「それはごめんだな。俺がサッカーは得意じゃないことくらいお前も知ってるだろ。お遊び程度しかできない」

その的を射た返答に、彼は笑いだす。

「だったら選手兼監督をすればいいじゃないか」

「おい、話聞いてたか？　しつこいぞ」

「お前にぴったりだ」

テクノーはまだ誘ってくる。確かにタイプは高校の体育祭の時も選手兼監督だった。試合が始まってピッチに立つと、人一倍動き回ってボールを奪いまくり、ディフェンダーとしての役割を充分に果たしたうえに、さらにはフォワードとしても走り回ったのだ。

てるさ」
「お前がいいディフェンダーだっていうのは分かっ

テクノーは息をぜいぜいさせながら言った。毎日サッカーコートの中で走り回って鍛えていても、水の中ではなんの意味もないらしい。プールの縁に必死にしがみついている手の関節は真っ白になり、話すのも辛そうだ。

「飽きたら退部するぞ。いいな？」

「絶対に大丈夫だから入部しろって。俺たちで同級生の仲間を増やして、ゆくゆくは俺がコーチになるんだ」

野望を口にするテクノーは、サッカーの話になるといつも真剣だ。だから、なぜ入学時からサッカーを専攻しなかったのか周りも不思議に思っていた。

その理由は馬鹿げたものだったが。

「専攻希望の用紙を書く時に番号を間違えたのさ」

それを聞いた時のみんなの顔は簡単に想像できるだろう。彼自身、この馬鹿げたミスに気付いた時にはどんな面持ちだったのだろうか……。

「そうだ、今日の夕方に新入生オリエンテーションがあるだろ？　その後、何か食べに行こうぜ」

「また今度な。何か買って帰って部屋で食べる。ルームメイトに何日も奢ってもらってばかりだしな」

「ああそうだ！　ルームメイトといえば——」

バシャーン！　ブクブクブクブク……。

「うう……タイプ、た、助けてくれ‼」

話し終わる前に、テクノーはしっかりと掴まっていた縁から手を滑らせていた。

少し考えたら、手が滑ったら脚を上げて縁にかければ溺れないということくらいすぐに分かりそうなものなのに。サッカーのことしか頭にないサッカー馬鹿のテクノーは、虚しく手をバタバタさせて声を詰まらせるだけで、どんどん沈んでいく。プールの水を大量に飲んだらしく目を見開いている。

「はぁ、はぁ‼」

「わっ！　テクノー、俺に抱きつくな！」

「溺れる！　溺れる！　たすけ……！」

タイプの首に抱きついている奴はまだそんなことを叫んでいる。頭は水中から出ているのに……もう少しで彼の頭を水の中に押し込むところだった。

「もう溺れてないだろ。大人しくしろ、馬鹿！」

　大声で叫んだために、周りのみんなが一斉に自分達に注目していることに気がついた。先生も慌てて こちらに泳いでくる。

「どうしたの？」

「テクノーが馬鹿やってるだけです」

　タイプはふざけてそう答え、もう縁に掴まることができるはずなのにまだ両手でこちらにしがみついてくるテクノーに冷たい笑みを向ける。ハッと我に返ったテクノーはタイプを振り払って縁にしがみつき、バツが悪そうに笑った。

　その様子に女の先生も苦笑いしているようだ。

「この科目には溺れている人を助ける授業もありますからね。溺れた人がパニックになってしがみついて自分から離れようとしない時は、まず自分が落ち着くこと！　水泳は遊びじゃないですよ！」

　先生は溺れて照れ笑いをしているテクノーの身の安全を確認すると、いくつか注意点を言って泳ぎ去っていった。

「ごめんって」

「ごめんじゃ済まない！　お前に引っ張られた髪が抜けたら、内臓が破裂するまで蹴飛ばすからな！」

　タイプは頭を抱えながらそう言った。次の授業の時は絶対にテクノーには近づかないでおこう。陸のエースが水中ではただの負け犬だなんて誰が想像できるものか。

「で、さっきは何を言いかけたんだ？」

「忘れた」

「馬鹿、プールの塩素水を飲みすぎておかしくなったか？」

　学生にレクチャーをしている遠くの先生を眺めながらタイプは再び頭を抱えた。

　一方でテクノーも、照れくさそうに頭を掻きながら、何か大切なことを言おうとしたのにな、と考えていた。一年生は他の学科生と一緒に履修する科目が多いものの、タイプとテクノーは専攻学科が違うのでめったに会うこともない。

「タイプに何を言おうとしていたんだっけ？　喉まで出かかっているんだけどなんだったかな？　すごく大切なことだったんだけど……」


「おい、チャンプの身体見たか？　すごいぞ。こいつと比べたら俺なんてガリガリだ」

「ははは。俺の家の隣がムエタイジムでよく練習に行ってるんだよ。蹴りや打撃の練習をしていたら自然と筋肉がついたってわけ」

「へえ、ジムで鍛えてるボディビルダーみたいだもんな」

タイプは更衣室で濡れた髪の毛を拭きながら、テクノーに思いっきり引っ張られた髪を確認していた。クラスメイトたちはそれぞれに女の子の話やエッチな話で大盛り上がりしている。タイプのすぐ隣にいるグループは、興味津々に筋肉質な身体について話しながら、着替えているチャンプを盗み見ていた。

同じくスポーツ学部のチャンプは、タイプやテクノーほど高身長ではないものの、ムエタイをしているだけあり、比較にならないほどガタイがいい。喧嘩でもしたら、一蹴りで相手は走って逃げ出すだろう。

「ジムといえば……俺は絶対にどこのジムにも入会しないって決めてるんだ」

「なんでだ？」

「男に襲われそうで怖いから」

チャンプはタンクトップに着替えながら冗談半分、本気半分でそう答えた。

「冗談じゃないぞ、ほら、俺ってイケメンだからいつも男に熱い眼差しで見られるんだ。勘弁してほしいぜ。シャワー室で屈んで床に置いてある石鹸を取るのも押し倒されそうで怖いったらないよ。しかも万が一気持ちよかったらどうしようかってね」

「はははは！」

チャンプの冗談は、その場にいたタイプ以外の全員を爆笑の渦に巻き込んだが、タイプだけは頭を抱えた。冗談が面白くなかったわけではない。同じような熱い視線を向けられた時、背後がゾクゾクするだけでなく、身体中に鳥肌が立つ感覚を何度も味わっているからだ。悪寒が走って、血液が逆流して、嫌な汗が噴き出る感じだ。きっと女の子が処女を失う怖さよりももっと嫌な感覚。

仕方ないじゃないか。そんな趣味はないんだ。

「そうだ！　思い出した！」

爆笑の中、テクノーが突然大声で叫んでみんなの注目を浴びた。隣にいたタイプも困惑気味に彼の方を振り返る。

「またしてもなんなんだよ、塩素水の飲みすぎで本当におかしくなったんじゃないか？」

「違う違う、タイプ！　お前にとってすごく大事なことを思い出したんだ！」

テクノーは真顔で何度も頭を振った。すぐにでも話したそうだったが、周囲が見ていることに気付き、タイプの首を掴むと更衣室の隅に引っ張っていく。

「なんだよ！」

「寮の部屋を替える手続き、まだしてないよな？」

テクノーは少し困ったような顔をして尋ねてきた。

「部屋を替える？　なんでだ？」

タイプはその質問の意図がさっぱり分からずに聞き返した。

テクノーも寮に入って友達を作りたいのか？　まさかな。テクノーの実家は大学から近いから、わざわざ寮に入る必要がない。だから余計に意味が分からない。

テクノーは左右を見渡して誰もいないことを確認し、言葉を続けた。

「ああ、ターン……なんで……どうすればいいいんだ！」

タイプは頷きながらイケメンのターンのことを色々と思い出してはみたものの、何か問題があるようには思えなかった。テクノーはさらに続ける。

「あいつ、高校時代から手が早いって学校中で有名だったらしいんだ」

「は、そんなことか？　まあそうだろうな、ドラムをやってるんだし。音楽大学が舞台の青春映画、観たことない？　あの世界線だろ？　バンドをやっててドラムのスティックを持ってたらかっこよく見えるさ。それに、あいつはクオーターだし……」

　テクノーはタイプの首を引っ張り、耳元に口を近づけ、重要な秘密を打ち明けるように小声で告げた。

「それだけじゃない」

　タイプの本能が、これから聞かされる話は自分が望んでいる類いのものではないことを知らせていた。

「絶対に誰にも言うなよ……」

　テクノーが一人で頷きながらおずおずと話す。

「ターンはゲイらしいぞ」

「‼」

　その瞬間、目を見開き口は開けたまま、タイプは固まって身動きが取れなくなった。「ゲイ」という言葉の意味を脳が理解するには時間が必要だ。ゲイとは距離を置かないといけない。ターンはゲイ、つまりは……。

「部屋を移動する‼」

　更衣室にまだ残っていた全員が、怒りのあまり震える声で狂ったように叫ぶタイプに驚いて振り返った。南部出身の青年・タイプの顔は激しい怒りで歪み、急いでタンクトップの上から制服を羽織ると、鞄を掴み取って更衣室から走り出ていった。

　訳が分からず立ち尽くしているテクノーをみんなが見ている。しかし彼は我に返ると急いで着替え、タイプの後を追った。タイプの行き先は学生寮の事務所に違いない。

　きっと事務所で暴れるつもりだ……。

「部屋を移動させてください！　どうしても移りたいんです‼」

「もう、無理だって何度も言ってるじゃない。今年は入寮希望の学生が多くて、君たちは入れただけ本当にラッキーなのよ。一年生のために、先輩たちが何人も寮から出ていってくれたんだから」

やはりタイプは、学生寮の事務所で妙齢――というよりは棺桶に近い年齢かもしれない――の女性の管理人と喧嘩腰で話していた。タイプは顔を真っ赤にさせ、両手をぎゅっと握りしめて抗議しているものの、管理人は午後の連ドラの続きを観たいようだ。しかし親切な人のようで、聞く耳を持たないタイプにも懲りずに優しく説明してあげている。

「おばさん、でもどうしても移りたいんです。部屋を替わりたい学生は他にいないですか⁉」

「まったくもう、そんな学生がいたら、自分で部屋を替わってくれる人を見つけているわよ。誰がここへ来て騒ぐっていうの！」

「だっておばさん、ここは寮の事務所ですよね！」

タイプはここで引いてたまるものかとばかりに抗議している。絶対に今の不運な部屋から出ていきたいのだ。

誰でもいいから、男を好きな奴以外がいい！

「タイプ、落ち着けって」

「落ち着いてなんかいられるか。俺は騙されたんだぞ……」

歯軋りするしかないタイプに、管理人は振り返って聞いた。

「ただ、何か深刻なトラブルがあるなら移動できないわけでもないけど……？」

「ルームメイトと上手くやっていけないんです！」

それを聞いた途端、彼女はまたかといった表情で眉をひそめ、厳しい声でこう続けた。

「どんなトラブルなの？　本当に深刻じゃないと移動はできないわよ」

「あいつはゲ……」

秘密が口から漏れる直前でタイプは一瞬固まった。脳がフル回転で働きはじめる。秘密をバラすほど、あいつが何か俺に酷いことをしたわけではない。あいつがゲイだということをカミングアウトしているのか秘密にしているのかも分からない。しれっと全く態度に出さないところを見ると、きっとカミングアウトはしていないだろう。

「お願いです、管理人さん、あいつにはうんざりなんです」

「酷いトラブルがないと移動はできないの。例えば、部屋を汚すとか、掃除をしないとか、そういう些細（ささい）な理由もダメ。まずはルームメイトと話し合って解決してみてね」

　そう答えられ、タイプは希望の光がうっすらと消えていくのを感じながら、ただ拳（こぶし）を握りしめて立ち尽くすしかなかった。

「だったら僕はどうしたらいいんですか！」

「一番簡単なのは、自分で部屋を交換してくれる相手を探すことね。そうしたら事務所で手続きをしてあげるから」

　それ以上話すことはもう何もないとでもいうように、管理人はくだらない午後の連ドラに戻っていった。これでは用事があって事務所に来た学生は怒るだろう。

「おいおい、落ち着けって。実際、ターンがお前に何か酷いことをしたわけじゃないだろ。折り合いつけて妥協しろよ」

「妥協なんて絶対に嫌だ！　ゲイと同室なんて考えるだけで吐き気がする」

　タイプの強情さに、さすがのテクノーも一瞬顔をしかめた。

「一つ聞くけど、お前はどうしてそんなにゲイを毛嫌いするんだ？　好き嫌いがあるのは分かるし、俺だって男に迫られたら鳥肌が立つさ。でも、お前はどうしてそこまでゲイを嫌う必要がある？」

　テクノーは不思議そうに尋ねた。テクノーは当事者の友達が何人もいる。昔は通り過ぎる時に彼らの胸を触って「キャーッ！　触らないで！」なんてふざけ合うことすらあった。テクノーは友達がゲイであってもそうでなくても全く気にしない。大体そんなにゲイを毛嫌いしていたら、おちおち外出もできない。この世の中ゲイなんてどこにでもいて、堂々と男同士で腕を組んで歩いている。

　タイプは一瞬黙り込んだ後、目を大きく見開いた。

「嫌いなものは嫌いなんだ。理由なんてない。同じ部屋なんて絶対に無理！」

それだけ言い捨てると、タイプは学生寮の中に入っていった。全部屋のドアをノックして、寮の全員に部屋交換をお願いするつもりだ。一方で、なんのトラブルもないのに部屋交換に応じてくれる人などいないなんてことは、頭では分かっていた。

大抵の学生は授業に出ていたため、一時間ほど虚しくドアをノックし続けるだけの結果となり、タイプはテクノーに引きずられて授業に行った。

授業後は強制的に新入生オリエンテーションに連れていかれ、それが終わった頃には夜の八時をゆうに過ぎていた。そこから改めて一時間、学生寮の部屋のドアをノックし続けたが……部屋を交換してくれるという人は現れなかった。

入寮した一年生は新しくできたルームメイトと親しくなってきた頃だろう。寮に残っている先輩は何年も同じ部屋にいるルームメイトと仲良くなっている。つまり、部屋を交換してくれる人を探すのは不可能ということだ。

時間は夜九時を回り、タイプは座りながら寝落ちできるほど疲れきっていたが、まだ帰ってこないルームメイトを待っていた。彼が帰ってきたら、「お前が出ていかないなら俺が出ていく」と単刀直入に言うつもりだった。ターンは内部進学で友達も多く、部屋を交換してくれる人を探すのは難しくないだろう、と踏んでいたのだ。

そして時計の短針が十一を指す頃……。

「あれ？　お前も帰ってきたばかりか。何か食べた？　お菓子ならあるけど」

ターラー……通称ターンはドアを開けて部屋に入り、少し驚いたように眉を上げた。まるで自分を待っていたかのように制服を着たままのルームメイトに声をかけ、お菓子とコンビニの弁当を丸テーブルの上に置く。

彼の言葉に、タイプは良心が少し痛んだ。

いや……、何か下心があって良い奴のふりをしているだけかもしれないしな。

「ターン、聞きたいことがある」

タイプは、できるだけ自分の感情を押し殺し、努めて冷静に話をしようと切り込んだ。

「なんだ?」

「お前、ゲイなのか?」

「……」

タイプは驚いた。ターンは動揺した態度を見せることもなく、黙って自分の顔を見つめてくるだけだったからだ。

悪事がバレた時の態度ではない。いつの日かこの質問をされることを分かっていたような様子に、タイプは焦ってさらに追及しようとした。

「どうなんだ?」

「そうだ」

その後は何事もなかったかのように黙り込み、袋からコンビニ弁当を取り出そうとしているターンをタイプは呆然と眺めることしかできなかった。そしてそれは彼の怒りに火をつけるには充分だった。

「もしお前がゲイだと認めるなら、俺もはっきり言わないとな。俺はゲイなんて大っ嫌いだ!」

ターンはプラスチックのスプーンに伸ばした手を止め、面倒くさいことになるだろうと腹を括ってタイプに聞き返した。

「で、俺にどうしろっていうんだ?」

ターンは彼がこんなにも早く情報を仕入れてくるとは思っていなかったうえ、ここまではっきり嫌いと言ってくるとも思っていなかった。どんなに嫌いであっても、なんのトラブルも起こしていない限り、これほど明確に言ってくる人は今までいなかったからだ。

ターンの直球な質問に、タイプも直球で返した。

「お前が出ていかないなら俺がこの部屋から出ていくしかないな」

同性愛者とは同じ部屋に住めないというストレートな回答に、ターンの表情は険しいものになっていく。

「俺がゲイだというだけでなんだよ。そんなにゲイが嫌いなのか?」

「そうだ、大嫌いだ」

ゲイ以外はなんでも受け入れられるが、ゲイだけはダメだ。そう友達に話している時と同じように、タイプはド直球に答えた。対して、ターンは冷たい声で聞き返した。

「俺がゲイだからといって、お前に何かしたか？」

「何もしていないけど、とにかく、俺はゲイとは一緒に住まないんだ！」

その言い方にターンは不満を感じずにはいられなかった。彼は手にしていたスプーンをテーブルの上に置き、真剣な表情で続ける。

「だったらお前が出ていけよ。これは俺の問題じゃなくて、お前の問題なんだから」

「部屋の移動ができるならとっくにしてる。でも、誰も部屋を替わってくれる人がいないんだ」

「だったらしょうがない。お互いこの部屋に住むしかないな」

最初はターンもこのルームメイトを好意的に思っていたが、今は違う。こんなにもタイプが固定観念に囚（とら）われた奴だとは思っていなかった。

「お前は友達も多いだろ。部屋を交換してもらえばそれでいいじゃないか」

タイプは怒りを隠せないように拳を握りしめて告げた。

「なんで俺がわざわざそんなことしないといけないんだ」

「ターン！」

タイプは声を荒げた。相手を切り裂きそうなほど鋭い目できつく詰め寄る。

「もう一度だけ言う。俺はお前とは同じ部屋には住みたくない。ゲイが大嫌いなんだ。死ぬほど嫌いだ。ゲイなんかの側にいるなんて俺にはあり得ないから。覚えておけよ、同じ空気を吸うのも嫌なんだ‼」

バン！

ターンは丸テーブルを強く叩き、おもむろに立ち上がるとタイプに近づいて顔を合わせた。ターンの目はいつもの温厚さを装った落ち着いたものだったが、心臓を射抜くような冷酷さを隠しきれないでいた。そして真っ直ぐに閉じられた唇が僅かにピクッと動き、冷ややかな笑みが漏れた。

「じゃあ、残念だったな。あと一年間は俺と一緒に生活しないといけなくて」

「嫌だって言っただろ！」

「部屋は移らないからな‼」

　ターンは大声で叫び、完全に頭に血が上っているタイプの顔を睨みつけた。

「俺と一緒にいたくないなら、お前が出ていけよ。俺は何もしていないじゃないか。俺は出ていかないぞ。ルームメイトがお前みたいな視野が狭い奴でもな！」

　ターンも一歩も引かずに自分の思いを明確に主張した。ターンは物静かで、カッとなりやすい性格ではない。しかしある一定のラインを越えて怒らせてしまうと、その怒りのエネルギーは甚大なものになる。

　そしてターンの言葉はスポーツマンであるタイプの怒りに火をつけた。

「お前が出ていけ！」

　タイプが憎しみを込めて彼の襟元をグッと掴む。

　それに負けじと、頭に血が上ったターンも同じようにタイプの襟元を力強くガッと掴み返した。整った二つの顔が近づいていく。どちらも鋭く冷たい目をしている。お互いが相手を突き飛ばすと、ターンから冷たい声が放たれた。

「最低なのはどっちだ、一方的なお前だろ。昔、どんなゲイと何があったのか知らないが、ゲイ全体を一括りにして偏見を持っているような頭がおかしい奴はお前じゃないか。たとえお前が俺をこの部屋から追い出すことができても、そんな滅茶苦茶な理屈で他人を決めつけてかかっていたら、この社会で生きていけないぞ‼　覚えておけよ、俺は何も悪いことなんてしていない……絶対に出ていかない‼」

　ターンは我慢の限界だというようにそう吐き捨てた。タイプのようなゲイ嫌いの人間に会ったことがないわけではない。ただ、良い奴だと思っていたルームメイトがここまで差別的だとは思ってもみなかったのだ。彼に何かをしてしまったのであれば納得もできるが、何もしていないうえに、タイプはゲイを同じ人間ではないかのように罵った。誰が我慢できるというのであろう。

ターンは頭を冷やそうと思いながら、激怒しているタイプに顔を近づけた。

「何するんだ！」

タイプは叫び、ターンを突き飛ばそうとしたが、腕は彼の襟元を掴んでいたので使えない。ターンに身体を寄せられ、本能が身の危険を知らせた。

ドンッ！

タイプの拳が頬に入り、後退りしたターンは鋭い目つきを湛えたまま告げた。

「おめでとう、これから一年間、お前はゲイと同室だ」

「痛っ‼」

反撃とばかりにターンに思いきり胸を突き飛ばされ、タイプはフラフラと何歩も後退り、ベッドの枠にぶつかって叫んだ。突き飛ばした張本人は、バスタオルをバサッと荒々しく手に取り、最初に殴ってきた対戦相手を鋭い目で一瞥すると、そのまま何事もなかったかのように出ていった。

「あの野郎、覚えておけよ、俺は何があっても絶対にゲイとは一緒に住まないからな！」

タイプの声だけが、部屋に響いていた。

第二章　戦争の始まり

「お前が出ていけ、俺はお前とは一緒に住まないぞ‼」

　頭の後ろで手を組み、寝転びながらイヤホンで何かを聞いているターンにタイプは鼻息荒く叫ぶ。彼はこの話に全く興味がないのか、目を開けることもなく、寝返りを打って壁の方を向いた。

　タイプは拳を握りしめ、大声で続ける。

「起きて、話を聞けよ！」

「……」

　枕元に立ってさらに大きな声で言ったが、彼はタイプに視線を向けることはせず、相手をするつもりもないらしい。それがタイプの怒りを増長させ、怒りのバロメーターは天井を突き破る勢いだった。

　タイプは元々腕力に頼る人間ではない。体育祭でチームの司令塔を務めたこともあるくらいには頭脳派で、知り合ったばかりの友達に暴言を吐いたこともない。ただ、同性愛者の話となると違う。理性が感情に支配されてしまうのだ……ターンと知り合ってまだ一週間も経っていないにも関わらず、タイプの態度はどんどん無遠慮なものになっていた。

　タイプの大きな手がターンの耳からイヤホンを引き抜くと、彼は面倒くさそうに振り返った。

「出ていけ‼」

　ターンも負けじと鋭い声で「俺は出ていかないぞ」と答え、タイプは嫌悪感で足元がゾワゾワするのを感じた。それだけではない。彼は嘲笑を浮かべ、憐れみの眼差しでタイプを一瞥してきたのだ。それがタイプの怒りの火にさらなる油を注いでしまった。

　バシッと音がして、イヤホンがターンの顔に投げつけられた。痛くはなかったが、イヤホンのコードが彼の頬を強く打った。

「お前っ！」

　ターンはタイプの肩を掴んでベッドに座らせた。

　タイプは常に臨戦態勢にあるムエタイ選手のように血走った大きな目をしている。

「俺は！　絶対！　ゲイとは！　一緒に！　住まない！　分かるか？」

　言葉の分からない子供に言い聞かせるように、タイプは一語一語を区切って叫んだ。ターンの目が怒りで険しくなっていく。

「お前はなんの権利があって俺を追い出せると思っているんだ？　俺はお前に何もしてないだろ！」

「今のところは何もされていないけど、今後どうなるか分からないじゃないか。同性愛者は信用できない。ゲイなんて誰かれ構わず一年中発情してるだろ、お前だってきっとそうだ――うわっ‼」

　暴言を吐き終わると同時に手首に強く掴みかかられ、褐色肌のタイプは驚いて大きな声をあげながらよろめいて倒れた。何が起こったのか理解できず、そっと目を開けると……自分が何かの上に覆い被さって倒れ込んでいる。自分が最も嫌いとする生き物の上に、だ。

　俺に手を出すなよ。

「ターン、馬鹿野郎。放せ！」

　タイプは命の危険を感じて必死に手足をバタバタさせて起き上がろうとしたが、逃げられないようにしっかりと身体をロックされている。さらに……馬乗りにまでされてしまった。

　ターンは両腕でタイプを拘束し、両脚を絡めて彼の自由を完全に奪った。タイプは苦しさのあまり息をするのもやっとだ。暴言に対し冷たい目で返してくるターンに、目を見開いて「何するんだ‼　離れろ、蹴飛ばすぞ！」と大声で抗議するも、虚しく終わった。タイプの脚はターンにがっちりとホールドされて動かせず、近づいてくるターンを睨むことしかできなかったのだ。

　タイプはある種の恐怖を感じはじめ、冷や汗が噴き出し、頭が働かなくなってきた。

「お、俺から離れろ‼」

　叫ぶことで助かると信じているのか、タイプは再び大声を放った。ターンは嘲笑う表情のまま素早く近づいてくる。その笑みは、こちらが殺意を抱いてもなんの不思議もないほど憎々しい。狂いそうなタイプの耳に、ターンの声が響き渡った。

「そんなに俺のことが嫌いなのか？　分かった……だったら、お前、俺の女になってみるか？」

「‼」

驚きのあまり、タイプは死神が迎えに来たかのように、目を見開いて身体を硬くした。唯一頭で理解できているのは……このままでは迫りくるゲイにキスされる、ということだけだ。

「嫌だ、やめろ、やめてくれ‼　助けてくれーーー‼」

「こいつ、絶対に殺してやる、殺してやる、殺してやるーーー‼」

意識が薄れていく中、これらの言葉だけがタイプの頭を過っていった。

…………。

…………。

…………。

……ドサッ！


「うわぁぁぁーーーーーー‼」

タイプの叫び声が部屋中に響いた。手足をバタつかせ、何かにぶつかった感触に目を開くと、三時間連続でサッカーをした時以上に汗が噴き出ているこ とに気付いた。タイプは口を大きく開けて声にならない痛みに耐えるしかなかった。あまりの痛みに、怒りすら消えていく。

「背中がっ‼」

そう、激痛がタイプの背骨を通って首の付け根から尾骶骨まで走っているのだ。先ほどまで鋭かった目をしぱしぱと瞬かせ、脳が動きはじめるのをひたすらに待つしかない。

その時、何か長い影が過った。つい先ほど、もう少しで唇が触れそうになったターンの影だ。

「ターン‼」

タイプは大声で叫びながら、先ほど何があったのか、パズルのピースのようにバラバラになった記憶の断片を繋ぎ合わせようとした。すると、さっきまで怒り狂っていたイケメンが嘲笑った。

「お前、この歳になってベッドから落ちるとか……アホか」

「俺がベッドから……？」

ん、ちょっと待て……ベッドから落ちた⁉

自分がまだ状況を把握できていないことに気付き、タイプは出かけた言葉を呑み込む。

なんで俺は床で寝ているんだ⁉

そしてようやく自分がベッドの上にいないことに気が付いた。記憶を手繰(たぐ)っていくと、隣のベッドで寝ているターンが自分に手を出してくるのではないかという疑念で目が冴(さ)え、寝付けなかったことを思い出した。そして、床の上の現在にいたるというわけだ。しかも、毛布が手足に絡まり、緑色の馬鹿な顔をしたカエルの絵がプリントされた、へたった抱き枕も身体中に巻きついている。

ターンの方を振り返ると、彼はもう既(すで)に制服に着替え、鞄も肩にかけていた。ターンはふざけたように「また夕方会おうな、俺のルームメイト！」と言い放ち、部屋から出ていった。

「誰がお前のルームメイトだ！　言っただろ、俺は絶対に部屋を替えるからな！」

タイプの声だけが虚しく響き、彼は悔しさで独り叫びながら、サナギから羽化する昆虫のように身体に巻きついた毛布をバタバタと蹴飛ばした。

「夢だった‼」

そう、タイプはうっかり寝落ちしてしまったのだ。部屋を替わってくれる人を朝から探そうとしていたのに、ゲイにキスをされそうになる最低な夢を見てしまった。腕を掴まれたと思ったのも、のしかかったと感じたのも、全ては身体中に絡んでいる毛布のせいだったのである。

夢だったとホッとしたことは否定できない。ただ、安堵(あんど)感よりも……恥ずかしい気持ちの方が大きかった。

「なんであんな夢を見ないといけないんだ！　あいつにこんな醜態を見られるとは……」

スポーツマンのタイプはイライラして頭を掻くと、バンコクの高校に入学する前から使い込んでいる、お気に入りの抱き枕をベッドへ投げた。そして立ち上がると毛布も投げ捨て、足で踏みつける。

「毛布、お前のせいだ！　ターンの前で恥をかいたじゃないか！　今頃あいつは俺を馬鹿にして歯が抜け落ちるほど大笑いをしているはずだ！　この部屋を出られる方法を考えるぞ‼」

タイプは毛布とベッドに向かって長い間独りでブツブツと文句を言うことしかできなかった。そして息を吸い込むと鼻から吐き出し、いつも通り丁寧に毛布を畳んだ。仕方ない、これが彼の長年の癖なのだ。

そしてベッドの上に座り、悔しさで手をぎゅっと握ったまま、脳をフル回転させる。

何か方法があるはずだ。ターンをこの部屋から追い出す方法が。

「戦争の始まりだ！　ターン、今に見てろよ、この部屋にいられなくしてやるからな‼」

自信ありげに言い放ったタイプの目はギラギラと光っていたが、頭の片隅では真逆のことを考えていた。

どうしたらいいか見当もつかない‼　テクノーに相談してみよう。これもあの悪夢のせいだ……ふざけるなよ、もし悪夢が正夢になったら、その時はあいつを蹴飛ばして地面に這いつくばらせてやる。見てろよ！


「おい、どうした？」

「なんでもない」

「お前の顔、なんでもないって顔じゃないぞ、ターン」

音楽史の授業のために教室に入ってきた時には、ターンはもう既に落ち着き払っていた。親友が声をかけてきても、ターンは教室の前のホワイトボードを眺めながら、ベッドから転げ落ちたタイプの顔を思い出していた。

「ちょっと色々あったんだ」

ターンはそれだけ答えた。今はまだロンに面白おかしく話を聞かせる気分ではない。

しかし相手は少し目を細めると、指を鳴らして面白そうに言った。

「今朝、元彼に会った！」

「違う」

「じゃあ……今朝、浮気相手と本命が鉢合わせ！」

「違う」

「うーん、じゃあ、元彼たちがお前を取り合って喧嘩でも……」

「違う！」

否定の声を険しくしても、ロンはこのクイズが楽しくて仕方がないらしく、ケタケタ笑っている。

「筋肉マッチョな男が『ターンちゃん、俺と付き合わない？』って迫ってきたとか……」

「そんなに面白いか？　うざいぞ」

ターンは、手を合わせてゴメンと謝る親友を一瞥した。一方でロンは彼に近づき、笑顔で続ける。

「だって、お前がそんなに機嫌悪いなんて珍しいからさ。何かあったなら言ってくれよ。力になるから」

ターンはロンが自分のことを心配しているのだと分かっていた。ロンとターンはもう三年も友達で、色々なことを一緒に経験してきた仲間だ。もし学部の中で誰かが「ターンは最低な奴だ」と言いふらしても、ロンは肩を叩いて「俺はお前の味方だ」と言ってくれるだろう。

ターンは口数こそ少ないものの、何かあった時は大抵ロンに相談を持ちかけてきた。だが、今回は本当に言いたくない。

まるでゲイは人間ではないというようにあそこまで見下してくる人に、ターンは昨日生まれて初めて出会ったのだから。

なんでもないと繰り返すターンに、ロンはおどけたように言った。

「分かった、何もないなら何もないでいいさ。言いたくなったらいつでも言ってこいよ」

ちょうど教授が教室に入ってきて授業を始めたので、ターンは教授の話に聞き入るふりをした。しかし、頭の中はルームメイトのことでいっぱいだった。

もし……もしタイプがきちんと話をしていたら、ターンはきっと部屋から出ていくことを了承していただろう。ゲイに偏見を持っている人の気持ちも理解できないわけじゃない。それにも関わらず、タイプの酷い偏見に触れ、言いようもない怒りが込み上げていた。

どんな手を使って追い出そうとされても、絶対に居座ってやる。せいぜい窮屈な思いをすればいい。

他人に迷惑をかけない限りゲイであること自体に問題はないと、ターンは常に思ってきた。長男ではないので、結婚できなくても、家系を継ぐ子供を授からなくても、それで家族に迷惑がかかることはない。誰かに迷惑をかけたこともない。ゲイであることを受け入れられない人とは距離を置く。受け入れられるならありがたく思う。ただ、タイプのような人間はどうにも納得がいかない。

実際、タイプはターンの好みだ。どストライクといっても過言ではない。ここ数日はなんの問題もなかったのだ……彼に迷惑をかけないよう、このまま友人関係を続けていこうと思った矢先のことだった。

昨日と今日の彼の様子を見て、ターンは手の平を返すかのように自分の考えを変えざるを得なかった。

そんなに俺のことを嫌うなら、なおさら俺は絶対に部屋を出ていかないぞ！

ターンとタイプは二人とも同じように決意を固めていたが、その決意は完全に正反対のものだった。


「その顔を見ると……あいつと話し合ってもダメだったみたいだな」

タイプに電話で呼び出されたテクノーは、彼の顔を見てそう言葉をかけずにはいられなかった。タイプは両手で頭を抱え、イライラしたまま重い口を開く。

「あいつ、出ていかないってさ」

「だろうな」

「どういうことだ⁉」

タイプの剣幕に押されながらテクノーは説明を始めた。

「誰が出ていくっていうんだよ？　だってあいつは何もしてないいんだぞ。女が好きじゃないっていうだけで、殺人者でも誰かを暴行したわけでもない。あいつもお前もそれぞれお互いが干渉せずに暮らせるじゃないか。しかもお前の話だと、ご飯もお菓子も分けてくれるんだろ。昨日お前の部屋を見たけど、綺麗にしてあるし……どんな理由であいつが部屋を出ていかなきゃいけないんだ？」

テクノーが珍しく正論を語っている。痛いところを突かれ、タイプは逆ギレするしかなかった。

「だってあいつはゲイだ！」

「でも迫られたりしているわけじゃないいんだろ。え？　ひょっとして……？」

「やめろ、それ以上ふざけたこと言ったらお前の口に足を突っ込むぞ！」

テクノーは少し目を丸くして、慌てて口をつぐむ。タイプの鬼気迫る表情を見て、黙っていた方が得策だと判断したのだ。タイプはいつも機嫌がいい奴だが、今回は違う。

テクノーは正直なところもう関わりたくないとさえ思っていた。昨日家に帰った後、ターンがゲイだとタイプに告げたのは間違いだったのではないかと考えたほどだ。

「それで、どうするんだ？」

テクノーは話題を変えようとした。タイプは少し考え込んで深呼吸をすると、ノートとペンを取り出し、ペンのキャップを外しながらこちらを見てくる。

「よし、質問だ……お前にとって、最悪なルームメイトとはどんな奴だ？」

テクノーは頭をポリポリと掻くと、信じられないといった表情で、タイプの顔とノートとを交互に見た。

タイプの奴、まさか八歳の子供みたいなことをするつもりか⁉

「お前、最悪なルームメイトのリストを作って、それをターンに実行するなんて考えているんじゃないだろうな？」

「そうだ！」

……その答えにテクノーは呆れて顎を掻くしかなかった。

「分かったよ。友達だからな、付き合うよ」

そう言うと、テクノーは絶対に一緒に暮らしたくない最悪なルームメイトについて考えはじめた。

「プライバシーを侵害する奴だね。サンダルを勝手に履かれるくらいなら許すけど、パンツは嫌だな……」

「おい、俺はターンのパンツなんて穿かないぞ！　絶対に！」

「例えば、の話だよ。お前が聞いたんだろ……他にも、例えばパソコンを勝手に使われるのも絶対に嫌だな。秘密のお気に入りファイルを見られたりしたら合わせる顔がない……」

テクノーは、パソコンを使われるのは許せても、秘密のファイルを見られることが嫌なのだ。

「あと、不潔なのは絶対に許せないな……」

タイプが「俺は大丈夫だぞ！」と言い終わる前に、テクノーは大笑いした。

「覚えてるか？　高校生の時、俺が鞄の中に靴下を入れっぱなしにしてたこと」

タイプは試合の対戦表をテクノーから借りようとした時のことを思い出していた。テクノーの鞄の中から取り出そうとして……ゴミであればまだ許容範囲だったが、出てきたのは前世から忘れられていたかのように強烈な臭いを放つ靴下だった。あの時の腐臭は今でも覚えている。しかも、テクノーは「あった！　先月から捜してたんだ！　ありがとな！」と言い放ったのだ。

あの時から、タイプはテクノーの私物には絶対に触らないようにしている。

「何があっても、お前のルームメイトだけにはなりたくないな」

タイプはそう言ってノートを真剣に見ながら、どんなルームメイトが最悪なのかを書き出しはじめた。

そして誰に子供っぽいと言われても気にせず絶対

にターンを追い出してやる……という気概で、丸一日かけて計画を練ったタイプは、ついにこの子供じみた「計画その一」のまとめに入っていた。

　ほんの僅かな罪悪感はあったが、タイプはこの計画を成功させるためならなんでもするつもりだった。これなら彼が部屋に戻ってきた時に、耳から煙が出るほど怒り狂うはずだからだ。引き出しの中の物に罪はないが、ゲイを部屋から追い出すためなら全てを懸ける。

　さあ、ルームメイトのあいつはどうするだろう……。


　何か悪い予感がしたのか、それとも昨晩あまり寝付けずに疲れていたからなのか、いつもよりも早めに部屋に戻ってきたターンは部屋のドアを開けると同時に叫び声をあげた。

「うわっ‼　なんだこれは‼」

　ターンは目の前の状況に数秒立ち尽くし、苛(いら)ついたように言った。

　授業に行く前は綺麗に整理整頓されていた。男子の部屋なのだから、多少乱れているところはあってもおかしくないが……こんな目も当てられない状況じゃなかったはずだ。

　ターンの教科書は床に投げ捨てられ、毛布はベランダの方へまき散らされ、靴は部屋中に散らばっていた。授業のプリントや楽譜なども散乱している。それだけではない、ベッドに向けられた古い扇風機の風に乗り、宙を舞っている書類もあった。他にも私物は全てぐちゃぐちゃにひっくり返されている……空き巣に入られるよりもっと悲惨な有り様だ。

　ターンはハッと我に返ると、両拳を合わせて深呼吸し、まずは枕元にある『ゲイは出ていけ！』と書かれた鮮やかな色の付箋(ふせん)を引(ひ)っ剥(ぺ)がすことにした。それをぐちゃぐちゃに丸めると、ターンの鋭い目は恐ろしいほどに怒りでギラギラと燃えていた。この目の前の惨劇が誰の仕業(しわざ)か、疑う余地もない。そして貴重品の有無を確認するために引き出しを開けた途端、ターンはあまりの怒りにベッドに倒れ込んだ。

「あいつに関わらないで平穏にやり過ごそうと思っていたのに」

　引き出しの中にもあった、ゲイへの侮蔑と憎悪が入り混じった言葉が書き殴られた付箋を見ながら、ターンは氷よりも冷たい声で言った。

　ターン以外の人間だったら、この幼稚な仕業に嫌気が差して部屋を出ていっただろう。だが、彼は違った。

「そうきたか……よし！」

　ここまで一方的にやられて黙っている性格ではない。不屈の男は立ち上がり、まずは散乱したプリントを集めはじめた。整理は後でする。とりあえずは床から拾っておくだけで充分だ。


「あはは、お前勇気あるな。今度は先輩にボコボコにされるぞ」

　新入生オリエンテーションが終わり、タイプは楽しそうに笑いながら友達と寮へ戻っていた。ご機嫌なのは、先輩を言い負かした友達のおかげではない。歓迎されていないルームメイトがどんな様子で部屋にいるのか想像していたからだ。トイレに捨てられたサンダルの片割れを必死になって捜しているターンの姿を想像しただけで、彼は笑いが止まらなかった。

「いつまで我慢できるかな。今日片付けられていても、明日またぐちゃぐちゃにしてやる‼」

　タイプの顔から笑みが溢れる。他のフロアに住む友達と別れ、自分の部屋があるフロアに到着すると、口笛を吹きながら玄関の鍵を開けて部屋に踏み入った。

「‼」

　部屋に入って自分のベッドを見た瞬間……ご機嫌だったタイプは口を大きく開けたまま固まった。

　寮の小さな部屋は、「ターン側の綺麗なスペース」と「タイプ側のぐちゃぐちゃなスペース」とにまっぷたつに分けられていたのだ。一時間ほど前はターン側のスペースがぐちゃぐちゃだったはずなのに、今では信じられないくらいに綺麗になっている。

今朝きちんと畳んだはずの毛布は丸めて床に投げ捨てられ、本棚に並べられていた教科書はベッドの上に散乱している。シャンプーや石鹸、クローゼットの中にあった洋服も部屋中に散らばっていた。ボクサーパンツが引き出しの角に引っかけられているのも視界に入ってくる。そして何かを蹴った感触に屈んで足元に目をやると、そこにあった物に息を呑んでハッと我に返った。

「これは……」

潤滑ジェル……。

「おお、ずっと捜してたんだ。どこにいったかと思ってたよ」

タイプの言葉を遮って、ベッドの上で寝そべりながら本を読んでいたターンが冷たい声で告げる。タイプは大声で叫んだ。

「これ、潤滑ジェルじゃないか！」

「まぁ、トイレ掃除用の洗剤ではないだろうな」

「この野郎！」

タイプは怒りで大声をあげた。この部屋の状況だけでも腹立たしいのに、こんな嫌がらせまでされ、タイプは怒りに任せて潤滑ジェルのボトルを思いっきり蹴りつけようとした。

「別にいいけどね。俺みたいな〝変態のゲイ〟はそんなの何本も持ってるからな。さっきのジェルのボトルはお前にやるよ。ルームメイトへのウエルカムギフトだ」

「そんなものいるか‼」

「プレゼントはありがたく受け取っておけよ。お前がどう使おうがお前の勝手だし」

ターンは何事もなかったかのようにそう言ったが、ルームメイトを見る冷たい眼差しは明らかに憎しみを含んでいた。そしてズボンのポケットに手を入れると、嘲笑するように口角を上げて言った。

「これもあげる」

丸テーブルに投げつけられたのはコンドームの箱だった。我慢の限界に達したタイプはジェルのボトルを思いっきり蹴り飛ばす。ジェルのボトルはベッドの枠に大きな音を出してぶつかり、タイプは叫んだ。

「俺はお前の友達じゃないんだぞ！　こんなくだらないもの返す。必要ないし！　見ただけで鳥肌だ。このゲイ野郎‼」

まだ冷静さを保つことができているものの、ターンは怒りで一瞬目をギラッと光らせ、怒りと冷たさが入り交じった声で言い放った。

「俺だってお前みたいな失礼な奴、友達なんかじゃない！　他人の私物に勝手に触ってはいけないと両親に教わらなかったのか！」

「お前だって同じようにやり返したじゃないか！」

タイプも大声で言い返した。怒りはピークに達していたが、あまり強くは出られない。なぜなら、ターンの言う通り最初に仕掛けたのは自分だからだ。

「教えてやる。部屋をぐちゃぐちゃにできるのはお前だけじゃないんだ。お前がやるなら俺もやり返す。それだけのことだ」

嘲笑うようにそう言われ、タイプは拳を握りしめて殴りかかりたい衝動を堪えていた。昨晩の悪夢が邪魔をして、恐怖でターンに飛びかかることができない。丸テーブルの上のコンドームの箱を掴み、ターンに投げつけようとしたその時、箱に赤ペンで何かが書かれていることに気付いた。

『俺は出ていかないぞ。差別野郎！』

お前を殺したい！

タイプが仕掛けた嫌がらせは、全て同じようにやり返されたのだ。怒りで全身に力が入り、手の中で握り潰されたコンドームの箱を彼に投げつける。

「痛っ！」

そしてそれはイケメンドラマー、ターンの顔にヒットした。タイプは全く悪びれることもなく冷たく笑い、心の中で呟いた……世界中のゲイの中でこいつが一番嫌いだ。

「絶対に部屋から出ていってもらうからな！」

そう声に出して言ったタイプに対し、ターンは全く関心がないというようにこちらを静かに見つめ返すのみだった。タイプはバスタオルと洗面道具を掴むと、ドスドスと音を立てて部屋を出ていった。

バンッ！

床が揺れるほど乱暴にドアが閉められたが、ターンは微動だにせずベッドの上に座っていた。その目には絶対に言いなりにならない、負けてたまるかという強い闘志がみなぎっている。

「何もしないでおこうと最初は思っていたが……そんなに俺を嫌うなら……」

ターンはそれだけ呟くと、タイプ側のぐちゃぐちゃに物がぶちまけられている方に視線を向けて横になった。

今からこの部屋は戦場だ！

あいつがいくら俺を追い出そうとしても……俺は絶対に出ていかない！

第三章　第二ラウンド

「早く入ってこいって！」

「タイプお前、人に応援団の練習をサボらせておいて、タダ酒がなかったら蹴飛ばしてやるからな」

「あるさ。テクノーが買いに行ってる」

　ターンとタイプの戦争は二週目に入った。先週末はターンが実家に帰ったのもあり、タイプは丸二日間たっぷりと作戦を練る時間を取ることができた。

　そしてターンが実家から戻ってくる月曜日に、その作戦は決行されることになっていたのだ。作戦実行の副司令官にはテクノーが任命され、兵隊として高校時代からの友達が徴収された。

　同じ高校からこの大学に進学したのはタイプとテクノーの二人だけだと思っていたが、他にも同じクラスと違うクラスの奴もいた。そしてその二人が、今まさに部屋の真ん中に座っている。

「帰ってきたぞ、酒だ！　オーム、ティーム、早く始めよう！」

　テクノーがドアを開けて部屋に入ってくると、彼らとは違うクラスだったはずなのに親しそうに声をかけた。

　高校で理数学科だったオームは、タイプと仲の良いグループにいた。テクノーとも体育祭で交流があったので、親しそうに声をかけてもなんの不思議もない。一方のティームは違うクラスで、体育祭でも違うチームで、しかも数学科ということもありテクノーとは一見全く接点がない。しかし、サッカー好きという共通点があったため、タイプともテクノーとも親しくなった。そして今、その二人は何も知らされずにタイプの〝兵隊〟にさせられているのである。

「タダ酒だ！　飲むぞ！」

　オームは歓声をあげながら、テクノーが隠し持ってきた、酒やソーダ水や氷が入ったビニール袋を覗(のぞ)き込んでいる。ティームは眉をひそめてテクノーに聞いた。

「断ったら洗剤飲んで自殺する、って言うからわざわざ来たんだぞ。何か手伝ってほしいことがあるんだろ？」

「手伝うために来たのか？　それともタダ酒飲むために来たのか？」

「もちろん手伝うためさ、良い友達だろ」

いかにも理系男子らしく、透き通るような白い肌に黒縁の大きな眼鏡をかけているティームは、丸テーブルの前に我先に陣取ると、テクノーからビニール袋を奪いながら言った。

「グラスは？　早くしろ、喉がカラカラだ！」

「喉が渇いてるのか？　それともタダ酒が飲みたいだけか？」

タイプはティームの頭を軽く叩くと、みんなにグラスを渡していった。チップスの袋を開けて丸テーブルの上に広げているオームは、そのテーブルが誰のものであるかなど全く興味がないようだ。テクノーはタイプの耳元で囁くように言った。

「本当にこれで大丈夫なのか？」

「大丈夫だ！」

タイプも小声で、しかし、力強くそう答えた。目は爛々と輝いている。大学から戻ってきたターンが、自分の部屋で勝手に開かれているこの飲み会を見たらきっと怒るだろう。寮で禁止されている酒もある。

今日だけで済むと思うな。部屋から出ていかないなら、出ていくまで毎日飲み会をしてやる。見てろよ。

「おい、タイプ。俺たちを呼んで勝手に飲み会を開いて、お前のルームメイトは何も言わないのか？」

テクノーはタイプを怖い奴だと思ったことはなかったが、何も知らされていない二人に向ける彼の作り笑いを見て、何歩か後退りをした。

「何も言わないさ。太平洋くらい広い心の持ち主でね。友達を呼んで飲み会をするくらいどうってことない」

嫌味だ！　嫌味以外の何物でもない！

タイプの優しそうに繕った声を聞いて、テクノーは鳥肌が立つ思いになり思わず唾を飲み込んだ。最初はタイプの作戦を手伝おうという気でいた。ただ、タイプの〝ある行動〟を見て、テクノーは今すぐにでも自分の家に帰りたいと思いはじめていた。

ターンが戻ってきたら、タイプだけじゃなくてテクノーも殺される。なぜなら……。

「タイプ、どっちがお前のベッドだ？」

オームがそう聞いた時、彼は少し笑みを浮かべて、アメリカのロックバンドのポスターが貼ってある方を指差したのだ。

おい！　そっちはお前のベッドじゃないだろう‼

テクノーは心の中で叫ぶことしかできなかった。

オームはチップスを掴んだままベッドの上に飛び乗り、そのままそこで食べはじめた。今晩、本当のベッドの主がアリに噛まれることは容易に想像がつく。

「あっちがお前のベッドかと思ったよ。このバンド好きだったっけ？」

「おう、最近よく聞くんだ」

息を吐くように嘘をつき、不敵な笑みを浮かべるお前が怖すぎる……。

副司令官は全てを諦めたように心の中でそう呟いた。テクノーは既にこの作戦のヘルプ要員ではなく工作員として加担しており、ターンにどうにも言い訳できない状況にいることを悟ったのである。

「お前、バンクを覚えてるか？　あいつ、今、彼女と同棲しているらしい。女の方もすごいぞ、付き合って三日目にはもう部屋に押しかけてきたんだって」

「バンク？　あのガリ勉のバンクか？」

「そうそう、あの一組の」

ターンはタイプが自分を追い出すために、また何か仕掛けてくるだろうと予想はしていた。だから、玄関の外まで大きな声が響いていても全く動じることはなかった。パソコンを大音量にして何か観ているんだろうと、意を決してドアを開けると……そこには予想外の光景が広がっていた。

今回は空き巣に入られたような形跡は全くない。

ただ、狭い部屋に四人が押し込められ、それぞれが酒のグラスを持ち、さらにはお菓子も散乱していた。しかも、見知らぬ訪問者が一人、自分のベッドの上でくつろいでいる。さすがのターンもこれには眉をひそめた。

「おいおい、ルームメイトだぞ」

ターンが戻ってきたというのに全く気にすることなく大笑いをしているタイプを、友達の誰かがつついた。タイプは予想に反して笑いながら言った。

「おう、戻ってきたか……友達が来てるから、部屋を使わせてもらうな」

普通であれば、真っ白な歯が見えるほどの大きな笑顔でフレンドリーに言ってくるタイプに対して、ターンは何も思わなかったはずだ。ただ、笑顔とは裏腹にタイプの目は悪意に満ち溢れていた。タイプがグラスを持ち上げて乾杯の真似をするのも苛ついてくる。ターンは拳を握りしめた。

「ルームメイトが帰ってきたことだし、それじゃあこの辺で俺らは帰るとしようかな」

テクノーがそう言いかけて立ち上がろうとした瞬間、タイプは彼の襟元をぐっと引っ張って楽しそうに言った。

「なんで急いで帰るんだよ。まだ八時にもなっていないんだぞ。マジメかっ！　ルームメイトは何も言わないさ……だろ？」

最後の問いかけが向けられ、ターンは拳に込めていた力を抜いた。あの悪意に満ちた目を見たら、彼がどんな展開を望んでいるのか手に取るように分かる。

「何も言わないさ。賑やかでいいよ」

ターンが怒鳴らないことにタイプは驚き、一瞬目を光らせた。ターンは鞄を椅子の上に下ろすと、笑顔でタイプの友達に声をかけた。

「一緒に飲んでもいい？」

「え？」

「いいね。こっちに来いよ！　タイプ、もう一個グラス用意して」

タイプが断る前に、ターンのベッドに横たわっていた友達が大声で答え、笑顔で自己紹介を始めた。

「俺はオーム。タイプの高校からの友達だ」

「俺はティーム」

「俺はテクノー……」

テクノーの態度から、ターンとタイプの間のトラブルについて何か知っているのは一目瞭然(いちもくりょうぜん)だった。

「お前は？」

「ターン」

ターンは親しげな声でそう答えた。タイプに冷たく言葉を放つ時とは全くの別人のようだ。そして笑いながらこう続けた。

「で、お前は俺のベッドの上で何してるんだ？」

「え？　お前のベッド？　おいタイプ、お前自分のベッドだって言ってたじゃないか！　ふざけんな！」

　オームはそう叫ぶと慌ててベッドから飛び降りて申し訳なさそうに床に座った。

「ごめん。タイプのベッドだと思っていたんだ。怒らないでくれよな」

「怒らないさ、これくらいで」

　内心、多少のわだかまりはあったが、それを顔に出すとタイプが喜ぶと分かっている。そのため、肩を竦めて友達を笑わせることで平静を保った。

「タイプが言うようにお前は本当に良い奴だな」

「ん？　タイプが俺のことそんなふうに言ってたのか？」

　拳を握りしめて何かを殴りたい衝動に駆られているであろうタイプの方を振り返る。タイプが何を殴りたいのかは火を見るよりも明らかだ……ターンの顔に決まっている。

「違う‼」

「おいおい、照れるなよ。さっき褒(ほ)めてたばっかりじゃん。なんだっけ？　ティーム、タイプはなんて言っていたんだっけ？」

「タイプはお前が良い奴だって言っていたんだ。すごく心が広いって」

　タイプの顔は怒りで真っ赤になり、今にもみんなに殴りかかりそうな勢いだった。ターンは笑いそうになり、なんのわだかまりもないかのようにタイプに近づいて肩を二回ポンポンと叩いた。

「ありがとな。お前がそんなに俺のことを褒めてくれているなんて知らなかった」

優しそうな声であったが、その眼差しは嘲笑っている。タイプは肩に置かれた手を振り払い、怒りを抑えて言った。

「お菓子を買いに行ってくる」

「ピーナッツ追加でよろしく！」

オームが大声でリクエストするよりも先に大きな音を立ててドアを閉めて出ていったタイプに、その場にいた全員が驚いて顔を見合わせた。

「あいつ、何怒ってんだ？」

ティームが口を開き、ターンは部屋を見渡した。

最悪な状況だ。ま、しょうがないよな。

「俺もあいつの買い物を手伝ってくるよ！」

「……」

「もう、いやだーーーー‼」


ターンが部屋から出て五秒も経たないうちに、普段は口数が少なくて大人しいテクノーが溜まったストレスを吐き出すかのように大声で叫んだ。床に倒れ込んで足をバタバタさせている。

「どうした⁉」

「ストレスで息が詰まりそうだ‼」

何も知らないオームとティームはキョトンとしている。一人で足をバタつかせているテクノーだけが、先ほどのタイプとターンの眼差しの本当の意味を知っているのだ。眼差しだけで人を殺せるとしたら、あいつらはもう何回も殺し合っている。

なぜ……どうして、俺がこの争いに巻き込まれなきゃいけないんだ‼


学生寮の前で、ターンは先に出ていったタイプに追いついた。

「俺たち、ちゃんと話し合うべきじゃないか？」

「は？」

ターンに冷たい声で言われ、タイプは苛つきで言葉が喉に詰まった。話もしたくないのは誰の目にも明らかなのに、彼は険しい声で呼びかけ続けてくる。

「おい、幼稚園児！」

「……」

「違うな、まだ赤ちゃんレベルだな」

前を歩いていたタイプがくるっと振り返り、その場に立ち止まった。鋭い目でターンを睨みつける。

「お前のその幼稚な嫌がらせに俺が動揺すると本気で思ってるのか？」

その言葉に、怒りに任せて部屋から飛び出してきたタイプは、小馬鹿にするように笑いながら答えた。

「動揺してないっていうなら、どうしてお前は俺を追ってきて今ここで喧嘩を売ってるんだ、変態野郎！」

目の前にいるタイプの口から出てきた罵倒の言葉に、ターンは歯軋りをした。態度にこそ表さなかったものの、勝手に飲み会を開かれたうえ、プライベートゾーンであるベッドにまで侵入され、内心は怒りで爆発しそうだった。だがしかし、怒りを静かに堪えなければいけない。怒りを態度に出してしまうと、それは自分の「負け」を意味するからだ。

つられて怒ったらダメだぞ、ターン。ダメだ。

「お前が友達を呼んで飲み会をしたくらいで俺が部屋から出ていくと本気で思ってるのか」

タイプは真剣に話し合うためにターンに向かい合った。夜も遅い時間帯なので誰かに見られることはない。男子寮の前は出歩く人もいないため、薄暗い中ゲイと二人きりで歩いていたと噂される恐れもない。

「俺は上手くいったと思ってるよ……あいつらにお前がゲイだとバラせばよかった。オームとティームがどう反応するか見たかったな――」

「バラせばいいだろ」

タイプが言い終わらないうちに、ターンはまるで興味がないかのようにそう言い放った。脅(おど)したつもりだったのに全く効果がないことを知り、ぐっと目を伏せる。ターンは続けた。

「お前がゲイと一週間も同じ部屋で寝泊まりしたと知ったら、あいつらどう思うかな……」

「俺はお前とは違う‼」

タイプは急いで怒鳴り返し、彼の襟元を掴んだ。説明しなくても、誰もがターンの言葉の意味するところが分かるだろう。誰かにターンがゲイだと言ったところで、何かあったのではないかとあらぬ疑惑を持たれることは明らかだ。ゲイ嫌いを公表しているタイプですら、本当はゲイなのではないかと誤解されるだろう。

「俺はゲイじゃない！　これまでも、これからもだ‼」

タイプはターンの襟元を掴んで引っ張ると冷たく言った。南部出身のタイプの目は、我慢の限界だというように怖いほど鋭く光っている。

そして、それを見たターンは……笑った。全く楽しそうではないその乾いた笑い声は、冷たくて恐ろしい。ターンは自分の襟を掴んでいたタイプの手を振りほどき、自分の顔を彼の顔に近づけた。お互いの目は一寸と離れていない。

「せいぜい、気をつけるんだな。お前は今……ゲイと一緒に暮らしているんだから」

言い終わったと同時に、ターンはタイプに素早く殴りかかった。

「馬鹿野郎！」

心の準備が全くできていなかったタイプは驚いて叫んだ。首を捻（ひね）ってターンを避けたにも関わらず、万里の長城（ばんりのちょうじょう）のように長くて高いターンの鼻先がタイプの頬を掠（かす）めた。ほんの数秒のことだったが、ゲイを嫌悪するタイプにとっては、ターンを殴り返そうとするのに充分な理由だった。

「何をするんだ‼」

拳をターンに掴まれ、タイプは怒りの声をあげた。数秒前に起こったことで怒り狂っていたためもう片方の腕で殴りかかろうとしたが、ターンの冷たい声で我に返った。

「あまり俺に近づくとゲイが感染（うつ）るぞ」

その言葉でタイプは何歩も後退りをした。ターンの手を振り払い、恐ろしいほどに怒りに満ちた目で彼を見る。そしておぞましいものでも拭き取るかのように手の甲で自分の頬をゴシゴシと拭きながら、嫌悪を露わにして言った。

「お前がまた殴りかかってきたら、次は容赦せずに床に這いつくばらせてやるからな‼」

ターンは静かに聞いていたが、その後に口から出てきた言葉はタイプに負けず劣らず強烈なものだった。

「お前は俺に言ったよな、ゲイは孔だったらなんでもいい、って。お前にも孔はあるんだからな……」

ターンは口角を上げて不敵な笑みを浮かべると、屈んでタイプの下半身を凝視し、意味ありげな視線で目を見つめる。

「俺がお前の孔に興味があったとしても悪くないよな――?」

「馬鹿野郎‼」

ターンが言い終わると同時にタイプは再び殴りかかろうとした。片方の腕で襟元を掴み、もう片方の腕は拳を握りしめ、まさに彼の顔面に一撃を与えようとしたその時――。

「おい、どうした。どこの部屋の学生だ⁉」

自転車に乗った学生寮の警備員が叫び、二人を懐中電灯で照らした。タイプは怒りを押し殺して拳で空を斬ったが、胸を突き飛ばされたターンはよろめいて後退りをした。ここで何かトラブルを起こせば、面倒くさいことになるのはよく分かっている。嫌い合っているのは間違いないが、大学生活に何かマイナスな影響が起こることだけは避けたい。

「なんでもないです。友達とふざけ合っていただけですから」

ターンが洋服の皺を伸ばしながらそう答えたが、警備員は視線を落とし、あまり彼の言葉を信じていない様子だった。

「だって、さっき……」

「本当に何もないんです。その、友達同士でちょっと悪ふざけをしていただけで……」

タイプは歯を食いしばりながら〝友達〟という言

葉を発した。

　吐き気がする。あいつと俺が〝友達〟だって？　前世からの天敵、いや、それ以上に犬猿の仲だというのに。俺の孔に興味があるなんてふざけたことを言ったあいつと友達のふりをしないといけないなんて、本当に頭にくる。

「本当だな？」

「本当です……コンビニに行こうとしていただけです」

　タイプはそう答えると急いで去っていった。今ここでターンと喧嘩をしてもいいことは何もないと察して、警備員をターンに押し付けて逃げたのだ。意味ありげに光るターンの瞳が、コンビニエンスストアへ急ぐタイプを追っていた。

　お前が嫌がらせをやめないんだったら、俺がお前を教育してやらないとダメだな、タイプ！

　ターンは気持ちが落ち着くのをしばらく待ってから食べ物を買いに行き、部屋に戻ろうとした。しかし、そこで先に部屋に戻ったタイプの嫌がらせに再び遭ってしまうのだった。

『あーん、あ、あっ、気持ちいい……』

　部屋にいた四人がパソコンで何を観ているのか、なんの声か、言わなくても分かるだろう。

「おい、ターンが戻ってきたぞ。まずは聞かないとダメだろ……ＡＶ観てもいいか？」

　座ってピーナッツの殻を剥いているティームが遠慮がちにそう尋ねたが、タイプがそれに割って入ってきた。

「なんでターンに聞かないといけないんだよ。俺がいいって言っているんだからいいんだ。ほら、黙って観ろ」

「タイプ、お前は遠慮ってものを知らないのか」

　事情を何も分かっていないティームは信じられないというように驚きながら、タイプの方を振り返って言った。タイプは肩を竦め、嘲笑を浮かべながらターンを一瞥してくる。

「言っただろ、ターンは良い奴なんだ。俺が何をしたってあいつは絶対に部屋から出ていかないよ」

「お前、いつからそんな人間になったんだ。いいか、一緒に生活するんだから少しぐらいは遠慮ってものを……」

「オーム、俺のベッドに勝手に寝ているお前がそれを言うか？」

うつぶせになり上半身だけ起こしてパソコンを覗いていたオームに噛み付き、タイプは黙れとでもいうように頭を軽く叩いた。するとオームは玄関のドアの前にまだ立っているターンを見ながら言った。

「お前も一緒に観ようぜ。タイプがすごいの持ってるんだってさ」

「誘っても無駄、ターンはこういうのに興味がないんだから」

口を挟んだタイプが憐れみの目でターンを見ると、彼は買ってきた食べ物を丸テーブルの上に置いて、タイプの横に座ろうとしていた。

「興味ないなんて誰が言った？」

「だって、お前は……」

「俺がなんだって？」

ターンは言いかけたまま、言葉を失った相手の目を見つめた。タイプは喉まで出かかった言葉をなんとか不満げに堪えている様子だ。

「観ないわけないだろ。テクノー、早く再生ボタンを押せよ。いつまでぼーっとしてるんだ？」

ターンはテクノーの方を振り返って言った。テクノーは驚いてターンをチラッと見たが、彼の視線に耐えられず、なんで俺がと心の中でぼやきながら「再生ボタンを押す」という自分の任務をなんとか遂行した。

みんなの視線はパソコンのモニターに戻ったが、タイプはそれどころじゃなかった。モニターの中の女の子がどんなにスタイルが良くて、どんなに綺麗な胸でも、隣に座っているターンが何を観ているのか気が気じゃなかったのだ‼

「タイプ、これがお前のお気に入りか？　全然良くないな」

まだ十分と経たないうちにティームが首をかしげ、自分の趣向とは合わないといわんばかりに憎たらしく舌打ちをしてきた。タイプが何か言い返そうとしたその時、隣に座っているあの男が代わりに口を開いた。

「だったら俺のを観るか？」

「ダメだ‼」

ターンが言い終えると同時に、タイプは彼を睨みつけながら喧嘩腰に叫んだ。

俺たちが観るようなＡＶをターンが持っているわけがない。どうせゲイビデオなはずだ。ティームもオームもそんな趣味はない。あいつがゲイビデオを再生したら、俺は部屋の天井が崩れ落ちてくるほど大声で喚き散らかして暴れてやる！

「興味ある！」

タイプが暴れだす前に、オームがタイプの出鼻を挫くようにそう言った。ターンのような超イケメンがどのようなジャンルのＡＶを観ているのか興味津々らしい。

「嫌だ、考えただけで虫唾が走る！」

「なんでだ？」

「だってあいつは……」

タイプはそう言いかけてまたしても言葉に詰まり、なんにでも興味本位に首を突っ込んで質問してくるティームを睨みつけた。

「なんだ、言ってみろよ、虫唾が走るってどういうことだ。ターンお前、ＳＭとかそういう変態モノが好きなのか？　そうなんだろ？　だからタイプが観るのを拒絶してるんだろ？　イケメンだっていうのにそういうのが好きなのか？」

ターンはその言葉に失笑すると、自分のパソコンを持ってきて保存してあるファイルをみんなに見せた。

「観てみろ、絶対にハマるはずだから」

「ハマるってなんだよ。俺は絶対に観ないからな‼」

タイプは大声で喚いて、パソコンが置かれたテーブルから離れるように後退りをした。遠くのテーブル上でどんな動画が再生されるのか考えただけで鳥肌が立ち冷や汗が止まらない。すぐにでも部屋から出ていきたかったが、どんな動画なのかを知るためにベッドの側で状況を見守ることにした。

　モニターに、どこかの企業の広いオフィスが映し出された。疑う余地もなく日本(にほん)のようだ。胸も尻もこぼれそうなほどタイトな制服を着て、分厚い眼鏡をかけたＯＬがみんなに挨拶(あいさつ)をしながらフロアを歩き回っている。しかし、お辞儀をしながらパンツが見えてしまっている……。

　その様子だけでオームは声をあげた。

「いいね。こういうのが観たかったんだ」

「これこれ、これを観よう！」

　ティームも賛成してモニターに顔を近づけた。テクノーは、ティームが他のヤバい動画もあることに気付いてしまうのではないかとビクビクしながら様子を窺(うかが)っていた。ＯＬが上司に叱咤(しった)され、二、三人の男性が待ち受けている研修室に呼び出される場面になると、オームもティームもうめき声をあげて黙り込んでしまった。まるで三歳の子供がアニメに釘(くぎ)付(づ)けになっているかのように食いついている。

　眉をひそめながらその様子を見ていたタイプは、隣に座ってきたターンに奥歯を噛み締めるように小声で言った。

「お前、バイだったんだな」

「違う。俺は女には興味ない」

　ターンの口からはっきりと否定の言葉が出た。タイプは視線を逸(そ)らすと、勝手に隣に座った彼を蹴飛ばしたい衝動に駆られたが、詳しく知りたい欲求の方が勝ってしまった。

「じゃあなんで女の動画なんて持ってんだ……アホな奴らにストレートだって思わせるためにわざわざ準備してあるとか言うなよ」

　ターンは肩を竦め、酒の入ったグラスを口にすると、口角が上がって誰もが見惚(みほ)れるような笑顔になった。そして理解できずに不安そうにしているタイプを見つめ返す。

　そうだ、それでいい。俺のことなんて信用したらダメだ。

「なんの話？　そうそう、俺はあのＡＶには全く興味はない……」

　ターンはタイプに少し近づいてそう答え、真剣な表情で続けた。

「俺が興味あるのは、今ＡＶに見入っている男の方なんだよ」

　ターンの熱い視線から、誰に興味があるのかは一目瞭然だった。タイプは鳥肌を立てて目を見開き、ルームメイトの頭を思いっきり突き飛ばした。

「何馬鹿なこと言ってんだ！」

　そうだ、何を言っているんだ、何をしようとしているんだ……考えただけで吐き気がする。

「ふ、勝手なことを言って俺を怒らせるんじゃないぞ」

　ターンはそれだけ言うとグラスの酒を飲み干した。

「俺を脅すつもりなのか！」

「おいタイプ、うるさいぞ、今ちょうどいいところなんだから。酒でも飲んで静かにしておけ‼」

　タイプの叫び声に、動画に夢中のオームとティームが、大喧嘩中の部屋の主のことを振り返りもせずに叫んだ。タイプは拳をぎゅっと握りしめた。

「痛っ！」

　タイプの苛ついた蹴りがティームの背中に綺麗にヒットする。思わず叫び声をあげた彼に、タイプは「ムカつく！」とだけ吐き捨てた。

　俺はお前たちを「ルームメイト追い出し計画」のヘルプ要員として呼んだんだ。ＡＶ観賞会じゃないんだぞ！

　苛つけば苛つくほど、酒のグラスを空けるピッチも早くなっていく。みんなＡＶに夢中で、タイプを止める人はいない。ターンが馬鹿にするような半笑いを浮かべると、タイプは余計に苛ついてさらに酔っ払っていった――まさに今、良くない状況に向かっていることも知らずに。

第四章　仕返しの方法

「今日はありがとな。酒だけじゃなくて美味しいつまみまで奢ってもらっちゃってさ」

　時計は夜十一時になろうとするころだ。学生寮が門限で閉館してしまう前に帰ろうと、ゲストたちはそれぞれホストにお別れの挨拶をしていた。

　特にティームはキーホルダーについているＵＳＢメモリを機嫌良く振り回している。良さそうな動画を見つけて保存したのだ。ティームの眼鏡の奥にある目からは、かなり酔っ払っていることが窺えるが、後半はＡＶに夢中であまり酒を飲んでいなかったことが幸いし、まだ意識ははっきりしている。一方のオームは目が真っ赤で、いつ意識が飛んでもおかしくない状態だった。

「おう、気をつけて帰れよ。酒を飲んだことを学生寮の他の奴らにバレないようにな」

　ターンがそう言うと、新しい友達であるティームとオームは頷いてフラフラしながら部屋を出ていった。彼は振り返って残りの二人に視線を戻す。

「タイプ、起きろ。お前のベッドじゃないだろ」

「ううう……寝るから……ほっといてくれ」

　タイプは赤ちゃんのように眠っている。わざわざロックバンドのポスターが貼られている方のベッドに這っていって、だ。

　テクノーも酔ってフラフラしていたが、残っている僅かな意識の中でなんとかタイプを起こそうとした。酔いが覚めた時に、ゲイ嫌いの自分が誰のベッドで寝ているか分かったら、殺し合いの大喧嘩になることは明らかだったからだ。

　しかしテクノーがどんなにタイプを起こそうとしても、マットレスに沈んでいるタイプは手を振るだけで一向に起き上がる気配がない。テクノーはつい愚痴をこぼしてしまった。

「お前、自分が今どこで寝てるのか分かってんのか？　まったく、飲みすぎだよ。何をされても俺は知らないからな……」

「あいつ、お前に言ったのか？」

ドアの前で腕組みをして立っているターンに尋ねられ、ハッと息を呑んで固まる。まだもう一人この部屋にいたことに、今更ながら気が付いたのだ。テクノーはバツが悪そうに苦笑いすると、タイプを起こそうと何度も肩を叩いた。

「お前、知ってるんだろ？」

「知ってる？　なんのことだ？　俺は何も知らないよ」

テクノーが知らないふりを続けると、ターンは静かに切り出した。

「俺がゲイってこと」

「え……」

「さ、これでもうお前は知ってることになった。……で、タイプはお前になんて言っていたんだ？」

ターンの心理戦に引っかかり、テクノーは頭をポリポリと掻くしかなかった。今となっては、どんなにテクノーが「何も知らない」と言い張っても信じてもらえないだろう。ターンが自らゲイであることをカミングアウトしたのだから。テクノーはため息をつき、酔っ払いのタイプを起こすことを諦めると、彼の方を振り返って重い口を開いた。

「少ししか知らないよ。それで、あいつは昔からゲイのことが好きじゃない。初めてあいつと会った時にはもう嫌いだって言ってたから、その理由までは知らないんだ。ゲイに襲われたんじゃないかってふざけて言う奴もいたけど、そいつはタイプに教室中追い回されて蹴りを入れられてたな……あ、でも、俺はアンチじゃないからな。俺にもそういう友達がたくさんいるし。とはいっても大半は女っぽく振舞ってる奴らだから、ゲイはそんなに知らないけど」

ターンが正直にカミングアウトしたことを受け、テクノーも正直に答えた。

「とにかく、タイプの代わりに俺が謝る。あいつ、根は悪い奴じゃないんだけどさ……な？」

困惑気味にそう続けると、ターンは少しの間黙り込み、静かに頷いた。

そう、タイプは良い奴だ。少なくともターンの性的指向がバレる前までは。なぜここまでゲイを嫌うのか、ターンはその明確な理由が知りたくてたまらなかった。

「お前、この部屋から出ていくのは絶対に嫌なのか？」

落ち着いて話せば分かり合える相手だと感じたテクノーは、ターンに単刀直入に尋ねた。

「俺の身にもなってくれ。ストレスで白髪が生えてきているんだから」

「嫌だ」

ターンは冷たく答える。

「俺は何も悪くないのになんで出ていかないといけないんだ？」

「お前もタイプもお互い相手に我慢しなくてよくなるだろ」

何も知らずにぐっすりと眠っているタイプを横目で見ながら、テクノーはできる限り論理的に説明した。

「お前の友達がどうしてゲイに偏見を持っているのかは分からない。でも、ゲイだからという理由だけでは、絶対に俺は部屋を出ていかない。もしも部屋を出ていったとしたら、それは、女が好きじゃないという俺の性的指向が悪いって認めることになるからな。俺は自分が悪いとは思わない。だから、絶対に俺はこの部屋から出ていかない」

彼の言葉に黙り込むも、テクノーはこのイケメンの理屈を理解しはじめていた。

このトラブルは、ただこの部屋を出ていくとか出ていかないとかの問題ではなくなっている。プライド、いや違う、社会的な立ち位置の問題なんだ。本質を理解しているわけではないけれど、ターンが部屋を出ていくことになったら、ゲイが悪であると自分で認める結果になってしまう。だからターンは部屋を出ていこうとしないんだ。

「まあ、俺には関係ないしな。お前が出ていかないって言うなら、これからもタイプの子供じみた我儘に付き合うしかない。タイプみたいな頭のいい奴がこんな馬鹿げたいざこざを引き起こすなんて信じられないよ」

　テクノーは頭を抱えて負けを認めざるを得なかった。もうこの件には関わりたくなかったのだ。正直に言うと、話をしてみればターンも良い奴だということが分かってきた。そうでなければ、ここまでお互いの気持ちを打ち明けることもなかっただろう。結局、タイプが勝手にゲイに対して偏見を持っているだけなのだ。

「手伝ってよ、タイプをお前のベッドから引きずり下ろすからさ」

「そこで寝かせておけ」

「え?」

　タイプの腕を自分の肩にかけてベッドから運び出そうと四苦八苦していたテクノーは、驚いて変な声を出してしまった。

　犬猿の仲なんじゃないのか?　どうして自分のベッドで寝てもいいなんて言うんだ?

「お前の友達を教育してやる」

　テクノーはその言葉に振り返り、恐ろしさで身が竦む思いだった。

「どういう意味だ……?」

「酔っ払っている奴に手は出さないさ……お前、もう十一時になるぞ」

　勉強机の上の時計を見て呟かれたターンの言葉に驚いて目を見開いたテクノーは、慌ててタイプの身体をベッドの上に放り出すと急いで鞄を掴んだ。

「もう帰らないと。でないと学生寮から出られなくなる……おい、あいつに何もしないよな?」

　するとターンがふっと笑みを浮かべ、テクノーは唾を飲み込んで躊躇（ためら）った。タイプのことも心配だが、自分が帰れなくなることも心配だ。

「手加減してやってくれよ」

　……人間は誰しも自分が一番かわいいものだ。テクノーはタイプをその場に置き去りにすることに決めた。

　あいつが勝手に喧嘩を始めて、勝手に酔い潰れたんだ。誰が悪いわけでもない。この経験から学んだ教訓は……「自業自得」。お前がゲイに襲われたとしても俺には関係ないからな！


台風が過ぎ去った後のようにカオスな状態の部屋を片付け、ターンはシャワーを浴びて服を着替えた。部屋に戻るとベッドの側に立ち、酔い潰れて眠っているタイプを眺める。

制服の白シャツにサッカーのハーフパンツを穿いている彼は……かっこよかった。

寝ている時と起きている時のタイプは全くの別人だ。目を閉じていて、食ってかかろうとするいつもの憎しみを湛えた眼差しがないからかもしれない。女性の誰もが羨むような長いまつ毛が褐色の肌に影を落とし、酒のせいで頬はいつもより少し赤らんでいる。ボタンがいくつも外れた制服のシャツははだけ、スポーツマンらしい筋肉質な胸が見えていることを加味せずとも、ターンは以前からの想いを覆すことはできなかった。

恐ろしいくらいに好みだ。

「お前は俺のことを死ぬほど嫌っているけどな……」

ターンの口から苛ついたような独り言が漏れた。

先週の数々の嫌がらせのことを考えると余計に腹が立つ。友達として接しようとしたのに、良いルームメイトに巡り会えたと思おうとしたのに、見ているだけで幸せを感じていたのに、タイプがそれを滅茶苦茶にしたんだ。

ターンはゲイであることが悪いとは思っていない。しかしゲイだからという理由で嫌がらせをされたり、差別されたりといったことにはやはり気が滅入る。

「お前が先に仕掛けたんだからな、タイプ」

ターンはそう言うと彼のシャツのボタンに手をかけた。酔っ払ったタイプは寝息を立ててぐっすりと寝ている。彼が寝返りを打ったタイミングで汗と酒にまみれたシャツを脱がすと、サッカー選手らしい引き締まった上半身が姿を現した。

「うーん……」

ターンが狭いシングルベッドに上がると、酔っ払いは不満げに声を漏らしたが、そのまま再び深い眠りに入っていった。それを見ていたターンに、思わず笑みが溢れる。

「お前って本当に子供みたいだな」

そう呟くと、もう我慢できないというようにタイプの長いまつ毛を優しく指でなぞりはじめた。

「うう……」

タイプがまた不満げに声を漏らし、ターンはとうとう笑いを堪えられなくなった。

「起きている時はクソガキだけど」

そしてターンは冷ややかな笑みを浮かべながら、タイプの腰の下に自分の両腕を回し、グッと自分の方へ抱き寄せた。腕の中にいるタイプの熱い肌が、シャワーを終えたばかりのターンの冷たい肌と重なり合う。タイプは眠りを邪魔されて少し唸（うな）ったが、大量のアルコールが体内に残っていることもあり、人肌の温もりを求めるように自らターンの首筋に顔を埋めた。

ターンは微笑み、タイプのもう片方の首筋に同じように顔を寄せる。

「んんっ……」

生温かいターンの唇がタイプの熱い肌を吸うと、彼は抗（あらが）うような声を漏らし、蚊（か）でも追い払うかのようにターンのうなじを叩いてきた。ターンは少し面倒くさそうな顔をして、タイプの腕をベッドに押さえ込んだ。

夜更（よふ）けの静寂の中、ターンがタイプの肌を吸う音だけが響いている。ターンは優しく甘噛みをしながら、片方の手で露わになったタイプの肩を撫でた。タイプの全身に鳥肌が立っているのが分かる。眠りを邪魔され、彼は鬱陶（うっとう）しそうにうめき声をあげた。

「痛い！」

タイプはそう言いながら顔を背けようとしたが、しっかりと押さえ込まれてどうにも動けない。歯形やキスマークがつくほど強く甘噛みをされた首筋は唾液で濡れ、それを眺めながらターンは満ち足りた気持ちでいた。

褐色の肌に赤いキスマークが浮かんでいる。

ターンは再び両腕をタイプの身体に回すと、引き寄せてぎゅっと抱きしめた。その後毛布を二人の身体に優しくかけたが、その行動とは裏腹に、タイプの耳元で冷たく囁いた。

「ゲイと一晩中一緒に寝ていたと知ったら……どんなに怒り狂うか見ものだな」

無邪気な顔で眠っているタイプを鋭い目で見つめると、鼻先をタイプの柔らかい頬に触れさせ、ゆっくりとなぞるように唇まで持っていく。

そして先ほどの飲み会の残骸でいっぱいになったゴミ箱に目をやりながら、一瞬だけ躊躇した後、自分の唇をタイプの唇に重ねた。彼の唇は柔らかく、いつも罵詈雑言を吐いているものと同じとは思えなかった。

「ふっ。おやすみ、ルームメイト」

それだけ言ってターンは瞼を閉じた。いつも寝る前に聞いている音楽でなくとも、抱きしめているタイプの鼓動を手の平で感じながら、心地よい眠りに落ちることができた。自分を嫌っている人間を抱きしめて寝るのもそう悪くないな、と思いながら……。


重っ！　苦しい！

夜遅くまで飲み続けたタイプは、不明瞭な意識の中で一人ぼやきながら、あまりの頭痛に二度寝しようと思った。ベッドがいつもより窮屈だという異変には気付いたが、このまま寝続けたいという欲望に身体が支配されている。

狭くても広くても今ならどこでも寝られる……さっ、また寝るぞ！

「もう起きろ」

せっかく決心したばかりだというのに、誰かの声が聞こえてくる。とても近く……耳のすぐ側で囁かれたかのように近く……そして驚くことに、その声には聞き覚えがあった。

誰の声だ？　友達？　いやいや、落ち着き払った低いこの声は俺の友達じゃない。誰だ？　ま、いっか。俺は寝るんだ。

「一晩中腕枕してるんだけど」

腕枕？　なんで俺が？　枕じゃなくて？　ほら見ろ、この固い枕だといつも寝違えるんだ。

声に出しているつもりで実際は心の中で言っているだけのタイプは、頭の下に手を入れて枕を撫でながら「ほら、俺の枕だ」と内心考えていた。しかし枕を手で探っていくと、五本の何か細いものがあるのを感じた。間違っても枕にある突起ではない。しかもそれは意思があるかのように蠢いている。

タイプの不明瞭な意識は少しずつだがクリアになってきた。〝細い何か〟を押したり触ったりしていると、その突起はタイプの手を触り返してきて、さらには、低い声まで聞こえてくる。

「押すな、痺れてるんだから」

枕が痺れるなんて文句言うわけないし……ということは枕じゃないのか？　じゃあ、俺は一体なんの上で寝ているんだ……？

その瞬間タイプは両目をカッと見開いた。最初に目に飛び込んできたのは望んでもいないおぞましい光景だった……ヘーゼル色の落ち着いた瞳、目を刺しそうだと揶揄されるほどの高い鼻、病に伏せていたかのように透き通る白い肌。

これは……これは……どういうことだ？　ターンじゃないか⁉⁉

寝起きの状態では心の中でそう叫ぶことしかできなかった。そしてなぜ彼がこんなに近くにいるのか懸命に考えようとする。そう、毛穴が見えるほどとても近くにいるのだ。ということは……。

タイプは慌ててガバッと跳ね起き、自分の姿を確認した。耳元でターンが面倒くさそうに言う。

「ショックを受けているみたいだな。昨晩、お前が自分で俺のベッドに潜り込んできたのに」

「ベ……ベッド……俺……俺とお前……裸……」

言葉に詰まる。漫画だったら、タイプの口から白い魂がぽやーっと抜け出ていったはずだ。

「昨晩、俺と、お前は……」

ターンは冷笑を浮かべながらタイプと自分を交互

に指差して言い、眉をピクッと動かした。

「ちが……ギャーーーーーーーーーーーーッ!!

違う！　死ね！　馬鹿野郎!!」

タイプは大声で叫ぶと、慌ててターンから離れようとしてそのままベッドから落ちた。だが痛い、痛くないなどと言っている余裕はない。幽霊でも見ているかのようにターンの顔を見つめながら、ベッドから落ちてもなおひたすら後退りをする。両腕で自分の胸元を隠し、女子寮の方まで聞こえるほどの大声で叫ぶことしかできなかった。そんなタイプの予想以上のリアクションにターンが少し困惑していると……。

ドンドンドン!!!

「どうしたんだ？　お前たち大丈夫か？」

玄関のドアを叩く大きな音がした。タイプの叫び声で寮の同じフロアにいる全員が叩き起こされ、玄関前の廊下に集まってきたに違いない。タイプは震えながらドアの方へ視線を向けた。

違う……俺はゲイとなんて寝てない。嘘だ、ゲイとなんて……そんなのあり得ない!!

「あいつらに俺とお前が昨晩何をしたか言って聞かせようか？」

「ダメだ！」

タイプは本能でそう答えた。自我がガラガラと音を立てて崩れ落ちている今できることは、ベッドの脚につまずきながらも、自分のベッドに飛び乗ることだけだ。そして痛みも気にせず飛び乗り、これまでの人生でこんなに恐ろしい体験をしたことがないとでもいうように毛布を頭まですっぽりと被った。

今は何も聞かないでくれ！　何がどうなっているのか、俺自身にも分からないんだ！

自分自身にそう言い聞かせていると、ターンが部屋のドアを開ける音が聞こえた。もう少しで同じフロアの学生たちがドアを蹴破るところだったからだ。

「どうしたんだ？」

「下まで叫び声が聞こえて驚いたぞ」

「なんでもない、タイプが悪夢でうなされただけだ」

は⁉　悪夢より最悪だよ。悪夢くらいだったらいいけど、目が覚めたら俺はあいつのベッドの上にいたんだぞ！

「本当か？　お前、タイプと喧嘩したんじゃないだろうな。あいつ先週、血相変えて寮を走り回って部屋を替わってくれる人を探してたんだぞ」

誰かがターンにそう尋ねたのが聞こえた。タイプは「だったらお前が替わってくれればよかったじゃないか！」と心の中で毒づく。

「本当だ。信じられないならタイプに聞けよ。タイプ、俺とお前は喧嘩でもしたか？」

ターンがそうふざけながらタイプに責任を押し付けてきた。タイプは「そうだ！　俺とお前はどちらかが死ぬまでの壮絶な戦いをしているんだ！」と大声で叫びたかったが、喧嘩の原因を探られたら答えに詰まってしまう可能性に考えを巡らせる。

ダメだダメだ、こんなにゲイを嫌っているのに、ゲイと一晩同じベッドにいたなんてことがバレたら！

「違う！　喧嘩なんかしてない！」

「ほら」

何が「ほら」だ、お前のせいで俺の人生はこんなになっているのに！

「じゃあなんであいつは毛布を被って隠れてるんだ？」

「恥ずかしいんじゃないか？」

そうふざけて答えたターンに、タイプは殴ってやりたい衝動に駆られたが、今は毛布の中に隠れていることで精一杯だ。

すると何もないことが分かったのか、みんな自分の部屋に帰りはじめる様子が窺えた。

「なんだ、だったら部屋に戻るよ」

「悪夢くらいで大声を出さないでくれよな。心臓が止まるかと思った」

「ルームメイトに言っておけよ。まったくもう、殺されるのかってくらい大きな声で叫びやがって」

口々に文句を言う声が聞こえたが、どれもタイプに対するものだ。事の発端であるターンに文句を言っている奴は一人もいない！

ターンに対する憎しみが限界まで達していたタイプは、今度は驚くことに涙が止まらなくなってしまった。

俺、本当にゲイと寝ちゃったのかな……。

玄関のドアがバンッと閉まり、ターンの声が聞こえてくる。

「お前、どれだけ怖がりなんだ？　信じられないな」

馬鹿にされたタイプはバサッと毛布を跳ね除けて姿を現すと、ターンを睨みつけた。

「お前、泣いてるのか⁉」

「違う！　お前、俺に何をしたんだ！」

タイプ自身も信じられないことに、怒った声で問い詰めながら今にも再び泣きだしてしまいそうだった。胸元を隠していた腕を下ろし、目からこぼれ落ちそうな涙を堪えてターンに近寄る。

「何をされたと思う？」

「お前のベッドで寝るとかあり得ないから！」

タイプは直接的な表現をするのを避けた。ゲイではないストレートの自分がこのような事件に巻き込まれないといけない事実を、まだ受け入れることができなかった。

十二歳であの変態野郎に会った時から、俺の人生は同じような変態から逃れられない運命なのか！

「お前が俺のベッドに自分で潜り込んできたんだぞ」

「嘘だ！」

「はは、それじゃあ、俺がわざわざお前を自分のベッドに引きずり込んだって言うのか？」

「俺は酔っ払ってたんだ！」

こんなことになるなら、俺はもう一生酒なんて飲まない！

「お前が自分のベッドで寝ていたっていうのが本当なら、俺はなんでわざわざお前を自分のところまで連れてこないといけないんだ？　俺がお前のベッドへ行って襲えば済む話じゃないか」

「襲うだと⁉」

タイプは今にも泣きだしそうで、涙が目いっぱいに浮かんでいた。タイプが大泣きしたら、それは間違いなくターンの分が悪くなる。

もう限界かと嘲笑うかのように、ターンは意地悪な目でタイプを見た。「襲っていない」と答えてあげたら、タイプは喜びのあまりきっと泣きだすだろう。

「襲ったも襲ってないも、お前自身はどう思うんだ。それが俺の答えだ」

ターンは制服とシャワーセットを掴むと、シャワー室に向かって部屋を出ていこうと後ろを向いた。その時、ターンのうなじに指で掴んだような赤い痕が残っているのが見え、タイプは心臓が飛び上がるほど驚いて目を見開いた。まさかターンが自分で掻きむしったとは思えない。

しかも、ターンはパジャマのズボンを穿いていた。待てよ、パジャマのズボン……俺は……ボクサーパンツなのに！

急いで屈むと、タイプは自分の身体を隈なくチェックした。世界を揺るがす大事件に遭遇したばかりで心ここに在らずの状態だったが、徐々に意識を取り戻した今は「ゲイに襲われていない」という証拠を探さなければならない。

尻は痛いか……？　いや、痛くない！

「いやいやいやいや、さっきベッドから落ちて尻は痛い。でも、尻の中は痛くないぞ！」

完全に意識がはっきりしてきたので、自分の尻を触ってみた……本当に痛くない！

それが分かると、名探偵タイプはベッドから下りて床に這いつくばり「襲われていない証拠」を引き続き探しはじめた。

コンドームなし。使用済みのティッシュなし。有色無色の染みなし。

「助かった‼」

タイプは目を見開いて大声で叫んだ。名探偵の推理の結果……ターンにからかわれただけ、ということが分かった！

タイプは急いで両手で涙を拭い、怒りに満ちた目でターンの乱れたままのベッドを睨むと、枕を掴んで投げつけた。子供みたいに暴れて身の回りのものを破壊できたらどんなによかったか。しかし、他の部屋にいる学生がまた集まってくることを恐れ、なんとかその衝動を堪えた。代わりに地団駄を踏んで頭を掻きむしる。

「ターンの奴、俺を騙したな‼」

襲われてもいないのに涙で目が濡れていたタイプは、強がりながら言った。

「仕返しだ‼」

不機嫌そうにそう呟き、制服を取り出そうとクローゼットまで歩きだしたその時、目を伏せるとタイプはあることに気が付いた。驚いて両目を見開き、自分の首筋にある歯形を見る。さっき自分の尻はきちんと何度も確認した。尾骶骨は痛いけれども、中は全く痛くない。大丈夫だ。

「蚊だな、蚊に刺された痕だ。きっとそうだ！」

蚊に刺されたんだ、蚊に刺されたんだ、そう、蚊に刺されたんだ。人間の歯形みたいな痕をつける蚊だったんだ……タイプはそうブツブツと呟き、そして……。

「ターンの奴、ぶっ殺してやるーーーー‼」

またしても大声で叫んだ。

ドンドンドンッ！

「静かにしろ！　悪夢を見るなら静かに見てくれ！」

うおーーーーーーーっ‼

タイプは今度は心の中で吠え、ターンの毛布を掴むと、引き裂いてやるといわんばかりに目一杯の力で左右に引っ張った。

タイプは人生でゲイほど恐れ慄いているものはない。ゲイに関することじゃなかったら絶対に負けを認めないはずなのに……。

第五章　目の前で

「どうやったら落ち着けるっていうんだ、テクノー‼」

「落ち着けって、タイプ、落ち着けよ」

「おい‼　タイプ！　まずは落ち着け‼」

　スポーツ学部の建物はいつもよりも賑やかだ。タイプが教室に足を踏み入れると、ちょうどあくびをしている短髪のテクノーと目が合った。長身のタイプは鬼の形相で彼の元へ走り寄ったが……テクノーは一目散に逃げようとした。

　テクノーは大学のサッカーチームに所属するほどの俊足を活かし、「落ち着け」と叫びながら走って逃げたが、憤慨しているタイプにすぐに追いつかれてしまった。全力で腹に蹴りを入れようとされるも、幸運にもその蹴りを間一髪でかわす。そしてタイプは建物中に響くような大声で叫んだ。

「お前のせいだぞ！　お前のせいだ！　最低な奴！」

　誰に理不尽だと言われようと、タイプには怒りをぶつける相手が必要だった。

「俺は何もしてないよ！　何もしてないってば！」

「昨晩、俺のことを見捨てただろ？　どんな酷い目に遭ったか分かるか？」

「お前、ひょっとして……？」

　タイプが苛ついてキーッと叫ぶと、親友はビクッと身体を固くした。さらに苛つかせたのは、彼がタイプの下半身を両目を見開いて凝視したことだ。テクノーが最後まで言わなくても、何を言いたいかは一目瞭然である。

「お前……！」

「待って待って、俺は関係ないよ。お前が勝手にあいつのベッドに入っていったんだ‼」

　頭を叩かれることを想定して自分の頭を腕で防御したテクノーは、罵声を浴びせられる前に大声で言い返した。タイプは一瞬怯んで固まる。

「俺がか⁉　俺が自分からあいつのベッドに入っていった？」

ターンは嘘をついていたんじゃないのか⁉

「おいおい、お前が自分であいつのベッドに潜り込んだんじゃないか。俺だって一生懸命お前をあいつのベッドから引きずり下ろそうとしたさ。それなのにお前がここで寝るって言い張ったんだ。俺は悪くないぞ。寮が閉まる時間になるのにお前は全然言うことを聞かないし。家に帰れなかったら俺が母さんに怒られるところだったんだぞ。お前だって誰と一緒の部屋なのかくらい分かってただろ！」

テクノーが昨晩の状況を説明すると、タイプは多少落ち着きを取り戻したようだった。しかし……。

「痛っ！」

タイプは大きな手の平でテクノーの頭を叩き、歯を食いしばりながら掠れた声を振り絞る。

「お前が俺を見捨てたからこんな大事件が起こったってことなんだな？　最悪な友達だ！」

「違う……その……お前……何かされ……」

頭を叩かれたテクノーは顔色一つ変えず、タイプの頭から足の爪先まで凝視しながらおずおずと尋ねた。

「何もされてない！」

「そんなのあり得ないだろ！」

ただでさえ怒っているタイプは、その言葉にテクノーを埋め殺してしまいたい衝動に駆られた。拳を握りしめて腕を振りかぶると、テクノーは慌てて両腕で頭を防御する。

「あり得るも何も、俺は何もされていないんだ！」

殴ろうとしても全く意味がないことを悟ったタイプは、苛つきながら髪を掻き上げた。テクノーは一歩後退りをすると、友達の顔をじっと見つめ、再びおそるおそる尋ねてくる。

「本当に……何もされていない？」

「しつこい！」

「だとしたら、ターンは本当に良い奴ってことだな」

「そんなわけないだろ！」

「怒らないで聞いてくれ。俺、昨晩、お前に何もするなってターンに言っておいたんだ。そしたらあいつ、酔い潰れた男には何もしないって約束してくれたんだ。だからあいつは良い奴だってこと」

友人が何もされていないという事実にまだ半信半疑ながら慌てて説明したが、タイプは眉をひそめ拳を握りしめた。

「あいつ！」

「何に怒ってるんだ？　お前、襲われなかっただけありがたく思えよ」

テクノーの言葉にタイプは舌打ちをしながら低い声で言った。

「お前はまだ分からないのか。あいつは、自分のベッドに入ってきた奴はみんな自分のことが好きだと勘違いしているからそういう約束をしたんだ。言い換えると、仮に襲われたとしても、それはベッドに自分から入ってきた奴の自己責任だっていうのと同じことなんだよ。俺は絶対にあんな変態野郎となんて寝ないからな！」

タイプは自分の都合が良いようにターンの言葉を勝手に解釈し、暴言を吐いている。

何か勘違いしてないか、タイプ。さすがに自己中心的すぎるぞ……。

「だから、お前が勝手にあいつのベッドに潜り込んでいったんだって」

「うるさい！」

「分かった、分かった！」

どんなに仲が良くても、タイプが怒っている時は近づかない方が賢明だ。テクノーは頭を抱えると、今にも殺人でも犯しそうなほど不機嫌な顔をしている彼を見ながら遠慮がちに告げた。

「本当は、良いニュースがあったんだけど……」

「あいつに出会ってしまった今、俺の人生に良いことなんて何もない」

まだそんなことを言っているのかと、テクノーは頭をポリポリと掻くしかなかった。友達が襲われずに戦地から生還した今、テクノーはターンのことを好きになりかけていた。

もしターンが本当に悪い奴で、仕返しのことばかりを考えている人間だったら、昨晩お前は襲われてたぞ。

「まあまあ、本当に良いニュースなんだって……お前と部屋を交換してくれる奴が見つかったんだから」

　タイプは慌てて振り返った。部屋交換をしてくれる人を見つけられなかったらずっとトラブルに巻き込まれるだろうと悟ったテクノーは、知り合い全員に声をかけたのだ。話がまとまったのは、タイプが教室に入ってくるつい十分前のことだった。

「誰だ？」

「チャンプ、こっち来いよ！」

　タイプの質問には答えずにテクノーはそう叫ぶと、ムエタイ選手のような体型の友達がこちらへ向かってきた。

「おう、タイプ。落ち着いたか？　教室に入るなりテクノーを追いかけ回していたけど」

　タイプは目を逸らした。チャンプも同じスポーツ学部の生徒ではあるが、これまであまり話をしたことはない。

「もう落ち着いた」

　不機嫌そうに歯を食いしばりながらそう答えたタイプに、テクノーは慌てて状況を説明しはじめた。

「お前と部屋を替わってくれるのはこいつだ。知り合い全員に声をかけてたら、チャンプが部屋を替わるって言ってくれてさ。俺、医療工学部まで行ってみんなに声をかけたんだぞ。そうしたら、意外にもこんな身近にいたんだ」

　チャンプは静かに頷いた。

「俺もちょうど部屋を替えてくれる人を探そうとしていたんだ。俺のルームメイト、悪い奴ってわけじゃないけど、医学部で朝から晩までずっと電気をつけっ放しで勉強しててさ。俺は明るいと寝られないから、お前が部屋を交換してくれたら俺にとってもありがたい話というわけだ」

　テクノーは俺がこの逸材を探してきたんだぞ、とでもいうように誇らしげに相槌（あいづち）を打っている。

「それじゃ、お前たち、学生寮の事務所で部屋移動の手続きを――」

「やっぱりやめた！」

「はぁぁ？　なんだって⁉」

タイプがなぜこのようなふざけたことを抜かしはじめたのか、テクノーはさっぱり理解できなかった。わざわざ部屋を替わってくれる人を探してきたというのに信じられないと声をあげると、タイプはチャンプの肩を叩いて言った。

「ありがとう。でも、俺にはまだ解決しないといけないルームメイトとのトラブルがあるんだ。時間取らせて悪かった」

「え？」

チャンプは立ち尽くして頭を掻きながら、死に物狂いで部屋を替わってくれる人を探し出したのにも関わらず、最終的に裏切られた形となったテクノーに視線をやる。

「分かったよ。しょうがないな、部屋移動したくなったらいつでも言えよ」

一縷（いちる）の望みであった彼は、そう言うと自分の席に戻っていってしまった。テクノーは何事もなかったかのような顔をしているタイプに険しい声で尋ねた。

「どうしたっていうんだよ。わざわざ探してきたのに」

「ありがとな。でも、さっき言った通りだ。部屋移動はターンとの戦いを終わらせてからだ」

低い声でそう言うと、タイプは自分のシャツの襟をぎゅっと強く握りしめた。それはまるで自分の首を絞めるかのようだった。

「俺が部屋を出ていったら、負けを認めたってことになる。あいつが出ていかないと意味がないんだ。出ていくのは俺じゃない！」

そして困惑して頭を掻いているテクノーを置いて、不機嫌オーラを周囲に撒き散らしながら歩き去っていった。

「お前、それは危ない賭けだぞ」

テクノーは呟き、大きくため息をつく。

俺はこれからもタイプの嫌がらせを手伝ってやらないといけないのか……。わざわざ自分の身を危険に晒（さら）さなくてもいいのに、お前の考えが全く理解できないよ。ま、あいつの身の危険であって、俺の身の危険じゃないから別にいいか。

あいつ泣いてたよな。

ターンは今朝の状況を思い返していた。

間違いなくあいつは鋭い目いっぱいに涙を浮かべ、長いまつ毛を濡らしていた。あの時の俺を見るタイプの視線は「なんで？　どうして？」と状況を把握できていない小さな子供みたいに怒りと悲しみとが入り交じったものだった。泣いてなんかいないと俺の前では精一杯強がっていたが、あれは恐れを抱いていることを隠している目だった。

ターンは仕返しが成功したことで、タイプを可哀想に思いはじめていた。実際には彼のような人間と同室になってしまったターンの方が可哀想な状況に置かれているのだが……ターンは拳を強く握りしめ、今朝はやりすぎてしまったのではないか、という思いを必死に振り払おうとした。

タイプの先週の言動と比べたら、俺の仕返しがやりすぎたということはない。むしろ足りないくらいだ。ちょっと脅したくらいなんだっていうんだ。

「おい、ブツブツ言いながらどこへ行くんだ？」

そう声をかけられ、ターンは空想の世界から現実に引き戻された。ロンだ。彼は面白いものでも見つけたかのように笑いながら尋ねてきた。

「ミルク味とチーズ味、どっちがいいかな？」

「お前、どっちの味にするかでブツブツ言っていたのか？」

信じられないとでもいうように聞かれ、ターンは頷く。

「そうだよ、どっちがいいか選べなくて」

二人は大学の前のコンビニにいた。学食は飽きたとぼやく友達たちと昼ご飯に行って帰ってきたところだ。

「夜食か。でも、あのお菓子はよくないと思うよ。炭水化物の塊（かたまり）だからな。これじゃないと！」

そう言うとロンは鱈（たら）のおつまみを差し出して、筋トレをするジェスチャーをする。

「余計な脂もなし、美味しいうえに健康にもいい！」

ターンはそれを聞いてとうとう笑いだした。

「お前は馬鹿か」

「ははは。気分転換になったか？　食べたいならなんでも好きなもの食べろよ。世界中の不幸を背負っているような顔してさ。どの元彼がお前に復縁を迫ってるんだ？」

なんのことで悩んでいるか全てお見通しだというように、ロンは言った。ターンが悩むとしたら、元彼にストーカーをされているといった類いの話しかないのだ。

「違うよ、新しいバンドのメンバーのことで頭が痛いんだ」

ターンがそう答えると、うんうんと何度も頷き彼をポンと叩く。

「メンバーを探す時間はまだたくさんあるじゃないか。お前と俺でもう二人は決まってるんだし。残りはベースとギターだろ、すぐ見つかるさ」

ターンはため息をつきながら、高校時代のバンドメンバーたちのことを考えていた。彼らはみんな新しいバンドを組んでいる。しかも、当時解散した理由はターン自身にあるのだ。

ターンは高校時代、メンバーの弟と付き合っていた。最終的にターンがその弟にフラれたのだが、別れた後、あることないこと悪口を吹聴されてしまったのだ。それがしこりとなり、同じ高校の奴らは誰もターンとバンドを組みたがらなくなった。今となっては、メンバーはドラム専攻のターンと声楽を専攻しているロンしかいない。

「大丈夫。そのうち見つかるよな」

ターンもロンと同じように答えながら、ミルク味とチーズ味のチップスを一袋ずつコンビニのカゴに入れた。二種類の味の鱈のおつまみも一緒だ。店の中を歩き回り、サイダーもカゴに入れる。そして「太りたいのか？」とからかうロンを無視し、タイプのことを考えていた。

あいつ、泣いてたよな……。

タイプは先輩に死ぬほどしごかれ、今日は早めに部屋に戻ってきた。新学期が始まって二週間にもなるのに、まだ校歌を覚えていない一年生がいたために走り込みや腕立て伏せなどをさせられ、こっぴどく怒鳴られ――正直なところ、そんなことされても本当に反省している人なんてほとんどいないが――やっと解放されたのだった。

タイプはルームメイトがいつ部屋に戻ってくるのか、恐怖にも似た思いを抱いていた。

正直なところ、まだ仕返しの作戦はできていない。あいつのパンツでも穿いて嫌がらせしてみようかな……いや、考えただけで吐き気がする。

タイプは荷物をベッドの側に下ろしながら、ボーッとそんなことを考えていた。

あいつとの戦争が始まった時から、この狭い部屋はテーブルを挟み「俺側」と「あいつ側」で二つの陣地に分け隔てられている。これまでお互い敵の陣地に侵入したことはない。そんなことがあったのは昨晩の飲み会の時だけだ。テクノーが言うには……俺が敵陣に侵入していたらしい。

「お腹減ったな、大学の前まで何か食べに行こうかな」

南部の青年は独りそう呟いた。学生寮に住んでいる友達はみんな自転車を持っている。大学まで距離もあることから、余計な体力を使わないためにも父親に自転車を買うお小遣いをもらわないといけないな、などとぼんやり考えていた。

「ん？　あれはなんだ？」

タイプの鋭い目が、部屋の真ん中にあるコンビニのロゴが入ったビニール袋を捉えた。袋の口には目立つように色のついた付箋が貼られている。

『俺の物に触るな』

「誰が触るか、馬鹿野郎！」

付箋の文字を読むと、苛ついたように呟いた。

「タイプは他人の物に勝手に触る最低な奴だ」と、ターンが考えている証拠だ。しかし自分のベッドへ視線を移そうとした時ある作戦を思いつき、部屋の真ん中に置かれたビニール袋の方を二度見した。

『他人のプライバシーを尊重できない奴は最低だ。サンダルならまだしも、パンツを勝手に穿かれるとか耐えられない――』

親友テクノーのあの言葉がタイプの頭を過った。視線の先には物がたくさん詰められてパンパンになったビニール袋がある。〝他人の物を勝手に使う〟という行動を、〝他人の物をお金を払わずに勝手に食べる〟という作戦に展開させるのはどうだろう。

いいアイデアだ！　この方法だったらあいつは俺に仕返しできないぞ。俺は何も食べ物を買っておいていないからな。

そんな最低な作戦を思いつくと、タイプは時計を見てターンがまだ帰ってこないことを確かめた。ビニール袋には何種類ものお菓子や飲み物まで入っている。盗み食いをするにはもってこいの品揃えだ。

「あいつが今朝俺にしたことの慰謝料としよう。たかだか数十バーツのお菓子だ」

南部の青年はそれだけ言って、無礼講とでもいうように全てのお菓子の袋を開けて貪りはじめた。お菓子が喉に詰まると、遠慮もせずにサイダーをゴクゴクと飲み干す。小言の多い親戚の叔母さんにバレたら、耳が痺れるほど大声で怒られるはずだ。

残った鱈のおつまみを半分食べ終わったところで、タイプはビニール袋に貼られていた付箋を手にした。そして、それを裏返すと丁寧に何かを書き込み、ホッチキスでお菓子の袋にくっつけ、テーブルの上に置く。しかし、何かを思いついて袋を再び手に取ると、袋の口を大きく開け、中身をターンのベッドにばら撒いた。黄色い調味料がベッドに散らばる。

よし、これで儀式は完了だ。

「お前も腹が減ってるんじゃないかって心配なんだよ。ベッドでも舐めるんだな。ふっ」

タイプはそう言うと、ばら撒いて空になったお菓子の袋を丸めてゴミ箱に捨てた。お腹がいっぱいになって機嫌が良くなり、シャワー室に向かいながら

「今晩あいつがアリの大群に部屋の外まで運び出されますように！」と祈った。

この嫌がらせが子供じみていることは否めない。しかし、これで少しでもターンに仕返しできたら最高だ。あいつに子供っぽいとまた嫌味を言われるのは受け入れよう。これは仕返しなのだから！

俺は絶対に部屋から出ていかないぞ！　出ていくのはあいつだ！

学生寮が閉まる時間になって、ようやくターンが部屋に戻ってきた。部屋の照明はもちろんもう既に消されている。照明をつけて天敵であるタイプの眠りを邪魔してもよかったのだが、ターンは携帯のライトで遠慮がちに足元を照らした。タイプに目をやるとすっかり眠っている。

昨晩あんなことがあったのに、どうやったら何もなかったかのように寝られるんだ。

ターンはそう思いながら、タイプではなくテーブルの元へ向かう。しかし、そのビニール袋の軽さは、中身はもう既になくゴミしか入っていないことを物語っていた。携帯のライトの薄明かりでも、何かが捨てられているのが見える。手に取ってみるとそれは……『なんで俺が食ったらダメなんだ』と書かれた付箋だった。

ターンは一瞬固まると、ビニール袋の中を探った。残っていたのは鱈のおつまみ数本だけだ。

「どれだけふざけたことをしたら気が済むんだ！　触るなとわざわざ貼り紙までしておいたのに」

ターンは今さっき買ってきたばかりの別のビニール袋をテーブルの側に置きながら呟いた。

「目立つように貼ったからこんな嫌がらせをされたんだ……この袋には貼り紙はしない方がいいな」

そしてクローゼットの方へ向かい、パジャマを取り出して、シャワーを浴びるためにまた部屋を出ていく。ドアが閉まると同時に、これまでぐっすりと寝たふりをしていたタイプがガバッと頭を上げた。

「もう行ったか？」

暗闇の中で彼が部屋から出ていったことを確認すると、タイプはベッドから這って下り、ビニール袋のカサカサという音がしていた方向に進んだ。

あの音はテーブルの横からしていたはずだ……ビンゴ！

ジュースが何本も、そしてお菓子もたくさん入っている。部屋の中に差し込む僅かな灯りでタイプはビニール袋に入っていたレシートを盗み見た。

「やったー！　ソーセージ、バジル炒めご飯、牛乳まである！　さてはあいつ冷蔵庫に入れたんだな」

そしてレシートを袋の中に戻し、ベッドの上に飛び乗ると悪巧み（わるだく）みを始めた。

明日になったら寮の共有の冷蔵庫を探ってみよう。ターンの名前が貼ってある食べ物があるはずだ。もしあったら……俺がいただく！　ターンには誰かに盗まれたと思わせておけばいい。あいつを追い出すためのイケてる作戦を練る間、ずっとあいつを苛つかせてやる！

ターンが消えた食べ物を捜して苛立ちながら右往左往する様を想像するだけで、タイプは笑みが溢れてきた。善人から盗人に変身したタイプはベッドに入り、幸せそうに夢の中へと入っていった。


同じ頃、お菓子を盗まれたターンは玄関のドアの前に立っていた。クオーターの美しい目は、付箋に書かれた、喧嘩を売っているかのようなぐちゃぐちゃに書き殴られている文字たちを見つめていた。そして、先ほどの苛ついた様子と同じ人は思えないほど優しく微笑む。

「泣かせて悪かったな」

そう一言呟いて、付箋をズボンのポケットの中にしまった。そう、タイプが全部食べてしまったお菓子は、ターンが彼のために買ったものだったのだ。ターンが自分で食べようとしたのではない……今朝の彼の涙に対する謝罪だった。

お菓子の入ったビニール袋を置いておくだけだったら、タイプはきっと気にも留めないだろう。しかしわざわざ付箋を貼っておけば、仕返しを考えるタイプは食いつくはずだ。そしてターンが考えた通りに話は進み、タイプは気が付かないうちにターンからの謝罪を受け入れた形となった。

タイプが全く気付いていないだけで、ターンを毛嫌いするようになるまでの間に先輩にもらったからと分けていたお菓子は、タイプと仲良くなろうとターンが全部自分で買ってきたものだった。タイプがあまりにも幼稚なので、気付かれないように謝罪を受け入れさせるこの方法を思いついたのだ。

偏見まみれの彼を許したわけではない。ただ、今朝の涙が心に引っかかっていた。泣かれるくらいだったら、暴言を吐かれていた方がまだマシだ。

「これでおあいこってことだな」

ターンは独り呟いた。タイプがもう少し素直になったら、ターンは悪い奴ではないということくらいすぐに分かるだろう。

一週間が経とうとしていたが、何も進展はなかった。ターンを怒らせようとしたあの計画も全く上手くいっていない。タイプは一週間ずっと彼が買ってきたお菓子を勝手に食べ続けているが、獲物を狙う肉食動物のような鋭い目を光らせて見てくるだけだ。

タイプの仕業というのは分かっているものの、証拠がなく何もできないといったところだろう。今朝もターンのベッドの上には、まるで巣でもあるかのようにアリの大群がいた。

「お前の仕業だってバレないようにせいぜい頑張れよ！」

相手の顔を指で差しながらターンが怒鳴っても、タイプは笑いながら答えるのだった。

「せいぜい頑張って俺がやったっていう証拠でも探すんだな」

そして彼が怒ってバタバタと部屋を出ていくと、タイプは気分が良くて仕方がなかった。

でも……ターンはどこまで我慢するつもりなんだ。散々文句を言って色々な嫌がらせをしてきたけど、あいつはさっぱり部屋から出ていく気配がない。このところ毎日部屋に戻ってくるのが遅くて喧嘩をする時間すらないから、このままでいいとでも思っているのか……？

「ムカつく！」

タイプはベッドに寝転ぶと、古びた天井を眺めながら、隣のベッドの主であるゲイから逃れられる方法を懸命に探そうとした。

すると突然携帯の通知音が鳴った。面倒くさそうに手に取るとそれは高校の仲間のグループメッセージの通知で、オームが何かを送ってきたようだ。

オーム：運営に削除される前に急いで見ろよ

携帯の画面に何かのＵＲＬが送られてきたが、きっとくだらないサイトだろうとタイプは興味を失った。しかし通知音が再び鳴り、苛つきながら見ると、女子たちが一斉に文句を送っていた。

グループに何を送ってるのよ！

グループの女子のことをなんだと思ってるの？

もっと意味のあるものを送ってよ。何これ？

お母さんが隣に座ってるんだけど。見られたらヤバかったんだから！

男子たちからも続々とメッセージが送られてきている。

もっと送って。もっともっと！

動画観てくる！　ありがとな！

タイプは散々に言われているサイトに興味を持ち、クリックしてみた。

『あーん、あ、あっ、気持ちいい……』

「オームらしい動画だな」

そしてタイプは玄関のドアに目をやった。まだターンが帰ってくる時間ではない。ドアの鍵もかかっている。そこまで確認すると、携帯の画面に釘付けになった。

スタイル抜群のかわいい女の子が褐色に日焼けした男性の身体の上に跨がっている。いや、男性の方はどうでもいいしどんな奴だっていい。女の子の透き通るような白い肌はピンクがかり、ぷよぷよとした肌の弾力が画面越しに伝わってくる。タイプは鼻息を荒くすると、何も見逃さないよう瞬き一つせずに、画面の中で喘いでいる女の子を凝視した。

「オーム、いいの持ってるな」

そう呟くと、三週間近く稼働させていない自分の下半身が動画に反応していることに気付いた。同室の奴との戦いでそれどころではなく、欲望を解放する時間すらなかったのだ。下半身に力がみなぎってくるのを感じる。健康な青年タイプは決行することにした――！

タイプは起き上がってベッドに座り、片手を下半身に持っていって熱いモノの感触を確かめると、もう片方の手で携帯を握りしめた。歯を噛み締め、動画から聞こえる女の子の甘い喘ぎ声とのハーモニーを奏ではじめる。

シャワー室まで行かなくてもここでいいや。側に置いてあったティッシュに手を伸ばして準備を整え、オームから送られてきた動画の力を借り、タイプは一仕事終えようとしていたが……この部屋が自分一人のものではないことをすっかり忘れていた。

ガチャッ。

動画の中の喘ぎ声に集中しているタイプの聴覚はその音を拾わなかった。そしてドアノブが回り……。

「うわっ‼」

ドアが開き、ターンが叫んだ。タイプは驚いて両目を見開き、ドアの方へ視線を向けると……そのまま硬直した。

ヤバい！　俺が握っているモノ、直立不動だ‼

第六章　勝ち気

　部屋はシーンと静まりかえっている。言葉にできないあまりの驚きと、微動だにできない究極の恥ずかしさとが入り交じった静けさだ。タイプは目を見開いて、タイミングを間違えて帰宅してしまったルームメイトから視線を逸らせずにいた。

　やらかしてしまった‼

　タイプは何も考えられなかった。そしてルームメイトであるターンは、タイプの手の中にあるモノを凝視したまま部屋に入ってきた。

「ふっ」

「何笑ってんだ！」

　タイプは一瞬で我に返ると、もう片方の手でタオルを掴み、急いで恥ずかしそうに自分の下半身を隠した。学生寮に入ってから一回もしたことがなかったのに、なぜ今日に限ってターンは早く帰ってきたのか。穴があったら入りたいとはまさにこのことだ。気をつけてきたのに、まさかこんなことになるなんて。しかも、よりにもよってあいつに見られるとは……。

「だって……」

　ターンは何も気にしていないというように肩を竦めたが、視線はまだタオルが巻かれたタイプの下半身にあった。

「何を見てんだ！　出ていけ！」

　タイプは怒鳴った。

「なんで俺が出ていかないといけないんだ。お前の方こそ自分だけの部屋じゃないってことくらい覚えておけ。俺みたいなゲイが不快なんだろ？　それとも、本当はお前も俺のことが気になってるのか？」

「馬鹿野郎！　同じ部屋の空気を吸うのも嫌なくらい大嫌いだ！　はぁ、なんで俺がお前みたいなゲイと一緒に暮らさないといけないんだ。他にも学生はたくさんいるのに、なんで男同士で好き合っている変態と同室なんだよ。お前、優しさに飢えてんのか？　両親からの愛情を受けていないとかさ。だから男を追いかけ回すようになっちゃったんだな。それとも、ひょっとして遺伝？　お前の親父も――」

「親父まで侮辱するな‼」

　恥ずかしさを隠すためにあまりよく考えずに口にしたタイプは、遮るように怒鳴られ驚きで一瞬怯んだ。ターンはタイプに飛びかかり、肩を強く掴むと、我慢の限界というように鋭い声で言った。

「お前のその性格にはもううんざりだ！」

　タイプは両目を見開いた。

「離せ！」

「俺を蹴ったら、お前のアレをまっぷたつにへし折ってやるからな」

　その言葉に、タイプは驚かずにはいられなかった。まさにターンを蹴り上げようと体勢を整えた時、まだ硬さの残るタイプの〝アレ〟を片手で握られながら言われたのだ。

　ターンの脅し文句が耳元で低く鳴り響いている。その眼差しと握力の強さから、彼の本気が感じられた。

「は……離せ！」

　想像以上に大きなターンの手はまだ握ったままだ。タイプは歯を食いしばり、精一杯強がって言った。大粒の汗がこめかみを流れはじめ、心臓の鼓動は速まっていく。

　緊張しているのではない。身体が震えるほどの恐怖を感じているのだ。

「なんで俺がお前の言う通りにしないといけないんだ」

　ターンはそう言うとタオルを剥ぎ取った。そこにはタイプの肉体とそれに触れるターンの手の熱だけしかない。タイプは歯を食いしばりながら言った。

「やめてくれ！」

　ターンの力強い手はその制止を聞くわけもなく、上下に動きはじめた。指先でくるくると先端を撫でてくる。それはまるでどうしたら相手が気持ちいいのかを熟知しているようだった。

　ただ、ターンは全く楽しそうではなかった。クオーターの目はむしろ恐ろしいほど冷たい。彼の手の動きはまるでこれが本当の戦いだとでも伝えてくるようだ。

「放せ……放してくれ！」

タイプは血が滲むほど強く、下唇をぎゅっと噛んだ。両手でターンを殴り飛ばしたかったが、彼の心の奥底に長年じっと潜んでいた恐怖が大きな一つの塊となって浮上し、しかもそれは徐々に大きくなってタイプの身体を動かなくさせていた。「まっぷたつにへし折る」というターンの脅しに屈したからではない。

「放せ……頼む……」

本当は「俺にこんなことするな、俺はゲイじゃない」と威勢よく怒鳴ってやりたかった。ただ、実際にタイプの口から出てきたのは驚くほどか細い声で、ターンを押しのけようと肩を掴んでいた彼の両手は、汗でびっしょりだった。

恐怖……そうだ、これは恐怖だ。

「放せって……ヒック……ヒック……」

自分の身体に落ちた、背の高い大きな影を見ながら力無く言うのが精一杯だった。ターンの、彫りの深い落ち着き払った顔が見える。ターンの手の中にある自分のモノが全く萎縮していないどころか、手の動きに反応していることに気付き、タイプは自己嫌悪に襲われた。身体中を快楽の波が押し寄せ、それと同時に最悪な記憶が蘇ってくる。

『いい子だね。怖くないからね。これは楽しいことなんだよ』

目の前の綺麗な顔は消え去り、誰かの顔が見えた。その顔は顎髭をぼさぼさに伸ばし、飢えた目つきでか弱い少年の身体を舐め回すように凝視していた。

俺はもう十二歳の子供じゃないんだ。俺には力がある。タイプ、戦うんだ。

心の中でそう呟いても、実際にタイプの口から漏れ出たのは……。

「放せ……頼むよ……放せ……ごめんなさい……やめて……」

その言葉だけだった。

それは反抗する術を知らない男の子が、卑劣な行為をする大人にやめてと懇願するようなすすり泣きだった。その声に、ルームメイトを〝教育〟することで怒りを発散させていたターンは驚いて顔を上げた。ターンが何を考えているのか、どれほどタイプのことを可哀想に思っているのか、タイプは全く分からない。ただ泣きじゃくりながら「やめてくれ」と言うことしかできない。

やめてくれ、放してくれ、僕に何もしないで……。

「俺の両親のことまで侮辱したお前はどこにいったんだ？」

「ごめん……やめて……放してくれ……」

タイプは「ごめん」と繰り返す以外にどう言えばいいのか分からなかった。身体中が震え、汗で濡れている。ターンが驚いて手の動きを止めると、タイプが胸元に倒れかかってきた。

「大丈夫だ落ち着け、気持ちよくしてあげたいだけだから」

ターンの声に、タイプは涙で霞んだ彼の姿を見つめた。うっすらと見える彼の眼差しはいつもよりも優しい。力強い乱暴さはもうどこにもなく、タイプはただ果てしない優しさに誘われている感覚を抱いた。

「落ち着けって。大丈夫……大丈夫だから」

ターンの穏やかな声が耳の側で聞こえた。耳たぶに触れる彼の唇の熱を感じ、タイプはビクッと反応する。震えは止まらなかったが、恐怖で身動きの取れなかった状態からはだいぶ落ち着きを取り戻してきた。それにつれて、タイプの下半身はターンの手の動きにまた無意識に反応しはじめた。

『そうだよ、いい子だね。そうそう』

あの囁きがまだ聞こえてくる。ターンの温かい唇がタイプの涙を拭い、指先が湿った先端を優しく撫でている。タイプは身体を強張らせた。

「イくっ……はん……あ……」

「そう、落ち着いて。痛いことは何もしないから」

タイプはターンの声に恐怖を覚えつつ、それよりも快楽を感じるようになってきた。

「イく、イくっ……ああ……あっ‼」

大きな手が何度か上下すると、タイプは溜まっていた欲情を全て出しきり、異様なほど荒い呼吸のままターンに倒れかかった。手を離したターンは驚いてタイプに聞こうとした。

タイプの反応はただゲイを嫌っているだけじゃない。

「お前、どうしたん――」

ターンが言い終える前に、身体中を震わせて横たわっていたタイプにドスッと胴を蹴り上げられ、ターンは大きな音を立ててベッドから転げ落ちた。

つい先ほどまでターンの腕の中で身体を震わせていた彼は、真っ赤に腫れた目をして急いで起き上がる。目の奥には怒りの炎がちらついていた。

「俺はゲイが嫌いだ！　卑劣な奴め！」

さっきまで泣きながらやめてくれと懇願していた男と同一人物だとはとても思えない。ターンはゆっくり立ち上がると、まるで肉食動物のように睨みつけてくるタイプを見つめ、少し口角を上げながら彼の体液で汚れた手を掲げて言った。

「俺みたいな卑劣な奴でも、最低なお前をイかせることができたってことだ。感謝しろよ」

「死ね！」

タイプはターンの手に付いた自分の体液を見て、顔を赤らめながら叫んだ。ターンはその様子に冷笑を浮かべる。

「俺みたいに誰かれ構わず手を出す卑劣なゲイでも、口ばっかりのお前よりはよっぽど上手にイかせることができるけどな……ふ、惨めな奴」

ターンは屈んで床に落ちていた携帯を拾った。画面には、ベッドの上でまだ喘ぎ声をあげているスタイルのいい女の子の動画が流れている。そして鞄を掴むとそのまま再び部屋を出ていった。

玄関のドアが閉まると同時に、タイプは自分の胸を手で覆ってベッドにうずくまった。息を肺いっぱいに吸い込んで深呼吸をしても、身体の震えはまだ止まらない。

「ひーっ、ふーっ、大丈夫、もう終わったんだから。思い出すな、あいつのことなんて思い出したらダメだ、タイプ‼」

　タイプは過去の恐ろしい記憶を蘇らせないよう、自分で自分を励ますことしかできなかった。


「あいつ、どうしたっていうんだ！」

　苛ついたように部屋から出た後、ターンは手を洗うためにシャワー室に行った。顔を洗って落ち着こうとしたが、燻った気持ちは一向に治まりそうにない。蛇口から流れ出る冷たい水を手で叩き散らし、洗面台をびしょびしょに濡らした。ターンは洗面台の縁を両手で握ると、思いっきり息を吸い込んで深呼吸をしたが、自分自身の中にある苛立ちを消し去ることはできなかった。

　問題なのは……なぜ自分が苛ついているのか分からないということだ。

　あいつが俺の両親を侮辱したからか？

　あいつが小鳥のように震えながら強がるからか？

　あいつが恐怖を隠して怒鳴るからか？

　それとも……俺があいつを泣かしたからか？

「くそっ！」

　ターンは怒鳴ると、洗面台を握っている両手に力を入れて頭を上げ、鏡に映っている水の滴った自分の顔を見た。ターンは自分で自分のことが全く理解できなかった。タイプの嫌がらせや偏見には辟易していたはずだ。だから、タイプが懲りて二度と馬鹿な真似をしないように仕返しをしてやろうとも思っていた。それなのに、全部が吹っ飛んでしまったのだ……彼の涙のせいで。

「あんな奴の涙がなんだっていうんだ」

　ターンは自分の気持ちに嘘をついた。

　確かに、両親を侮辱された時はタイプの首を絞め殺したいと思うほど怒り狂っていた。自分が最低な奴だとしたらそれは自分の責任だ。両親には関係がない。だからあいつが反省するように少し懲らしめるため、手でイかせてあいつが負けを認めるまでからかってやろうとしただけだ。それなのに……タイプが噎び泣いただけで、怒りは信じられないほど鎮まっていった。

　目を閉じると、頭の中で先ほどの光景が鮮明に蘇る。涙で汚れた南部出身らしい彫りの深い顔、震えた鋭い眼差し、真っ赤になるほど泣き腫らしてまつ毛まで濡れそぼった目、血色がなくなるまで噛み締められた唇。自分と同じくらいの高さがある身体は巣から落ちた小鳥のように震えていた。

　ターンが今、タイプに抱いている想いは、彼のような人間に対して抱くべきではないものだった。

　守ってあげたい――。

「両親をあそこまで侮辱されたのに、お前はまだあいつのことを可哀想だと思うのか？」

　ターンは自分の考えを打ち消すように急いで頭を振ると、もう一度深呼吸をした。洗面台の縁から手を離し、自分が置かれている状況と、そこから生まれた感情を全て振り払おうと肩を叩く。そして、タイプに蹴られて赤くなった痕を確かめようと制服のシャツをめくり、もう一度頭を振った。

「あいつに優しくしたって何があるっていうんだ。どうしてあいつを可哀想に思わないといけない？」

　そう言って、ターンは蛇口の水でもう一度顔を洗った。そしてシャワー室から出ると、携帯を取り出して親友に電話をかけた。

「ロン、まだ大学に残ってるか？　一緒にご飯食べようぜ」

　部屋に戻れないのだ。部屋に戻ったらルームメイトとまた争わないといけないのが目に見えている。ターンは自分の部屋の前を通る時にチラッとドアの方を見たが、そのまま通り過ぎていった。

　あんな強がってる奴の心配なんてする必要ない！

『おじさん、本当に空いているグラウンドがあるの？』

『あの建物の裏に誰も使っていない古いグラウンドがあるんだ。すごく広いぞ。一緒に行こう』

行ったらダメだ。絶対にダメだ。

ぼんやりとした夢の中でタイプは、顔が見えないほど髭をぼさぼさに生やした男が、笑顔の十二歳の少年をじっと見つめている様子を俯瞰（ふかん）して見ていた。

外の世界がどんなに危険なもので満ち溢れているのか、サッカーの練習ができると興奮して喜ぶ少年を奴がどんな目で見ているのか、彼はまだ知らないのだ。

行ったらダメだ、お前、あいつと一緒に行くなよ。

タイプは暗闇の中で叫びながら、少年を引き寄せようと一生懸命に手をバタバタさせた。しかし、手には全く力が入らず、大声で叫んだはずの声も音にはならずに静寂が広がるだけだ。タイプは少年がボール片手に、奴を信じきって後ろをついていく様子を見ることしかできなかった。

その少年は……俺自身じゃないか。

タイプはその事実に驚いて少年を掴まえようと必死に手を伸ばすが、彼は遠くへ、遠くへと、歩いていってしまうだけだった。


『どこへ行くんだ』

その時、歯を剥き出しにしてニヤニヤ笑う、あの汚い髭面の男の顔がタイプの目の前に現れた。狂ったように笑う声も響いている。長年に亘（わた）り心の奥底に追いやっていた恐怖が、嵐のようにタイプを襲った。

放せ……やめろ、この野郎！

『おじさんも少し楽しませてよ。ちょっとだけだから。ちょっとだけ……』

タイプは逃れようと踠（もが）いた。涙が頬を伝わり、全身が汗でびっしょり濡れているのを感じる。しかし、いくら走って逃げようとしても、身体はまるで錘（おもり）をつけられたかのように重くて動けず、自分の両手を見つめることしかできない。

『放して。僕に触らないでよ』

まだ幼い少年は小さな声でそう言った。両手を縛っている太い綱を、傷だらけになりながら引きちぎろうとしている。恐ろしい悪霊に心臓を食べられているような恐怖を与えられ、小さな身体は可哀想なほど恐怖で震えていた。しかし、その可哀想な少年の様子は、飢えたように太腿を荒々しく撫でてくる奴の興奮を増大させただけだった。

『いい子だね。大丈夫。一緒に楽しもう』

『やだ。僕は全然楽しくない。放して。ヒック……やめてよ……』

　少年は泣きながら懇願しているが、男はおぞましい手つきで少年の脚を撫で回すのをやめようとしない。少年のズボンに手をかけて引きずり下ろすと、無惨にも少年を弄びはじめた。

　誰か、俺を助けてくれ。助けて、助けて……。

「タイプ、起きろ‼」

　誰だ？　助けて、助けてくれ！

「起きろって言ってるだろ、タイプ‼」

　この声はターンの声だ。ターンなんだろ、俺を助けてくれ。

「起きろ、タイプ!!!!」

　叫び声が聞こえてきて、おぞましいあの男の顔が消えていった。恐怖の中にいたタイプが急いで目を開けると、そこにはいつもの人を馬鹿にするような顔でもなく、怯えて震える小動物に食ってかかろうとする肉食動物のような顔でもない、心配そうに自分を覗き込んでいるターンが見えた。

「よかった、起きたんだな。全然起きないから心配したよ」

　ターンはそう言うとタイプを引き寄せて両腕で抱きしめた。

　タイプはどうしたらいいのかさっぱり分からなかったが……とにかく、安堵した。


　やっぱり帰った方がいいな。

「ああ、俺一体どうしちゃったんだよ！」

　一旦家に帰っていたのにも関わらずご飯に呼び出され付き合わされたロンに、ターンはイライラしながら言った。説明のしようがない嫌な胸騒ぎを覚え、帰った方がいいと思ったのだ。料理を頼み終えて数分も経たないうちに、ロンに帰ると言ってターンは慌てて店を後にした。

あいつは泣いていた。子供みたいに泣きじゃくっていた！

その事実がターンの頭から離れなかった。最初こそ「まっぷたつにへし折る」という脅し文句を怖がっているだけだと思っていた。しかし、落ち着いてよく考えてみると、あの泣き方はへし折られることを怖がっているものではなかった。ゲイのことを泣くほど嫌っているなら、絶対にもっと抵抗したはずだ。でも、全く抵抗しなかった。抵抗しないどころか、泣きじゃくりながらやめてくれとお願いしてくるだけだった。

思い返せば思い返すほど、座って呑気（のんき）にご飯を食べている場合ではなかった。興味なんてないと思おうとしていたルームメイトのことを、できる限り早く帰って様子を見てあげたいと思ったのだ。

涙で濡れたタイプの顔を思い浮かべ、ターンは余計に家路を急いだ。

「ん？　鍵をかけていないのか？」

ターンは驚いて呟いた。玄関の前まで走って戻り、鍵を取り出してドアノブに手をかけると、ドアに鍵がかかっていなかったのだ。

タイプが鍵をかけないことなんて、これまでなかったぞ。

ガチャ……。

照明は一つもついておらず、部屋の中は真っ暗だった。ベッドの上に何か黒い影が見えるのを確認し、胸を撫で下ろす。しかし、部屋の中に入った途端に聞こえてきたのはタイプの荒い息だった。

「はぁ、はぁ、はぁ……」

「変態かよ！　あんなことされてもまだ性欲が残ってるのか⁉」

ターンは心配して急いで帰ってきたことが無駄足だったような気がして怒鳴ったが、彼は何も聞こえないかのように熟睡しているようだ。彼に近づいて「ただいま」と声をかけようとした時、ターンは驚きで思わず立ち止まった。

「放せ……やめてくれ……ヒック……ヒック……お

願いだ……」

ぜいぜいと荒い息が再び聞こえた。ベッドの上のタイプは苦しそうに踠いている。ターンは慌てて照明をつけ、彼に駆け寄った。

「タイプ、大丈夫か？」

近づくと、ターンは再び驚いた。いつも勝ち気な彼の顔は汗に濡れ、今にも叫びだしそうなほど苦しそうに頭を左右に振っている。

「助けて……やめろ……助けて……ヒック……」

ガシッ！

「タイプ、起きろ‼」

ターンは悪夢にうなされている彼の両肩を掴み、優しく揺らして起こそうとしたが、今朝以上に身体を震わせて両頬に涙を流すだけだった。そのため片方の手で肩を強く掴むと、今度は力を入れて揺さぶり、もう片方の手で彼の顔を優しく叩いた。

「起きろって言ってるだろ、タイプ‼」

「ヒック……」

タイプが泣き声をあげるだけで、ターンは言いようのない苦しい気持ちになった。

「助けて……タ……ターン……」

ターンの名前がタイプの口から漏れると、ターンは彼の両肩を掴んで起き上がらせ、激しく揺さぶった。起こそうと一生懸命に呼びかけるターンの大声が部屋中に響く。

「起きろ、タイプ‼‼」

そしてやっとタイプの両目が大きく開いた。目には涙が溜まり、奥底に恐怖が潜んでいるのが分かる。彼の恐怖心を感じ取ると、ターンは頭より先に身体が動いた。

タイプを抱きしめたのだ。彼の身体を引き寄せ、身体と身体がぎゅっと重なり合うように。

「よかった、起きたんだな。全然起きないから心配したよ」

ターンは安堵した低い声で言い、タイプの背中を優しく撫でた。

「大丈夫だ、タイプ。もう大丈夫だ。ただの悪夢だよ」

タイプはどんな悪夢を見ていたんだ？

ターンは自問した。タイプの異常なゲイ嫌いはただの偏見ではなく、他に何か原因がある予感がしていた。いつもの勝ち気な彼からは想像もつかないほど、全身を震わせて泣きだしてしまうようになった原因だ。ターンは自分の手をタイプの背中から頭に持っていくと、子供に接するかのように優しく撫でた。

「もう大丈夫だ」

するとだらりと身体の横に垂れ下がっていたタイプの腕が、突然ターンの制服のシャツをガシッと掴んできた。ターンの心臓が驚きで飛び跳ねそうになった瞬間、タイプはターンの顔面を殴り、身体を力いっぱい突き飛ばした。不意をつかれ、ターンは危うくベッドから転げ落ちるところだった。

「俺に触るな‼」

大声で放たれたタイプの言葉に、ターンの胸中で燻っていた怒りの火種がまた燃えはじめる。殴られた顎の先を手で押さえ、タイプの方を振り返った。

「馬鹿野郎！　せっかく起こしてやったのに！」

「誰がお前なんかに頼むか！」

タイプは歯を食いしばりながら悔しそうに言った。恐怖による身体の震えが治まっていたら、もっと迫力があっただろう。タイプの泣き腫らした目はまだ赤かった。

感謝を知らないタイプの言葉を聞き、ターンはベッドから起き上がり、姿勢を低くすると冷たい声で言った。

「確かにお前に頼まれてはいない。でも、大きな身体でアホみたいに悪夢に怯えている馬鹿に対する〝慈悲の心〟を持っていただけだ……」

「悪夢なんて怖くない。何も知らないくせに俺に構うな！」

タイプはそう吐き捨て、再び殴りかかろうと拳を握りしめる。まだそんな力が残っているのかと、ターンは大きくため息をついた。

「じゃあ、何にそんなに怯えてるんだ？」

「何にも怯えてない。俺に怖いものなんて何もない」

「そしたら、身体を震わせて泣いていたのは何かに怖がっていたわけではないんだな。無理してそんなに強がるなよ」

「俺が強がろうがどうしようがお前には関係ないだろ。お前に言っておく。死にそうなくらいに泣くことがあっても、俺はお前だけには助けてもらおうなんて絶対に思わないからな！　覚えておけ」

強気で負けを認めたがらないタイプの目には、まだ涙が浮かんでいる。狂いそうなほど心配して、注文した料理も食べずに急いで部屋に帰ってきたターンは苛立って言った。

「どこまで強がったら気が済むんだ」

「お前に関係ないね」

ターンは拳を握りしめ、口答えをする彼を殴りたい衝動を懸命に抑えようとした。寝ぼけながらターンの名前を口にした人間と同じ奴だとは信じられない。しかし別の解釈をすると、タイプにはなんのトラウマもなく、ターンに襲われる夢を見ていただけかもしれない。

ターンはその考えに少し気持ちを落ち着かせたが、そうだとすると少し残念に思えてきた。

タイプは助けを求めて泣いていたのではなく、俺から逃げたくて泣いていたのかもしれないな。

「だったら意味が分からないこと言って悪かったな」

それだけ言うと、ターンはベッドの上に鞄を投げた。そして、クローゼットからタオルとパジャマを取り出し、何事もなかったような顔でベッドの上に座っているタイプの前を横切り、部屋から出ていった。

玄関のドアが閉まり、タイプは恥ずかしさと恐怖が入り交じった不思議な気持ちで、両手で自分の頭を撫でて目をぎゅっと閉じた。

「違う。俺はあいつになんて助けを求めてない」

自分に言い聞かせるようにそう呟いたが、頭を撫でている両手は知っていた……さっき、タイプはもう少しのところでターンを抱きしめ返そうとしていたことに。

第七章　陰徳あれば陽報あり

夜が明け、朝陽が半透明のブラインドを通して小さな部屋に差し込んでいた。

シングルベッドが向かい合わせに二つ並べられ、バンドのポスターが貼られている方のベッドに寝ている男が、目を開けて静かに天井を見つめている……ターンだ。

お前には関係ないだろ。俺が死んだとしてもお前にはなんの関係もない！

一晩中寝返りを打つばかりで全く眠れないほど、ターンの頭の中では色々な思いが駆け巡っていた。

肉食動物のような攻撃的な顔で「俺に関わるな」と怒鳴るタイプのことを思えば、そのまま起き上がり服を着て寮から出ていこうと何度も考えたくらいだ。門限がなければそうしていただろう。

朝だ、考えるのはもうよそう。シャワーを浴びて、ご飯を食べて、授業に行こう。

ターンは自分自身に言い聞かせると、向かい側のベッドに寝ているタイプに視線を向けた。彼は熟睡していて、昨晩のように悪夢にうなされている様子は微塵もない。

事の発端であるタイプが何も感じずに穏やかに寝ているのに、どうして一人で苛立っていないといけないのか！

「はぁ……」

ため息をついたターンは、携帯を手にして時計を見た。六時を過ぎている。そして大きな手で毛布を払い除けると、さっと畳んでベッドの端に置いた。そして、タイプの後頭部をチラッと見てまた大きくため息をつく。

あんなに怒鳴られたっていうのに、俺はまだあいつのことを心配するのか……。

そしてターンは急いで部屋を出た。

早く部屋を出ればいいんだ。あいつに会わなければ喧嘩をすることもない。顔を合わせることがなかったらあいつにこれ以上惹かれることもない。タイプみたいな奴に惹かれたって何も良いことなんてない。怒鳴られてもっと嫌われるだけだ。

タイプのことなんて関係ない、興味ない、面倒見ない、シャワーを浴びて制服に着替えたかなんて気にしない、といくら思おうとしても、さらには時計の針が七時を過ぎようとしていても、ターンの心は学生寮にあるままだった。両足は学生寮から大学に向かおうとしていたが、結局、ターンは部屋に戻ってきてしまった。

ノートを忘れたからだ。それ以上でもそれ以下でもない！

自分自身への言い訳を思いつき、ターンは静まりかえった部屋に入った。他の部屋の学生は起きて授業に行くためにシャワーを浴びはじめているのに、タイプはまだ熟睡したままだ。ターンはノートを手にすると、そのまま部屋から出ていけばいいものを、ベッドの上に腰掛けた。

今から教室に行っても待つだけだしな。急いでも意味ないさ。

ターンは新しい言い訳を思いつくと、鞄からタブレットを取り出した。イヤホンを耳にはめて、頭から雑念を払うために大音量で音楽を聴きはじめる。ターンの鋭い目は……自分が起きた時と同じ姿勢で微動だにせず熟睡しているタイプに向けられた。

本当に大丈夫なんだろうな。

ターンは頭を振り、彼を心配する気持ちを追い払おうとした。いつもは音楽を聴くと自分の気持ちを平穏に保つことができるのに、今はなんの助けにもならない。くだらない言い訳をするのはやめよう……つまり、今もまだ部屋に居続けてしまうのは、タイプが本当に大丈夫だと確かめてから授業に行こうとしているのを認めることになる。

俺自身は結局、タイプに惹かれているってことじゃないか。

時計の針は七時半を回った……七時四十分……七時四十五分……タイプはまだ起きない。

ターンの顔に不安が広がりはじめた。腕時計に目を落とし、イヤホンを鞄に突っ込む。この時間に部屋を出なければ、朝ご飯を食べる時間がなくなるうえに、八時十五分開始の授業に遅れる可能性もある。タイプも朝の授業があるはずだが、身動き一つしない。

本当に大丈夫なのか？

「俺には関係ない！」

タイプになんて興味ないと思おうとして、ターンはベッドから立ち上がった。二歩進むと、微動だにしない彼のベッドの枕元に到達した。

「タイプ、八時になるぞ」

そう低い声で呼びかけ、タイプの肩を揺すろうと手を伸ばしかける。

『俺に構うな‼』

その瞬間、ターンの頭の中で昨晩の彼の声が響いた。差し出しかけた手をぎゅっと握ると、自分の身体の方へ引き戻し、もう一度大きな声で呼びかけた。

「起きろよ。どれだけ寝たら気が済むんだよ」

あまり気乗りしていないような厳しいトーンで呼びかけてみても、今の自分の眼差しを見られたら誰もが分かってしまうだろう……彼を本当に心配していることを。

「タイプ、起きろって！」

「うーん」

タイプの声に、ターンは少し安心した。彼が死んではいないことを確認して、低い厳しい声で続ける。

「ベッドから起き上がれって。言っておくけど、起こしてやったのはお前に気があるからじゃないからな。俺の優しさだから」

「うーん……」

寝ぼけた声が毛布の下から聞こえ、先に授業に行こうとしたターンはもう一度声をかけた。

「今起きないと遅刻だぞ……」

「黙れ！」

ターンは感謝の言葉こそ聞けるとは思っていなかったが、まさか黙れと怒鳴られるとも思っていなかった。タイプは毛布を引っ張り上げて頭から被っている。

「俺に構うな」

息苦しそうな低い声が聞こえてくる。ターンは拳を握りながら毛布の下に隠れているタイプをちらっと一瞥すると、鞄を掴み、会話もいつものような文句もなく静かに部屋から出ていった。今の態度だけで、どれほどタイプがターンのことを嫌っているのか分かってしまった。


RRRRRRR！

玄関のドアが閉まると、タイプの枕元にある携帯がけたたましく鳴り響いた。声をかけてくれたターンを追い出したばかりのタイプは、体勢を変えずに重い腕だけ伸ばすと懸命に携帯を探そうとした。

「なんなんだよ、頭がガンガンするのにさ」

ぜいぜいと苦しそうに息をしながら呟く。静寂を切り裂く音源を見つけ、毛布の中にそれを入れると、どんなに頑張っても重くて開かない瞼を必死に開けようとした。

「テクノーか……」

『タイプ、お前どこにいる？　今日は早めに大学に着いたから朝ご飯でも一緒に食べようぜ』

「俺は……行かない……」

『お前おかしいぞ。今起きたのか？　おいおい早く起きろよ、授業が始まるぞ。サボるとか言うなよ』

酷い頭痛がする。

テクノーの言葉を聞きながら、タイプはそう思うのが精一杯だった。彼の大声が頭の中で反響しないよう、携帯を耳から離すことしかできない。ベッドに横たわっているにも関わらず、まるでジェットコースターに乗っているかのように頭がクラクラする。しかも、何かを話そうとすると喉が痛い。身体を動かそうとする力すら出ない。

「頭が痛いんだ」

『そうなの？　風邪か？　今日は休むんだな。部屋まで行こうか？』

「いいよ……来なくて……」

起き上がる気力も残っていないのに、どうやって玄関のドアを開けろというんだ。

「そのうち治るよ。じゃあな」

タイプはそれだけ言うと、これ以上何も話すことはないと強制的に会話を終了させ、急いで携帯の電源を落とした。また何かの音に邪魔されたら、脳が爆発してしまいそうだったからだ。自分の額に手を当てて熱を測る必要もないほど、身体から発散される蒸気が毛布まで熱くさせている。高熱があるらしい。

「悲惨だな」

タイプはそう呟くことしかできなかった。そして意識を失う直前……一晩中うなされていたおぞましい悪夢が、彼の頭の中で映画のシーンのように蘇った。

前の晩、自分が十二歳だった時の記憶と、思わずターンを抱きしめ返そうとしてしまった記憶が交互に浮かんでは消えていたのだ。高熱の中、自分が子供の時の恐ろしい悪夢に何度も引きずり込まれ、まるで地獄に落ちたような感覚を味わっていた。


「あれ？　おかしいな」

同時刻、学食の真ん中で立ち尽くしていたテクノーは、親友であるタイプに何度も電話をかけていた。しかしタイプは携帯の電源を切ってしまっている。授業をサボるための嘘なのか、それとも本当に体調が良くないのか……どちらが真実なのか、彼は迷っていた。とはいえテクノーは良き友人である。彼は学食に入った。

「おばちゃん、お粥一つね」

こんな良い友達を持っているんだ、タイプ、ありがたく思えよ。

テクノーはそう思いながら時計に目を落とした。お粥を持っていって彼に食べさせたら、授業に遅れてしまう。テクノーはタイプとは違う専攻なので、今朝は別々の授業を受けなければいけない。しかも、今日の教授は厳しいことで有名だ。

自分で食べてしまおうかな。夕方にでもタイプの様子を見に行けばいいか。

その時、テクノーは遠くにターンの姿を見つけた。

「ターン！　ターン‼」

ちなみにターンの背が高くて目立っていたから見つけられたのではない。彼の視力が良かったのだ。

親友の天敵であるターンが、肉まん二つが入った袋を持って、学食の二階から歩いて下りてくる。テクノーの大声にターンは驚いて振り返った。

「こっち来て、こっち」

タイプがゲイに偏見を持っているだけで、ターンは本当に良い奴だ。テクノーは彼の助けを借りることにした。

「何？　遅刻しそうなんだけど」

「待って待って。タイプ、体調悪いの？」

「ま、まあ」

言葉を濁され、テクノーは訝しげに眉をひそめた。ターンの顔色は明らかに何かおかしい。そしてすぐに状況を理解した。

「ということは、あいつ仮病なんだな。せっかく心配したのに」

「なんでお前はあいつの体調が悪いと思うんだ？」

「だって、さっき電話してご飯食べようって誘ったら、頭痛いって言われたからさ。授業をサボるつもりなんだ。でも、あいつの声ぜいぜいしてて、力が入らないみたいな感じだったんだよな。だからお前に聞いたんだよ。本当に体調が悪いのか、それとも仮病なのか」

それを聞くとターンは固まり、微動だにできなくなってしまった。腕時計を見ると、もう授業に遅刻することは確定だ。

「俺も授業があるんだ。しかもうるさい教授のやつが。どうしよう。あいつを見に行った方がいいのかな」

テクノーはため息をついた。

友達のことも心配だ、でも、自分のこともそれ以上に心配だ。

「お粥、できあがったよ」

「ん？」

お粥を受け取ろうと伸ばしたテクノーが止まった。目の前をターンの腕が横切ったのだ。しかも学食のプリペイドカードをおばさんに渡し、支払おうとまでしている。

「お前は授業に行けよ。俺があいつを見に行くから」

　ターンは急かすように言った。

「え？　お前も授業があるって……」

　テクノーは言いかけたが、タイプが毛嫌いしている相手が、明らかに心配している表情を浮かべたのを見て、思わず声を潜めた。

　いつの間に仲直りしたんだ？

「分かった、じゃあお前に任せるな。携帯番号教えてよ、あいつの容態を聞くこともあるだろうから」

　そしてテクノーは新しい友達の番号を登録した。走って部屋に戻る彼の後ろ姿を見ながら不審に思いつつ、何か考え込むように顎を掻く。

「あいつら、嫌い合っているんだよな？」


　ターンは誰でもいいから一発殴ってスッキリしたかった。でも、本当に殴りたかったのはタイプの容態が良くないことに気付けなかった自分自身だ。

　身動き一つしないで寝ていたのは、体調が悪かったからなのか。

　ターンは内心呟くと、鍵を開けて部屋の中へ入っていった。黙れと怒鳴った張本人のタイプは、今朝のままの体勢で、毛布を頭まで被って寝ている。急いで買ってきたものをテーブルの上に置くと、ベッドの側に跪(ひざまず)き、手を伸ばして毛布をめくろうとしたが、彼の言葉を思い出して一瞬怯んだ。

『俺に構うな‼』

　構わないわけにはいかないさ。お前が死んだら俺のせいになるんだからな。

　ターンは再び新しい言い訳を思いつくと、彼の顔を覆っている毛布を急いで引っ剥がした。まず手に感じたのは噎(む)せかえるような熱気だった。「馬鹿野郎」という言葉が口から漏れる。

ベッドの上のタイプに対して言ったのではない。何も気付けなかった自分に対してだ。タイプの彫りの深い顔は青ざめ、顔中汗だらけで濡れているのに、唇は乾燥で割れていた。しかも身体はよく見ないと分からないほど微(かす)かに震えている。ターンは急いでタイプの額に手を当てた。

「こんなに熱があるのか」

自分の体温と比べると、彼の体調がいかに悪いかはっきり分かる。ターンは両手で彼の肩を掴み、優しく揺すった。

「タイプ、お前起き上がれるか?」

どんなに揺すっても、熱をもった息を吐いているタイプは、少し身体を動かすだけだ。ターンの声が頭に響いて余計に辛いのか、眉をひそめている。授業をサボって戻ってきたターンは、慌てて救急箱があるテーブルに駆け寄った。

「解熱剤はどこだ?」

急いで探すも、解熱剤は残っていないようだった。タイプと何週間も不毛な争いを続けたことで頭痛を我慢できなかったターンが、痛み止めとして全て飲みきっていたのだ。ターンは部屋の鍵と財布を掴むと、階下の薬局に向かって走った。

そしてたくさんの解熱剤と一リットルのペットボトルの水、そして額に貼る解熱シートを買ってすぐに部屋に戻ってきた。

「タイプ、タイプ」

再び病人に呼びかけ、彼の目が開いたのを確認すると、ターンは少しほっとして急いで尋ねた。

「熱があるんだ。起き上がってお粥食べて薬飲めるか?」

「いらない……」

まだ頭がズキズキするのかタイプは眉をひそめ、小さな掠れた声で言った。

「じゃあ、薬だけでも」

「嫌だ……何もいらない……嫌だ……」

激しく左右に頭を振って拒否する。その返答にまたすすり泣く声が交じって聞こえ、ターンは驚いて身体を硬くした。慌ててタイプの側に座ると、彼は先ほどよりも身体を震わせながら「嫌だ」とだけ繰り返していた。

「タイプ、起きて薬を飲め……」

「ヒック……うえーん……」

タイプは完全に泣いてしまっていた。誰もが認める男らしい男が、今は子供のように身体を震わせ、しっかりと閉じられた目からは涙も流れている。タイプの涙に、ターンは耐えられなかった。何もできない弱った彼を見ると、ターンは知らずのうちに胸の奥のしこりに痛みが走るような不思議な感覚を抱いていた。

「起きて薬を飲まないと良くならないぞ」

冷たくて鋭かった声は、今はまるで別人のように優しくなっている。ターンは大きな手でタイプの頬を優しく叩き、顔を流れる涙を見るに耐えないというように優しく拭った。タイプがここまで恐れる悪夢の正体を知りたかった。

ターンがいくら呼びかけて起こそうとしても、彼は一向に起き上がって自分で薬を飲む気配はない。

一階の救急室にタイプを担ぎ込むべきかどうか迷ったが、悪夢にうなされていることを彼自身は誰にも知られたくないのではないかという考えが逡巡(しゅんじゅん)していた。

彼の悪夢が、誰にも触れられたくないデリケートな内容なのではないかという予感がしたのだ。

「ちくしょう」

寝ているタイプの口に薬を入れ、無理にでも飲ませようと三度目の挑戦に失敗し、思わず悪態が漏れた。視界に解熱剤と水が入り、ターンは強く頭を掻きむしる。

「何もしないからな、タイプ」

ターンはため息をついて、自分の口に薬と水を含んだ。そして……。

「う！」

ターンの唇が、熱で青ざめたタイプの唇としっかり重なり合った。彼は掠れた声を出し、白い錠剤と水を喉の奥まで押し入れるターンの舌を受け入れた。タイプは抵抗しようとしてくるが、身体中が震え、自分の上に重なるターンの身体を押し返すのに精一杯だ。辛そうに涙が流れている。

「嫌だ……ヒック……ヒック」

ターンは彼の手を押さえつけた。高熱にうなされて抵抗する力がないことが、せめてもの救いだ。そしてもう片方の手で舌を噛まないように口を押さえながら舌で錠剤を喉の奥まで押し込むと、唇を離した。

「ゴホッ、ゴホッ」

タイプは噎せたが、錠剤が出てくることはなかった。濡れた身体を起こして抱きしめると、彼の皮膚の熱を感じる。そして慰めるように広い背中を優しく撫でた。

「ごめんな。お前の弱みに付け入るつもりなんて全然ないんだ」

ターンは彼の耳元で、低い声で言った。背中を撫でて身体の熱気を逃すと、ベッドの上に横たわらせ毛布をかけ、額に解熱シートを貼る。全てが終わり、力尽きたようにベッドの側に座り込んだターンは、膝の上に両腕を置いて看病疲れを滲ませながら頭をもたせかけた。なぜタイプの涙を見ると胸が痛むのか、その理由は分からなかった。

しばらく経ってタイプを見ると、彼は先ほどより静かに眠っていた。ターンは彼の青ざめた唇に思わず触れ、そして低い声で心配そうに聞いた。

「お前、どんな悪夢を見てたんだよ。どんな夢だったのか教えてくれよ」

そしたら、お前を助けることができるかもしれないのに。

答えは返ってこなかった。

「いい子だ。口を大きく開けて。さあ」
嫌だ‼　誰か、助けて、助けて。ヒック、嫌だ。溺れて水の中に沈んでいくようだった。苦しいような、辛いような、息ができないような感覚だ。空気を肺いっぱいに懸命に吸い込もうとするのだが、身体が言うことを聞かない。顎の先に痛みを感じ、吐き気がするほどのおぞましさの中で、誰かに助けを求めて泣き叫ぶしかなかった。

　助けて、僕を助けて。嫌だよ、お父さん、お母さん、タイプを助けて……。

「大丈夫、熱が出ているだけだ。薬を飲んだからもうすぐに治る」

「嫌……苦しい……」

　タイプは気が狂いそうなほどの息苦しさの中、恐怖で鼓動が早まっていた。頭の中で誰かの声が鳴り響き、頑丈な手が自分の身体をそっと支えようとしてくれているのを感じる。しかし、重い瞼をうっすらとしか開けることができず、その姿は霞んではっきりとは見えなかった。

「お母さん……助けて……ヒック……いる！　奴がいるんだ……」

　タイプは鎖（くさり）で繋がれているかのように重い両手で、必死に自分を守ってくれる人を掴もうとしていた。マザコンだと嘲笑されてもいい。今のタイプには母親の抱擁（ほうよう）が必要なのだ。彼は小さな子供のように手を振って悪夢を追い払おうとしていた。

　すると突然、身体が暖かさに包まれた。悪夢にあったような、嫌悪を感じるおぞましい抱きつき方ではない。自分が守られているということを感じさせる抱擁だ。言葉は何もないが、温かい手が背中を撫で、涙で濡れた頬を拭ってくれている。そしてその感覚が徐々に消えようとしていることに動揺し、洋服の裾（すそ）を片手で引っ張った。まだ眠たい目を開けると、背の高い大きな影が朧（おぼろ）げに見えた。

「お父さん……タイプを置いていかないで……お願い……」

　消え入りそうな影に恐れ、無意識の中でタイプは懇願した。思い出したくもない記憶がまた蘇ってきたが、タイプの願いを聞いて戻ってきてくれた父親が側に座りながら額を撫でてくれる。父親にそんなことをお願いした記憶なんてなかったにも関わらずだ。

「どこにも行かないよ。さあ、身体を拭いてあげよう」

「行か……ないで……」

「本当にどこにも行かないよ。ここにいる」

そう約束されると少年タイプは安心し、掴んでいたシャツの裾から手を離した。睡眠と覚醒の狭間で、父親は薬を飲むようにと言い、母親は身体を拭いて頭を撫でてくれた気がした。タイプはやっと過去の忌まわしい記憶が薄れて消えていくのを感じ、深い眠りに入ることができた。


固く閉じられていたタイプの目がもう一度開くまで、何時間も経過していた。鋭い目は疲れ果て、身体は鉛のように重い。視線を動かし、自分が寮にいるということを確認するのが精一杯だった。

どうしてこんなに何も考えられないんだ。

自問し頭を動かすと、お互いの領地を隔てるかのように置かれた丸テーブルの上に、半分しか水が入っていないコップやペットボトル、それに薬が置かれているのが目に入った。解熱シートまである。

タイプは自分の額に重い手を持っていった。

「誰のだ？」

体調が良くなりかけ、額に貼られている物が何かを理解すると、タイプは眉をひそめた。自分が寝ぼけて解熱剤を買いに行ったとは思えない。熱で意識がはっきりしない時に誰かが看病したということだ。ターンだな。

「最悪だ！」

彼の名前を思い浮かべ、独り言を呟く。部屋に入ってここまで看病をするのはあいつだけだという事実を必死で打ち消そうとした。

あいつじゃない、あいつなわけがない、授業に行ったはずなのに戻って看病なんてするわけがない。

何も考えたくないほど頭がズキズキと痛むのに、あいつではないと言える百八個の理由を懸命に考えようとする。しかし部屋を見渡すと、誰かが入ってきて看病してくれたことに間違いはないようだ。

「なんであいつはこんなことをするんだ。俺にどうしてほしいんだよ」

そしてその事実を受け入れようとしたその時……。

「いい匂い。病人のものを勝手に食べたってバチは当たらないよな……」

玄関のドアが開き、聞き慣れた誰かの声がした。

「テクノー！」

「あれ！　起きたのか？　体調はどうだ？　急いでお前の様子を見に来たんだぞ」

テクノーはテーブルの上にお粥が入ったお碗を置くと、ベッドの側に膝をついて心配そうに聞いてくる。タイプが起きたことで少しほっとした様子だ。

タイプは掠れた声で聞いた。

「お粥……お前のか？」

「そう、お前に買ってきたんだ。今朝お前と電話した時に買っておいたんだけど、全然起きないからまだ食べてなくてさ。温めてきたけど、お前が食べられないんだったら俺が食べるぞ」

にわかに信じられず、タイプは友達の顔とお粥を交互に見つめた。

「お前なのか？」

「そうだよ、どういう意味だ？」

「別に……」

タイプは小さな声で言った。目眩がして身体も疲れきっているので、このまま眠り続けたい。しかし、何よりも自分を看病してくれたのが親友のテクノーだったということに安堵していた。

「起き上がって食べられるか？　ご飯を食べて薬を飲まないと」

「お腹減ってないんだ」

「お腹が減ってなくても何か口にしないとダメだぞ。朝から何か食べたのか？　薬で胃が荒れないように二、三口でもいいから食べろ」

テクノーはタイプの身体を起こし、お粥の入ったお碗を差し出した。タイプは仕方なくスプーンを手に取り、食べはじめる。

食べて体力をつけないと。体力がなかったらどうやってターンと戦うっていうんだ。

「あいつ……どこへ行ったんだ？　ゴホッゴホッ」

テクノーは不思議そうな顔をして聞いた。

「誰のこと？　ターン？　どこに行ったのか知らないけど……なんで？」

「別に……もうお腹いっぱいだ」

「お前、ちょうど三口じゃないか！」

大声が響いて頭が痛くなったタイプは、手を上げて彼を静止した。

「薬を取ってくれ……ゴホッゴホッ」

テクノーはお粥を食べさせることを諦め、シートから薬を取り出してコップと一緒に手渡した。薬が喉に詰まったが、タイプは我慢して飲み込んだ。身体は休息を求めて叫び声をあげている。しかしタイプはコップを戻すと、不審に思っていたことを単刀直入に聞いてみた。

「看病したのはお前と――」

ガチャッ。

「ターン、どこに行ってたんだよ。タイプが目を覚ましたぞ……ん？　タイプ、何か言ったか？」

タイプが言い終わる前に玄関のドアがまた開き、ベッド脇のテクノーが振り返ってターンに親しそうに声をかけた。視線を向けると、食べ物の入った袋を持った天敵の姿があった。

「別に」

タイプはそう答え、毛布を頭まで被って一刻も早く寝たかったにも関わらず眠い目を無理矢理開けた。そしてテーブルの上に食べ物を置くターンを見ていた。

RRRRRRR！

「あ、先輩からだ！　お前は体調が悪いって言っておいたから。お前の様子を見に来るのにサボったから怒られるのかな？　……ちょっと話してくる」

その大声がタイプの頭を余計に痛くさせていることを、本人が察してくれているだけまだマシだ。テクノーは携帯を手に外へ出ていき、部屋にはお互いにそりが合わない二人だけが残された。

ターンがテーブルの上をチラッと見たのをタイプは見逃さなかった。彼はそこにあるお碗を手に取り、タイプと目を合わせることもなく、買ってきた夕飯を移しはじめる。今は喧嘩をふっかけてこない彼に、タイプはほんの少しだけだが感謝した。いつも完膚なきまでに叩きのめされるのは自分だと自覚しているからだ。

「……」

「……」

互いに沈黙が続いている。タイプはいよいよ寝ることに集中しようとしたが、頭に過ったある考えが気になって寝つけず結局、重い口を開いてターンに尋ねた。

「ゴホッゴホッ……誰が俺の看病をしたんだ？」

ターンはギクッと固まり、一瞬だけタイプと目を合わせた。

「俺じゃなければいいと思ってるんだろ？」

「ああ」

タイプは考える間もなくそう即答した。タイプがターンを毛嫌いする限り、天敵に看病してもらいたいなんて絶対に思うわけがない。彼は静かにタイプを見て何か言いたそうに口を開けたが、結局何も言わなかった。タイプが念押しのためにもう一度聞こうとした時、ターンがやっと重い口を開いた。

「良かったな。俺はお前みたいなガキに構っていられるほど暇じゃないんだ」

その言葉にタイプは殴りかかりたくなったが、今は聞き返すことしかできない。

「じゃあテクノーが……ゴホッ！　ゴホッ！」

「……」

タイプが大きく息を吸い込もうとした瞬間、咳が部屋中に響き渡った。思い過ごしか、ターンが駆け寄ろうとしたように見えたが、彼は自分のお皿に視線を落としたまま、タイプが最も聞きたかった言葉を告げた。

「お前の友達が看病したんだよ」

その言葉に、タイプは安堵のため息をついて眠りに落ちていった。しかし夢見心地の中、遠くから聞き覚えのある誰かの声が聞こえてきた。

「俺が看病したって知ったら、お前はそれを受け入れられないだろ。他の人が看病したってことでいいんだ」

僅かに残っているタイプの意識が、自分自身に話しかける。
ターンだったんだ。その声が悪夢を追い払って、俺を深い眠りへと誘ってくれたんだ。

第八章　視点の変換

ダルい。

目覚めてからしばらく経っていたが、体調が悪かったせいで全身が気怠く、タイプはベッドの上で大人しくしているしかなかった。しかめっ面のまま、身体をピクリとも動かしたくない。しかし、今日こそは授業に行かなければダメだと無意識に自分へ言い聞かせていた。

二日も授業を休んだら追いつけなくなるぞ、タイプ。

十回くらいそう呼びかけても、まだ動けない。そのうち、今日は午後の授業しかないから二、三時間はこのまま寝ていても大丈夫だと開き直った。

病から快復したばかりのタイプは、ルームメイトが既に起きていることに気付いていた。何かを探し、ドアを開けて部屋から出ていき、シャワーを浴びてまた戻ってきたのだと物音から想像する。

ゲイに対する偏見はまだ消えていないが、この二日間、体調が悪い自分を放っておいてくれたターンには感謝していた。しかも、何をする時も物音をできるだけ立てないようにしてくれたおかげで、タイプはまるで一人でいるかのように静かに寝ていられたのだ。そして今、大事……いや最上級に大事で、死ぬほど大事なことは、自分が起床したことをターンに知られないよう何もしゃべらず、怒鳴らず、喧嘩をふっかけないことだった。

なぜなら……崩れ落ちそうなほど恥ずかしかったのだ。タイプはできることならお茶っ葉の上を這っている芋虫にでも変身して、誰かに食べられて消え去りたかった。病気になってしまったことは仕方ない。でも、天敵の前でとなると話は別だ。しかも、タイプの体調が悪くなったのはターンのせいなのだから。

そうだろ？　ターンが自分のモノを触らなかったら、何年も前の不幸な記憶は蘇らなかったはずなんだ。過去のあの男が悪夢に現れて恐怖を与えてこなかったら、自分が十二歳の少年だと錯覚するまでに心神耗弱（しんしんこうじゃく）していなかったら、あの時みたいに高熱にうなされることもなかったはず。ターンが過去の記憶を呼び覚ましたんだ。だからターンのせいなんだ！

　言いがかりのような理屈を並べても、内心では、タイプに何があったか知らないターンは悪くないということはよく分かっていた。それに誰が彼をあそこまで怒らせたのかということも。

　どうすればあいつを見返すことができるんだ！

　南部の青年は苛つきながら考え込んでしまい、ベッドの側に近づいてくる足音にはまるで気が付かなかった。

　タイプは驚いて一瞬身を固くした。彼を見返す方法を頭の中であれこれ考えていると、温かい手が額に触れたのを感じたのだ。幸いにも身体は動かず、寝たふりを続けることができたが、タイプは世界中に叫びたかった。

　なんで俺が寝たふりなんてしないといけないんだ！　ターンが俺に何をするか見届けてやる。何かしてきたら、今回はあいつが即死するほど思いっきり蹴り上げてやるぞ。

　病から快復したばかりの身の程知らずながら、額以外の箇所を触られたら大声で怒鳴りつけようと、口を開ける準備をする。ターンの手はタイプの頬に下りてきた。タイプは鳥肌を立て、頬よりも手が下がったら間違いなく蹴ってやる、と心に決めた。

　しかしその瞬間、温かな感触は消え去った。タイプは目を閉じたままピクリとも動けない。ターンがまだ自分を見ているのか、それとも去っていったのか、全く見当がつかなかった。そしてなぜ未だに寝たふりをし続けているのか、自分でも理解できなかった。

　すると、独り言が聞こえてきた。

「治ってよかった」

　もしかして、熱を測っていたのか？

　そのような結論に達するしかなかった。眉間（みけん）に皺（しわ）が寄らないよう、両唇が開かないよう、寝たふりを続けるため顔のパーツが動かないように注意を払う。しかしターンの足音が小さくなり、玄関の前に到達したであろうその時……。

「起きてるんだったらシャワー行けよ。病原菌を部屋中にばら撒く奴となんて一緒にいたくないからさ」

そして玄関のドアが閉まり、ターンの嘲笑が聞こえてきた。

「喧嘩売ってんのか！」

声はまだ低く掠れているが、タイプは毛布を跳ね除け、急いでベッドから立ち上がった。しっかりと閉じられたドアを見つめながら、自分でも自分の感情に説明がつけられなかった。

「俺が起きてるって気付いてたんなら、なんで熱なんか測ったんだよ！」

独り文句を言うと、タイプは一層眉をひそめた。昨日からの熱が今日も続いているからではない。なぜ自分の顔がこんなにも熱をもっているのか理解できなかったのだ。

「別に恥ずかしいからってわけじゃない。まだ快復してないだけだ」

懸命に否定しようとしても、自分の顔が恥ずかしさで火が出そうなほど熱くなっている事実を見過ごせない。

なんで恥ずかしがっているのかなんて、黙って大人しくあいつに熱を測られたことに対してだ！　おとぎ話のお姫様じゃないんだから！

「俺が怖がっているとか勘違いしていないだろうな、あいつめ‼」

息が詰まりそうなほどの窮屈さを感じつつ、病床でうなされていた時のうわ言についてターンが何も聞いてこなかったことに、言いようもない安堵もあった。タイプは自分でもどのようにうなされたのか覚えていなかったからだ。

「珍しいな、お前が俺の家に来るなんてさ」

「寮に飽きたんだよ」

あれから何日も経ったが、タイプは自分のうわ言でターンに何か知られてしまったのではないか、という疑念を頭から振り払えずにいた。ここ数日はぎこちない態度しか取れず、まともに目を見ることができない。今週末はターンが実家に戻らないため、タイプは友達の家に行くことにしたというわけだ。逃げるんじゃない、態勢を立て直しに行くだけだと何度も自分に言い聞かせながら……。

「お前、まだターンと喧嘩してるのか？」

その言葉に、タイプは鼻息を荒くした。

「あいつと仲直りしたことなんて一度もないさ」

「ターンも可哀想な奴だよな」

テクノーは心から残念そうに言った。タイプは自分の友達がターンの味方をすることに多少の苛立ちを覚えたが、寮まで迎えに来てくれたテクノーのバイクにそのまま跨がる。

「俺が話した限り、あいつは良い奴っぽいけどな。ゲイだっていうことを除けば、ターンはきっとお前の良い友達になるよ。いや、もうあいつは良い友達だ──」

「お前にやる。親父が渡せって」

「おい！　落ちるだろ！」

テクノーがペラペラとしゃべるのに耐えられなくなったタイプは手を前に伸ばし、箱が入った袋を彼の両足の間に投げつけた。テクノーは大声で叫び、バイクのハンドルから慌てて片手を離すと、袋を掴んで小声でブツブツ文句を言った。

「俺の手が空いているかなんて全く気にせずに投げてくるんだから……転んで俺たち二人とも怪我するところだったぞ。で、なんだこれは？」

「親父が送ってくれた塩漬け玉子だ。熱が出たって一昨日言ったら送ってきた。かわいい息子の看病をしてくれてありがとう、だってさ」

父親のことを想い、少し機嫌が良くなったタイプは笑いながら言った。父親は口では「大したことない」と言っていたが、かわいい息子のことがあまりにも心配で、バンコクまで様子を見に行くと言ってきかなかったと母親から聞いた。

「でも俺、塩漬け玉子って苦手なんだよな」

「食べておけって」

「ダメだ、〝玉〟を食べると痒くなるんだった」

「……」

もしもテクノーがバイクを運転していなかったら、彼の頭を叩いただろう。お前の言う「玉」と俺の言う「玉」は別物だよと思いながら、タイプは面倒くさそうな声で言った。

「くだらないダジャレを言うな」

「笑えよ。笑わせようとしたんだから気をつかって笑ってくれよ……で、どうしてターンに持っていってあげないんだ？」

「ターン？　なんであいつになんかあげないといけないんだよ？　もったいない」

赤信号で小さなバイクは停まり、後ろに乗っていたタイプは慌てて聞き返した。テクノーは塩漬け玉子が入った袋をハンドルにかけながら、意味が分からないというように後ろを振り返った。

「え？　お前、まだ知らないのか？」

「何を？」

いまだにターンのことを話すテクノーに少し苛立ちながら答えると、彼はますます意味が分からなそうに言った。

「お前の看病をしたのはターンだってこと」

「お前じゃないのか⁉」

タイプは両目を見開いて自分の耳を疑った。テクノーも驚いたように続ける。

「え？　俺じゃないよ。一日中お前を看病したのはターンだって、お前知らなかったの？　ターンがご飯食べさせて、水を飲ませて、薬まで飲ませてくれたんだぞ」

「‼」

それを聞いてタイプの身体はピクリとも動かなくなった。信じられないとテクノーの顔を凝視することしかできない。一方のテクノーも、タイプが何も知らなかったことをようやく理解しはじめていた。

信号が青になり、テクノーは歩道近くまでバイクを走らせると一旦停まった。このまま走り続けたら後ろに座っているタイプが暴れはじめて、二人ともバイクから転げ落ちる可能性がある。

「いいかタイプ、よく聞けよ。お前の天敵であるターンが、授業をサボってまでお前の看病をしてくれたんだ……」

タイプはどこか遠くへ逃げてしまいたいほどだった。弱っているところを見られただけでも最悪な気分なのに、弱っている時に面倒を見てくれたのが天敵だったと知り、さらに落ち込む。

最悪だ……。あいつに対して抱き続けてきた嫌悪感が、今まさに別の感情に変わろうとしている。


夕方、ターンが座りながら音楽に合わせて指でリズムをとっていると、玄関のドアが開いた。大きな鞄を持って出ていったから今日は戻ってこないだろうと思っていたのに、タイプが部屋に入ってくる。視線を向けると、肉食動物のような鋭い顔が見えて密かにため息をついた。

俺がまた何をしたっていうんだ。

ここ数日間、タイプが喧嘩をふっかけてこなかったのは、体調がまだ万全ではないため負けることが目に見えていたからだろう。学期が終わるまでずっと平穏に過ごせるとはターンも思っていなかった。

タイプは立ったまま、苛ついた感情を隠せずにこちらをじっと見ている。また戦争が勃発する予感がした。

「おい」

ターンはため息をついて音楽を止めると、ベッドから立ち上がった。

「どこに行くんだ」

喧嘩になるのが面倒くさいので部屋から出ていこうとしたターンに、タイプが声を荒げて問い詰め、二人の視線はぶつかった。

「お前の視線の届かないところさ」

彼が自分の言葉に僅かに怯んだように見え、ターンは一瞬驚いた。体調が悪かったくらいでタイプが負けを認めるとは思えない。ターンは、そのまま歩(ほ)

を進めて部屋を出ようとした。

「待て！」

呼び止められ振り返ると、あり得ないことに彼の頬は赤らんでいて、ターンは思わず視線を外してしまった。可愛らしい真っ赤な頬ではない。怒りで赤くなっている頬だ。こちらに目を合わせようとはしないが、彼の頬はどんどん赤くなっていく。不審に思ったターンは尋ねた。

「なんだよ」

「お前……その……お前……」

タイプは目を伏せ視線を逸らすと、これまでの口の悪さとはまるで別人のように、気乗りがしない様子で何かを言いかけてくる。

「お前……あ……その……」

「なんだよ、また熱でも上がったのか？」

きちんと話そうと思っていたのにターンのからかうような口調に苛ついたのか、タイプは大きく深呼吸をする前に一瞬睨んだ。

「ご飯まだだったら」

ターンはすぐには状況を呑み込めなかった。突然腕を引っ張られ、タイプが手にしていたビニール袋を押し付けられたのだ。怒ったような赤い頬のタイプは、そのまま荷物をベッドの上に投げ出すと、身の回りのものを持って、走るように急いでシャワー室に行こうとした。

「お前、どうしたんだ？」

驚いたターンは真意を問いただそうと、彼の腕を掴んだ。信じられなかった……いや、毒入りの物でも食べさせられるのだろうかと訝しんだのだ。しかし、「俺に触るな、気持ち悪い」と大声で怒鳴られるという予想に反しタイプの口から出た言葉は……「食えよ‼」だった。

タイプの声音(こわね)は決して友好的なものではなかったが、ターンは彼の腕から手を離し、部屋から走り去っていく背中を見つめた。瞼の裏には先ほどのシーンがまだ鮮明に残っている。

ぎゅっと結んだ口に真っ赤な頬。

ターンはまたしてもタイプに対して思ってしまっ

た。

かわいいな、あいつ。

「あいつの熱が感染したんだな」

タイプがかわいいだって？

ターンは屈んで手にしたビニール袋を見ると、カリカリの豚肉かローストダックのようなものが載ったご飯が入っていた。ジュースも一本入っている。そして……メモ書きが一枚。

『……ありがと……』

「あいつ、こんなかわいいことするのか？」

タイプ自身がかわいいのではないかもしれない。タイプの天然さが、そして、一つひとつの行為が、信じられないくらいにかわいいのだ。


『……薬を買ってきて飲ませたのは俺じゃない。お前が飲んだ薬は、ターンが買ってきたものなんだ。もうお前は知ってると思ってた。俺が部屋に入った時、お前はもう起きていて体調もだいぶ回復してたから、ターンが看病したってことも知ってるかと思ってたよ。身体を拭いて薬を飲ませてくれたのもターンだって本当に知らなかったの？　看病してくれたのはお前が大嫌いな奴さ。だけどな、ゲイだという偏見であいつのことを決めつけるなよ。もしゲイがみんな最低だったら、お前は今頃入院してるか、部屋で死体になって転がってるかどっちかだぞ』

『あいつが、俺を看病したのはお前だって言ったんだ』

『俺は何も知らないよ。お前に会いに行ったのは、熱が出た初日の夕方の一時間くらいさ。お前がまた寝たから、俺はその後すぐに家に帰ったんだ』

タイプは、最高に素晴らしい親友だと信じていたテクノーとの会話を思い返していた。彼は自白したのだ。この数日間、タイプが信じて疑わなかった彼の親切は……全く別人のものだったのだと！

しかも最大の問題は「大嫌いな奴に看病された」ということだ。

恥ずかしすぎて顔から火が出そうだ！

タイプは頭を抱えると、シャンプーをしてまだ濡れている頭を掻きむしった。シャワーはとっくに終わっているのに、部屋の前で気が抜けたように立ち尽くしてしまう。

戦いの神様、創造の神様、空気の神様（?）、太陽の神様（?）、風の神様（?）〔タイで実在するのは戦いの神様と創造の神様だけ〕に誓って告白します！　僕は今、ただの腰抜けです‼

考えてもみろ。俺はあんなにターンを怒鳴りつけたのに、あいつは俺にご飯を食べさせて、薬や水を飲ませてくれたんだ。こんなに恥知らずなことってあるか？　しかも、あいつが看病したのも知らず、ここ数日ずっと間抜けな顔をしていた。あいつに大きな借りができていたっていうのに。

「タイプ、ここで何してるんだ？　ドアを開ける前にドアの神様にお祈りでも捧げてたのか？」

冗談を言う誰かの大きな声が聞こえ、振り返るとそこには同じ学部のチャンプがいた。

「おう、何をお供えするか考えてたんだよ。ドアに挟まれませんように、ってな」

タイプが楽しそうに冗談を返すと、チャンプも笑った。

「冗談〔ムック〕を受けて、冗談〔ムック〕で返すとはな」

「真珠〔ムック〕は受け取らないよ、俺が受け取るのはダイヤだけだ」

「本物のダイヤならいらない。ゲームアプリの課金ダイヤにしてくれよな」

チャンプの止まらないダジャレにタイプも笑いだす。

「しつこいって。お前、まだ続けるのか？」

「ストレス発散さ。で、結局なんで部屋に入らないんだ？」

核心に触れられ、できるだけ考えないようにしていたタイプは大きくため息をついて言った。怖くて部屋に入れない、と。

「またルームメイトと喧嘩か？」

「誰から聞いたんだ？」

「テクノーだよ。お前がルームメイトとトラブってるって言ってたんだ。お前のルームメイト、見たことあるぞ。確か名前は……喉まで出かかってるんだけど……パソコンの授業で女子たちがキャーキャー騒いでたんだけどな」

「ターンだ」

「そうそう、イケメンでかっこいい名前だった……で、どうしてあいつと喧嘩になったんだ？　イケメンだけど性格はイケてないのか？　ま、人間誰しも完璧な奴なんてそうそういないしな……」

先週だったら、タイプは迷うことなく一緒に悪口を言いまくっただろう。しかし、今は彼にこう答えるしかなかった。

「違うよ、あいつは良い奴すぎるんだ」

「は？」

「あいつは良い奴だ……だから余計にあいつを嫌っている自分が最低だと感じるんだ」

タイプは真剣な眼差しでチャンプの顔を見ながら答えた。ずっと探していた答えにやっとたどり着けたような気がしていた。

「部屋に戻るよ」

言い終えると、タイプは振り返って部屋に入ろうとした。そしてドアを開けた瞬間、誰かがドアのすぐ前に立っているのに気付いて身体を強張らせた。

タイプは驚き、鋭い目を見開く。

さっきの会話、ターンに聞かれたか？

「ルームメイトじゃないか、ちょうど噂してたんだ。じゃあ、俺は行くな」

チャンプは背中を丸めて小声でそう言うと、逃げるように去っていった。噂話を本人に聞かれたと思って気まずかったのだろう。どうしたらいいのか分からずに立ち尽くしていると、ターンの穏やかながらも冷たい視線とぶつかった。

「お……俺は、部屋に、入ろうとしてたんだ」

タイプはなぜか彼と目を合わせることができなくなり、彼が避ける前にしどろもどろになってしまっていた。そして崩れるようにベッドに座り込むと、食べ終わったお皿が丸テーブルの上に置かれているのが目に入った。タイプは何も話すことができず、居心地が悪いほどに部屋は静寂に包まれていた。

ターンも自分のベッドに座ったというのに、タイプをじっと見つめて黙り込んでいる。

タイプ、自分から話しかけるんだ。もう臆病者じゃないんだろ⁉

「お前……」

口を開くと、彼が顔を上げた。それだけで強気だったはずのタイプは何も言えなくなってしまった。

「別に」

ダメだ……。ありがとうを言うのがこんなに難しいなんて……。便秘を治すよりも難しい！

「テクノーから聞いたんだ」

タイプが再び口火を切った。ターンに馬鹿にされることを覚悟し、それを甘んじて受け入れようと強く拳を握る。

仕方がない。もし自分が反対の立場だったら、天敵に看病されるような間抜けな野郎は、腹の底から嘲笑ってやるだろう。

「お前に関わったりして、悪かったな」

タイプの予想に反して、ターンはそう言った。

「え？」

信じられないという顔でタイプは慌てて聞き返す。

「ん？　言い間違えか？　お前は俺を馬鹿にしないといけないだろ？　俺はこれまでずっとお前のことを罵ってきたのに」

「だから？」

タイプは全く理解できなかった。万里の長城のような長い鼻筋のターンは、肩を竦め「だから？」と言ったのだ。

「俺がお前を馬鹿にしてなんになるんだ。お前を部屋の中で死なすわけにはいかないだろ。どんなに嫌い合っていても、俺はそこまで性格が悪くない」

俺だったらお前を放置できるぞ……。

タイプはますます自己嫌悪に陥った。もしターンが病気だったとしたら、看病するか、それとも部屋から蹴り飛ばして追い出すかすごく迷っただろう。

映画みたいにイケてる台詞が天敵の口から出てくる

とは思ってもいなかった。

「俺を自己嫌悪に陥らせてるの分かってるか？」

「お前はそういう嫌な奴だからな」

「この野郎、悪口か‼」

タイプは険しい声をあげてそう怒鳴ると、今にもターンの喉元に飛びかかりそうなほど目を光らせた。

しかし、彼は微笑みを浮かべるだけだ。

おかしくなったんじゃないか？　怒鳴られてどうして笑顔なんだ？

「お前、もう完全に治ったんだよな？」

下心を秘めているかのようにターンが笑顔で聞いてくる。タイプはそんな彼の問いに……顔を熱くした。イケメンはしゃべるだけでも罪深いのに、ターンは笑顔で魅力を振りまき、タイプは苛つくようなくすぐったいような奇妙な感覚を味わっていた。

「いくらだ！」

南部の青年はターンの可愛らしい笑顔を打ち消すようにくぐもった声で聞いた。

「薬代、いくらだったんだ。お前に借りは作りたくないからな」

「もうお前からもらってるさ」

「高熱でうなされている最中に払ったとでも？　いくらだったんだ？　借りができるのは嫌なんだ。大嫌いな相手だったら余計にな」

怒ったように言うも、いつもであれば北極の氷くらいに冷たい顔をするターンが、今日は何を面白がっているのか顔をほころばせている。ターンはテーブルの上のお皿を指差してこう言った。

「あれさ。カリカリ豚肉載せご飯で帳消しだ」

「あれは……お前の物を勝手に食べた分の……」

タイプは慌てて口を閉じた。先週、盗み食いしていたことを危うく自白しかけてしまったが、ターンは笑っている。何がそんなに楽しくて笑っているのか聞きたい。こんなことなら、これまでみたいに殴り合いをしていた方がまだ納得がいく。

「二度と俺のベッドにお菓子をばら撒かなかったら、もう許そう」

「俺じゃない！」

負けず嫌いのタイプがまだ否定するのに対し、ターンは肩を竦めて立ち上がり、空のお皿を掴んだ。そして洗濯物を干すための狭いベランダに設置された、小さなシンクまで真っ直ぐ歩いていく。

「心配するな。お前に貸しを作ろうなんて思ってない。野良犬に施しを与えたようなものだ」

「やっぱりお前なんか大っ嫌いだ！　お前がどんな良い奴だとしてもな！　覚えておけよ。俺は犬は犬でも狂犬病の犬だからな。せいぜい噛まれないように注意しておけよ！」

　タイプは言い表せないような苛つきを感じ、ぶっきらぼうに告げた。苛つきの原因は、ターンの反応が思った通りではなかったからかもしれない。嘲笑って喧嘩をふっかけてこなかったからかもしれない。もしくは……ターンが良い奴すぎて嫌いになりきれないからかもしれない。

　違う。俺はあいつが大嫌いだ。あいつはゲイなんだ。俺が一番嫌いな生き物だ……。

　タイプは心の中でそう呟いたが、最後の方は尻切れトンボのように威勢がなくなっていた。

　一方、ターンは上機嫌だった。その原因は……タイプにある。

　口では大嫌いなんて言っているけど、あんなに顔を耳まで赤くして。

　ターンは、タイプが本当は誰に看病されたのか知ったと、テクノーから事前に電話で聞いていた。

　正直、タイプの反応が心配だった。余計なことをするなと怒鳴られるだろうと思っていたのだ。それなのに、ターンを良い奴とまで言うなんて、予想だにしていなかった。

　そう、タイプが友達と玄関の前で話していた内容を全部聞いてしまったのだ。

『あいつは良い奴だ……だから余計にあいつを嫌っている自分が最低だと感じるんだ』

　ということはつまり、タイプはもう俺を嫌っていないってことだ。

そう考えながら部屋の中を見渡すと、どうしたらいいか分からないのか、タイプが身動き一つせずにベッドの上で固まっている。それを見て、ターンは笑いを堪えることができなくなった。これまで散々自分に暴言を吐いていたタイプが、誰に看病されたのか知った途端まるで子供が反省しているかのようにしおらしい顔をしている。彼についてますます知りたいと思うようになったことは否めない。

そう、あいつのことをもっと知りたいんだ……。ただのルームメイトとしてではなく。

「お前、気をつけろよ。自分自身との約束、もう守れないかもしれない」

ターンは小声で自分に釘を刺した。そう、自分自身と約束を交わしていたのだ。

その一、ストレートの男には手を出さない。

その二、ルームメイトには手を出さない。

自分に課した約束を、ターンは今まさに二つとも破ろうとしていた。

第九章　夜更けに

心を蝕んだルームメイトとの争いが終わってからというもの、タイプはターンに合わせる顔がなかった。しかし応援団の練習が最終局面に入り毎日忙しく、部屋に戻ると疲れてベッドに直行という生活になり、内心ほっとしていた。この一週間は一度も大嫌いなルームメイトと顔を合わせずに済んだからだ──〝大嫌い〟の度合はトーンダウンされている気がするが。

しかしほっとしたのも束の間、タイプは不思議な感覚を抱いていた。悪夢を見る原因について、最初は完全には封印されていない何年も前のおぞましい記憶のせいだと思っていた。ただここ数日、実に奇妙なことが起こっているのだ。

変な夢を見る。

男の子にイタズラをする、ぼさぼさの髭を生やした汚い中年男性の顔は、朧げながら夢の中で見たことがある。それが、最近は少し変わってきていた。半醒半睡時、タイプは誰かが自分の側にいて、頬や口を温かい手で優しく触れられ、頭を撫でられている感触があった。知らない誰かの手は、普通であれば嫌悪を抱くべきなのだろうが、そうではなかった。以前であれば、そういう夢を見たら恐ろしくて身体が震えていたというのに、今では全く怖くない。

むしろ……心地がいいとさえ思うのだ。

「あいつは乱暴だったけど、最近の夢の中の誰かは優しく撫でてくれるんだよな」

タイプは何かを考えながら呟いた。そして現実なのか夢なのか迷いながら、クローゼットの前で着替えをしているターンをこっそり眺めていた。

まさか……こいつじゃないだろうな。

「いや、考えすぎだ。ただの夢だ」

「風邪が治ったと思ったら今度は頭がおかしくなったのか？　何を一人でブツブツしゃべってるんだ」

天敵ターンが振り向き目が合うと、口角を上げて少し笑いながら聞いてきた。タイプの独り言はどうやら大きすぎたらしい。もしくは部屋が狭すぎたかのどちらかだ。タイプは一発殴ってやりたい衝動に駆られた。

「俺がおかしくなったとしてもお前には関係ないね」

タイプが鋭い声でそう答えると、万里の長城のように長い鼻筋のターンは笑った。そう、最近もう一つ奇妙なことがある。おかしいほどターンの機嫌が良い。以前はいつも北極の氷のように冷たい表情をしていたのに、最近はずっと微笑んでいる。

「お前も俺と同じくらいおかしいけどな」

「俺が？　どこがだよ」

ベルトを締めようとしていたターンが振り向き、タイプを見つめながら聞いた。どうやらターンはタイプをからかっているようだ。彼はなんと言ったらいいのか……とにかく機嫌が良い。

あいつの機嫌が良いとムカつくな。

「は？　なんで答えないといけないんだよ。忘れたのか？　俺がお前を大嫌いだってこと」

タイプは苛ついてそう吐き捨て、視線を逸らす。病気の時に看病してもらった負い目があり、最近ではターンに喧嘩をふっかけることができなくなっていた。

「俺はお前のこと嫌いじゃないけどな」

突然そう言われ、タイプはハッとして振り返った。彼は微笑むと、お前のこと、一語一語を区切ってまた言った。

「俺は、お前のこと、嫌い、じゃない、けどな」

「俺は大嫌いだ！」

被せるように言ったタイプの強情な目力にターンは黙り、少しがっかりしたように二、三度髪を櫛(くし)でとかす。

「とにかく、俺はお前のこと嫌いじゃないから」

ターンはそう言い残し、鞄を取って授業に行こうとした。タイプは少し目を伏せる。彼のことを少しずつ見直すようになってはきているが、まだ完全には信用できずにいた。

「夜に、お前……俺に何かしてないよな」

あいつのことを考えすぎて、夢に出てきたとは思えない。本当はあいつの仕業なんじゃ……。

ターンは振り返ってこちらを一瞥すると、両側の口角を上げて癪に障る笑顔を作った。そして、余計にタイプを苛つかせる言葉を告げた。

「俺が何をしたとしてもお前には関係ないね」

「俺のモノマネをするな！」

タイプはベッドから立ち上がり、まるで何事もなかったかのようにそそくさと部屋から出ていくターンを慌てて追いかけた。玄関のドアを片手で押さえつけたまま、遠くまで行ってしまった背中に大声で叫ぶ。

「帰ってきたら夜中にお前が何してるのか、ちゃんと説明しろよ！」

考えるだけで怖くて夜もおちおち眠れない！

「ターン‼　聞こえてんのか！」

「何を大声で叫んでるんだ！」

ターンを追いかけて今この場で聞き出そうかと思った瞬間、隣の部屋のドアが開き、怒鳴りながら出てきた隣人と目が合った。

「クルイ先輩、おはようございます。爽やかな朝ですね」

「お前が部屋の前で大声を出してなかったらもっといい朝だよ」

タイプは隣の部屋に住んでいる、この工学部二年生の先輩から視線を逸らすことができず顔を引き攣らせた。学生寮を走り回って部屋を替わってくれる人を探していた時から、この先輩とは顔見知りだったが、今にも蹴りを入れてきそうなほど苛ついた彼は見たことがなかった。

「お前ら毎朝何してるんだ？　この前も悪夢を見たとかで寮全員を叩き起こすような大声を出してただろ。俺はお前らの部屋のすぐ隣にいるから、お前とターンが毎日喧嘩してることは分かってるんだ。部屋を替えたいって言ってたのも何か関係があるんだろ？　どんなにルームメイトのことが嫌いだからって、毎朝こうやって大声を出すなよ。ちゃんと考えろ、馬鹿野郎。四時に寝たっていうのにお前らのせいで叩き起こされたんだからな」

いつもは笑顔でフレンドリーな先輩が文句を捲し立ててくる。相当に鬱憤が溜まっていたのだろう。

「ごめんなさい」

先に出ていったおかげで一緒に怒られなかったターンを憎たらしく思いながら、タイプは先輩に謝罪をするしかなかった。彼の言うことはもっともだ。

「言っておくが、部屋の壁は薄いんだ。なんのことで喧嘩をしているのかまでは知らないけど、静かにしてくれよ。隣の部屋にいる俺らのことも考えろ」

え？　声が漏れているのか？

タイプの身体は一瞬固まった。ゲイと一緒に住んでいることがバレると考えただけで身震いが起こる。自分も同じと思われては大迷惑だ。先輩の顔は今にもタイプの首を噛みちぎりそうなほど怒っていて、もし先輩にターンがゲイだということがバレたら、誰かに言いふらすかもしれない。

ターンを心配しているんじゃない！　自分もゲイだと思われるのが嫌なんだ。

「喧嘩の内容までは聞こえてないんですよね？」

タイプは念を押すように、苛ついている先輩に探りを入れた。

「聞こえてないよ。俺が知っているのは、子作りばっかりしてる実家の近所の夫婦みたいに、お前らが四六時中喧嘩ばかりしてるってことだけだ……」

「俺とターンは別にそういう関係じゃないですから！」

タイプは強く否定した。子作りばかりしている夫婦を例えに持ち出されては我慢ならない。クルイ先輩は驚いたような顔をした。

「何ムキになってんだよ？　お前ら、ひょっとして……」

「なんでもありません。本当にすみませんでした。これからは迷惑かけないよう、大声は出しませんから」

「おう、そうしてくれよ」

先輩が部屋に戻っていくと、タイプも踵を返し、さっきの言葉を思い返しながらムスッとして自分の部屋に入った。

「何が夫婦だ。前世からの天敵だっていうのに」

タイプは苛立っていた……ゲイとの仲を疑われたっていうのに、以前のように断固拒否しない自分自身に対して吐き気がする。


「今週の土曜日にやっと応援席に入れるな。これでようやくサッカーの練習に戻れる」

応援団の練習が終わり、テクノーは上機嫌で言った。しかし……タイプは全く聞いていない。

バシッ！

「痛っ、テクノー‼」

応援団のリーダー――卒業までリーダーを続けられるかどうかはさておき――に頭を叩かれ、考え事をしていたタイプは大声をあげた。怒って振り向くと、テクノーは十メートルほど遠くまで後退りをしていた。

「またどうやってターンを部屋から追い出すか考えてたのか？　あんな良い奴に嫌がらせするの、俺はいい加減うんざりだぞ」

テクノーは彼ら二人の中立の立場だ。タイプが頭をさすりながら近づいてくるのにあわせ、殴られることを恐れて彼はまた少し後退りをした。

「お前、あいつの友達なのかそれとも俺の友達なのか、どっちなんだよ」

両方の友達だよ。

テクノーはそう答えかけたが、最近のタイプは気が短いことを思い出し口にはしなかった。ターンは友達なんかじゃないと嘘をついたところで、男友達に嫉妬する面倒な彼女のようにぐちぐち文句を言われるだけだ。

「俺の質問に答えろって。何をまた怒ってるんだよ。タイプ、いい加減認めろ。あいつがお前を看病してくれたんだぞ」

「ふっ」

タイプは鼻で笑った。彼を諭そうとしていたテクノーは、そんな彼の態度に苛つき、手を左右に二度振った。

「勝手にしろ。あんなに良い奴と友達になりたくないなんておかしいぞ。他の人と好きなものが違うっていうだけであいつのこと嫌な奴だって決めつけてさ。俺たちみたいなストレートでも最低な人間なんていくらでもいるのに。ゲイだってくらいで、良い奴と友達になれるチャンスを俺は無駄にしたりしないぞ」

　テクノーは自分の胸の内をさらけ出しながら、説教をされたと思ったタイプが顎にアッパーを入れてくるのを恐れて遠回しに言った。

「俺だってターンが悪い奴だなんて言ってない」

「あいつを部屋から追い出す方法を考えてたんだろ?」

「うるさいな、俺がいつそんなこと言ったんだよ。一人でベラベラしゃべってさ。あいつを部屋から追い出すのはもうやめた」

　我慢するんだ！　タイプの八つ当たりを喰らうのはいつも俺だろ。

　友人の考えが全く読めないテクノーはそう思いながら学食へ入っていった。夜八時過ぎだというのに、学食にはまだ多くのグループが、応援団の練習を終えお腹を空かせて集まってきていた。

「じゃあ、ターンとは仲直りしたってことなんだな?」

「まだだ!」

　さっぱり分からない。どういうことだ?　仲が良いのか悪いのか、はっきりさせてほしいよ。

　テクノーの心中を察したタイプは、くぐもった声で言った。

「俺だって人に感謝くらいできるんだぞ!　俺はあいつが大嫌いだが、あいつは俺を看病してくれた。だから、ガキみたいな方法であいつを部屋から追い出したら俺は最低な奴ってことだ。今でもあいつのことは嫌いだけど、それぞれが干渉し合わずに上手くやっていこうと思ってるってわけ」

　はっきりと言いきったタイプを見て、親友は一瞬不思議そうな顔をしたが、相槌を打った。

「いいね！　今後は俺にもう迷惑をかけないってことだ！」

　タイプがこの争いをやめなかったら、いつまで経っても俺に平穏は来ない！

　ＲＲＲＲＲＲＲ！

　そう思った途端、携帯が鳴った。天国の神様はテクノーに平穏が訪れるのを許さないらしい。椅子の上に置いたばかりの鞄を掴んで携帯を見ると、テクノーは一瞬固まった。

「お前のルームメイトからだ」

「なんであいつがお前の番号知ってるんだ？」

「言ってなかったっけ？　お前が熱でダウンしてた時、俺があいつに教えてって言ったんだよ。ちょっと待って」

　看病したのはターンだとバレてしまった日、タイプが寮に戻ると言うので、テクノーはターンに急いで寮に戻るように慌てて電話で伝えたのだ。その結果がこんなに上手くいくとは思ってもいなかったが、少なくともタイプはターンを部屋から追い出すことをやめたらしい。

「どうした？」

　テクノーは電話の向こうのターンに聞いた。

『お前、タイプと一緒にいるか？』

「いるよ。お前ら、お互いの電話番号知らないとか言うなよ」

　タイプを見ると、口を尖らせて首を振りながら口パクで何かを言おうとしている。なんで俺があいつの電話番号なんか知らないといけないんだ、らしい。

『知らないんだ。聞こうと思っていたんだけど、その前に喧嘩になっちゃってさ……今、お前らどこにいる？』

「学食だけど」

『ちょうどよかった、だったら俺の分のご飯も買って帰るようタイプに伝えてくれないか？　まだ教室にいて、このままだと何も食べるものがないんだ……』

「待て待て。お前、自分で頼めよ」

　テクノーは慌てて言った。険しい目で腕組みをしながら視線を送ってくるタイプの顔色を見るに、勝手にそんな約束をしたら怒られるに決まっている。

しかし、ターンは全くそんなことを気にする様子もないようだった。

『俺に借りがあるだろ、ってあいつに言っておいてくれればいいから。なんでもいいよ。俺はなんでも食べられるから……「ターン、いつまで電話してるんだよ」』

電話の向こうで友達か誰かの声が聞こえ、通話は途切れた。テクノーは頭を掻いてタイプの方を振り返るしかなかった。

「あいつ、なんだって？」

「気になる？」

「は？　ふざけるな。俺はまだお前とあいつが仲良くしてることに納得していないんだからな。お前は俺の友達なんだぞ！」

お前、たまにガキっぽいこと言うよな。

これはテクノーの正直な気持ちだ。

「あいつの分のご飯も買って帰ってくれってさ。まだ教室にいて、何も食べるものがないかもしれないからって……」

「関係……」

タイプは怒りで次の言葉が出てこない様子だったので、テクノーが後を続けた。

「関係ないね、だろ？　借りがあるとかなんとかあいつは言ってたけど……やめた！　怒鳴るならあいつに直接怒鳴れよ。俺は関係ないからな。俺はお腹が減ってるんだ、ご飯買ってくる。お前のするべきことは、あいつの分のご飯も買うことだ。分かったな？　よし、分かったならいいんだ。俺はお腹が減ってるんだから」

タイプが口を挟めないよう畳みかけるみたいに早口で言うと、テクノーは夕食を買いにその場を去った。そして彼の頭にはある疑いが芽生えていた。

二人が一緒に住みはじめてもう一ヶ月か。俺の考えすぎかな。最近、ターンがタイプとの距離を縮めようとしているふうに感じるんだけど……。あいつ、本当にタイプの身体を狙ってるんじゃないか？

「お前ここ最近、更年期真っ最中みたいだな。先週はずっと虫の居所が悪かったのに、今週はずっとご機嫌だぞ」

ターンは親友ロンの例えに爆笑した。ここ数日機嫌が良いことを気付かれていたのだ。ターンの機嫌の良し悪しはルームメイトにかかっていることを否定できなかった。

最近は喧嘩をすることも減った。ものすごく……驚異的に減った。タイプは口ではゲイなんて大嫌いと言っているものの、帰ったら部屋がまたぐちゃぐちゃにされているのではないかとこちらが心配することもなくなった。お菓子が勝手に食べられていることも、さらにはベッドの上のお菓子の食べクズもなくなった。不貞腐れた顔で向かい側のベッドからじっと見てくるだけだ。しかも……喧嘩をふっかけてくる気配すらない。

ターンはこれらを全て良い兆しだと感じていた。関係性をさらにもう一歩進めるための良い兆しだ、と。

そして彼は、ご飯を買ってこさせるという方法でタイプを試そうとしていた。直接言ったら断られることは目に見えていたが、テクノーを通したら買ってきてくれるのではないかと見通しを立てたのだ。他人からしたらすごく些細なお願いだろうが、タイプはターンのことを〝毛嫌い〟しているはずだ。本当に心底嫌いなのであれば、絶対にお願いなんて聞き入れないだろう。お願いを聞き入れてくれたら、それはつまり……ターンをもうあまり嫌っていない、ということになる。友達として新しい関係を築き直せるかもしれない。

雨垂れ石を穿つ、だ。

ターンが玄関のドアを開けると、タイプの〝嫌いだ〟という言葉が真実かどうか、その答えは部屋の中にあった。

「お前のご飯。四十バーツ払えよ」

ベッドの上で寝そべりながら漫画を読んでいたタイプが目を伏せながら険しい声で言う。テーブルの中央に置かれた、袋に入ったご飯がターンの視界に飛び込んできた。しかも……サイダーのボトルまである。

「これ、頼んでないけど……」

「黙って飲んでおけよ。テクノーが飲み物も買えってうるさいから買っただけだからな」

そう言うと彼はすぐに寝返りを打ってターンに背を向けた。部屋に戻ったばかりのターンは、ボトルを見たまま思わず笑みがこぼれた。

「ありがとな」

「ありがとうじゃないだろ。お前が借りを返すよう強制したんじゃないか。買わないわけにいかなかっただけ」

タイプは漫画を読みながら言った。ターンはお皿とグラスを手に取って丸テーブルの上に置くと、ご飯をお皿に移し替えた。反対側を向いて寝ているタイプの背中とサイダーのボトルと、交互に視線を向ける。ターン、通称〝万里の長城〟は顔をほころばせた。

テクノーが言ったからお前は飲み物まで買ってきてくれたんだろうな。きっとうるさく言われたんだろう。借りを返せって俺が伝えたのもある。でも……俺が好きな飲み物を覚えていてくれたんだな。盗み食いをした時に俺の好きなものを知っただけなのかもしれないけど。覚えていてくれたなんて……それだけで嬉しい。

その日の夕食は、言葉では言い表せないほど美味しいものになった。

今晩俺は絶対に寝ないし、絶対に目を閉じないぞ。ターンが何をするか、この目で見届けてやる!

タイプは強烈な睡魔に襲われていたが、眠気に打ち勝つため、海賊冒険漫画の続きがどうなるのか、グルメバトル漫画の集大成メニューがいつ食されるのか(まだサルの睾丸は食べていないと噂で聞いたことがある)、巨人と人間との争いを描いた漫画の巨人が人間の頭を食べる時の様子などをあれこれ考えていた。しかし、睡魔には勝てそうにない。

早くしろよ。何かするつもりなら早くしてくれ！

タイプは心の中で文句を言った。何度も寝落ちしそうになり、眠気を覚ますために携帯のゲームを始めたが、この調子ではターンが何か行動を起こすのを見届けるのは難しいだろう。

ひょっとしたらあいつは何もしてないのかもしれない、俺が寝ぼけていただけなのか……。いや、違う。身体を触られている夢を見る時、心地いいなんて思ったことはこれまで一回もなかったんだ。

首を左右に振っている扇風機の、ジージーという音だけが部屋に響いている。廊下からは寮生の声も聞こえる。まだ起きている学生も多いようだ。静寂の中、僅かな灯りが外庭から漏れ入り、タイプは少しずつ……少しずつ……眠りに落ちていきそうだった。

あいつももう寝ただろうしな。


一時間ほど身動きせずに起きていたタイプは、眠りに入る瞬間にそう考えた。ターンのベッドからは物音一つ聞こえてこない。安心して眠気に身を任せようとしたその時だった。

ベッドの上の二人が眠りやすいよう、扇風機は先ほどと同じように音を立てて涼しい風を送っている。仰向けになろうと寝返りを打って、毛布を蹴った瞬間……何かを感じた。

ん？　何か温かいぞ？

タイプは半醒半睡の中でそう思うと、顔に触れた煩わしいものを振り払った。それでも、その温かい何かは執拗に迫ってくる。もし熟睡していたら気が付かないほどの僅かな感触だ。しかし、何かされているかもしれないということ数日の疑惑が眠りからタイプを呼び起こし、少しずつ目覚めていく。とはいえ、まだ睡魔に襲われていて身体を動かすことはできない。懸命に瞼を開けようとしても、腕を動かそうとしても、ロックをされたかのように動かせない。まるで悪霊の仕業で金縛りにかかっているかかのようだった。

悪霊か？　怖い、嫌だな……。

「俺も馬鹿だよな、お前がかわいく見えるなんて」

いや、人間の言葉を話せる悪霊なんているかよ！

しかもこの声は……。

ちゅっ。

温かい何かが額に触れ、まだ寝ぼけているタイプは驚きで身体を固くする。今聞こえてきた音で金縛りは完全に解け、もう少しのところで寝込みを襲ってきた奴を殴り飛ばすところだった。しかし……あいつが何をしようとしているのか見届けてやろう、という気持ちが勝った。

黙って受け入れているわけじゃない。犯人を捕らえる時は現行犯逮捕じゃないとダメだ。あいつがこれ以上触ってきたら今この場で殺してやる。頬に触れているのは奴に違いない。うっすらといい香りがする温かい息遣いを頬で感じる。〝万里の長城〟はすぐ近くにいるはずだ。

あいつってこんなにいい匂いがするのか？

タイプは初めての香りに戸惑いながらも、必死に寝ているふりをしようとした。しかし、本当に何かされたその時は奴の身体を思いっきり蹴り上げてやろうと、蹴りの準備だけはしておく。

なんだ！　あいつ、俺のベッドの上に座ってるじゃないか。

タイプが蹴り飛ばした毛布を優しくかけ直してくれているのを感じる。これまで散々侮辱されてきたターンは……タイプの髪を優しく撫ではじめた。それはまるで子守唄のようで、もう片方の手は頬に置かれたままだ。鼓動が高鳴っている。

俺が今ドキドキしているのは、寝たふりをしているのがバレるんじゃないかって思ってるからだ！俺はおかしくなんかないぞ。誰かれ構わず発情するあいつみたいなゲイがおかしいんだ！

以前であれば俺に触るなと怒鳴ったはずだ。しかし同じ体勢のまま寝たふりを続けている現状に、怒って暴れた方がいいのではないか、タイプは迷いはじめていた。

ちゅっ。

この野郎！

ターンの唇が頬に触れたのを感じると同時に、タイプは再び身体を固くした。

「悪夢にうなされないといいけど」

頬に口づけをしたターンを蹴り上げようとしたまさにその時、彼の言葉にタイプは身動きできなくなった。身体も脳もまるで一時停止したかのようだ。唯一よく動いていたのは……心臓だ。恐ろしいほどに動いていた。

その鼓動は部屋の扇風機の音をかき消すように大きく鳴り響いた。寝込みを襲ってきたと信じて疑わなかった彼が離れていった後も、タイプは身体を固くしてベッドの上で寝たふりを続けていた。ターンが自身のベッドに乗った音も、毛布を頭までかけた音も、タイプの耳には何も入ってこない。激しく鼓動する憎らしい自分の心臓の音しか聞こえていなかったのだ。

あいつは知っていたんだ！


そうとしか思えなかった。汗が顔を流れているのを感じるが、それは恐怖から来る嫌なものではない。ターンの手に安堵を感じてしまったことに激しい自己嫌悪を覚えていた。

寝込みを襲おうとしたんじゃない。あいつは俺を……心配していたんだ。

認めたくなかったが、そうとしか思えなかった。毎晩、誰かが優しく撫でてくれていると感じたのも、悪夢にうなされていると知ったターンが撫でてくれていたのだ。

俺が熱でうなされていた時、あいつは何か聞いたはずだ。悪夢のことを知ってるのに、何も尋ねずに、何も言わずに、毎晩ただ優しく撫でてくれていた。だから熱が出た時からあの悪夢を見ないんだ。

タイプは両手で自分の頬をぺしっと叩いて目を開けると、暗闇の中で天井を眺めた。

そして、向かいのベッドで背中を向けて寝ているターンに視線を移すと、両手をきつく強く握りしめ、毛布を引っ張り上げてくるまりながら、自分自身に問いかけた。

ターンがどうして俺を撫でてくれたのかは問題じゃない。それよりも……どうして俺はあいつに抵抗しなかったんだ。

一睡もできないだろうと思っていたが、タイプは天敵の顔を思い浮かべながら眠りに入っていった。

第十章　流されて

ターンのせいだ。あいつのせいだ。あいつが悪いんだ！

タイプは苛つきながら冷たいシャワーを浴びていた。寮のシャワーに温水器がついているわけがない。冷たい水を全身に浴びれば少しは気持ちも落ち着くだろうと思ったが、そんなことは全くなかった。シャワーを浴びると、身体は許し難いほどにますます熱を帯びていく。

ターンが毎晩何をしているのかを知ってしまい、熟睡できなかった。それもそのはずだ。額にキスをされ、悪夢にうなされませんように、なんてお祈りまでされて、どこの男が熟睡できるものか！

でも……どうしてこんな気持ちになるんだ？

苛つきながらも、ターンの手の感触を思い出し……タイプは欲情した。

憐れみの目で見ないでくれ。口の悪い、最低な性格の、偏見まみれのタイプが、男に欲情している。しかも一ヶ月に亘って「誰かれ構わずに発情している」と罵り続けてきた相手に。

「ちくしょう‼」

タイプは大声で叫んだ。冷たい水を浴びながら、部屋でゲームをしている彼のことを考える。実は、同じ空間にいることが耐えられず、一時間前に浴びたというのにまたシャワー室に来ているのだ。

シャワーの流れる音が響いている。

「もう考えるのはやめよう。やめるんだ」

そう自分に言い聞かせ、タイプは身を屈めて頭に冷たい水を浴びせながら、口から大きく息を吸い込んだ。瞼を閉じると毛布をかけてくれた時のターンの顔を想像してしまい、ますます惨めな気分になってしまう。

スッキリとした鼻筋のイケメンがベッドに腰掛け、毛布を胸までかけ直しながら頬を撫でている。想像するとあの時の温かさまで蘇ってきた。髪を優しく撫でてくれる手は、逃れようとしてもどこまでも追ってくる。そして……最後に浮かんだのは、額に感じる温かい唇だった。

タイプは目を開けると、拳を握りしめて壁を殴った。男にキスをされる情景を思い出すだけでも身の毛がよだつというのに、さらにおぞましいことに、自分の下半身を見ると、そこにあるモノは直立していたのだ。ターンのことを考えただけなのに！

「おさまれ。おさまれって！」

口ではそう言ったものの「今すぐお前の手でなんとかしろ！」と訴えかける身体に抗うことはできない。

「くそっ！」

結局タイプはまた目を閉じ、身体の中央にあるモノを握った。友達が送ってくれた動画の中の、綺麗でスタイルのいい女の子のことを必死に思い浮かべようとする。ムチムチした女の子の甘い喘ぎ声を思い浮かべ、最初は上手くいきそうだった。

『タイプ、お前かわいいな』

女の子のことを考えるんだ！　女の子！　女の子だ！　ムチムチの！

そう言い聞かせても、顔面を殴りたくなるほどのイケメンが余計に脳内に浮かび、両手の動きは速まるばかりだった。考えないようにすればするほど、あいつの顔が頭の中を漂う。しかも最悪なことに、自分の身体に触れたあいつの手の感触を思い出していた。

「ターン……あっ」

自分でも気がつかないうちにターンの名前を口にしていた。腕を上げて壁に寄りかかる体勢でゴールに達しようとする。そして、女の子の裸体を思い浮かべる代わりに聞こえてきたのは……。

『悪夢にうなされないといいけど』

「はぁ、はぁ、はぁ」

冷たいシャワーの中で、達した後の荒い息が響いた。人生で今が最悪だとでもいうように、タイプは頭を壁にもたせかけた。

ターンのことを考えてイってしまったのだ。

「タイプ、喜べ！　今晩が終われば俺らは自由の身だ！」

「ふーん」

とうとう今日は、応援席でそれぞれの学部の新入生が練習の成果を披露する日だ。つまり、これでも う新入生は厳しい応援団の練習から解放されるということになる。しかしタイプは死にそうな顔で座っていた。かと思えば、思い出したくないことを振り払うかのように頭を強く振っている。

もちろん親友のテクノーがその様子に気付かないわけがなく、心配そうに声をかけた。

「またどうしたのさ？」

「別に……」

「お前の〝別に〟は何か問題があるってことなんだよ。さ、俺らの学部の番だぞ。終わったら部屋に帰れるんだから、少しは嬉しそうにしろよ……」

「部屋に帰りたくないんだ」

テクノーは全てを察し、タイプの側に座った。しかし彼がターンを部屋から追い出すのをやめると宣言したばかりということもあり、少し驚いたような視線を向ける。

「またターンと何かあったのか？」

「あいつが……」

「あいつがどうした？　言いかけてやめるなよ。俺にはお前が何をされたか透視する〝第三の眼〟なんてチャクラは持ってないんだぞ！」

呆れたように言われ、タイプはルームメイトに何をされたのか話してしまいそうだったが、憔悴しきったようにこう続けた。

「寮を出たいんだ」

「お前の親父が許さないんだろ？」

「だから困ってるんじゃないか！」

自分でも驚くような大声で叫んでしまい、タイプは慌てて手を上げて謝るジェスチャーをした。彼がここまで虫の居所が悪いのも、父親にはもう既にお願いしてダメだと言われているからなのだ。しかも……。

『それくらいのことで弱音を吐くな。そんなんじゃ、大学を卒業して仕事をするようになったらやっていけないぞ！』

そう怒られてしまった。内心では「だったら仕事なんてしないで親のスネをかじってやっていくさ」と言い返したかったが、そんなことを言ったら余計に怒られるだけなので、分かったとだけ答えてすぐに電話を切った。

タイプは今、あんなことをした自分はどこかおかしいのではないかと頭を抱えていた。いや、男であれば〝あんなことをした〟のはちっともおかしな話ではない。

あの時に頭に思い浮かべたのが、なんであいつの顔なんだ！

「喧嘩をしたならその原因を探って解決すればいい。例えば、お前はゲイであるあいつが大嫌いだろ。だから、お前はあいつがゲイだということを一旦忘れちゃえばいい。ほら、問題解決だ。それと同じことさ。今お前が何に苛ついてるのか知らないけど、気楽にいこうぜ……」

「俺が全部悪いってことか？」

タイプは振り返り、説教を始めてきたテクノーを見た。

「お？　意外と自分のこと分かってるじゃないか」

「次の水泳の授業で、お前をプールの中に引きずり込んで溺れさせてやるからな！」

タイプは険しい声で牽制したが、先ほどのテクノーの言葉を思い返していた。

そうだ、どうして考えつかなかったのだろう。そもそも、ターンが一晩中俺の額にキスをしたから興奮してしまったんだ。だったら難しい話じゃない。あいつを蹴飛ばして、俺に二度と触るなと言えばいいだけの話だ。そうすれば興奮することもない。

そう、俺は男が好きだから欲情したんじゃなくて若い男性ホルモンが刺激されて欲情しただけだ。つまりあいつが俺を刺激しなければ、俺も欲情しないってことだ！　よし、今晩こそあいつにあんなおぞましいことをやめさせるように決着をつけてやる！

　しかし……その晩、思いもよらぬ展開になることを当時のタイプはまだ知らなかった。

『音楽学部の演奏を聴いてかないのか？』

『蹴りを入れないといけない奴がいるからな。部屋に戻る』

　これが数時間前のタイプとテクノーの最後の会話だ。その後、タイプは親友と別れて部屋に戻り、ターンを捕らえるための計画を練りはじめた。まるで貞操（ていそう）を守るために策を練る、儚げな少女にでもなった気分だった。

　これ以上エスカレートする前に、なんとしても阻止しなければならない。今でさえ、ターンからしてみたら寝かしつけているだけなのに、自分はというと欲情してしまっている。愛撫でもされたら自分からターンを引き寄せてキスをしてしまいそうなくらいだ。

「今晩あいつがキスしてきたら殴ってやる。撫でてきたら蹴りだ。やるぞ！　十二歳の時のあの恐怖に打ち勝ってみせる！」

　タイプは心に強く誓った。これまで自分がターンにされるがままになっていたのは、昔の恐怖が蘇ることが恐ろしかったからだ。しかし、一週間にも亘って〝寝込みを襲われる〟経験を積み、当時の記憶はもう蘇らないことが分かった。今晩、彼に何をされても絶対に抵抗するつもりだ。

　タイプは自分の導き出した結論に満足すると、シャワーを浴びてご飯を食べた。しかし、一週間も寝不足が続いていたタイプは……なんと……寝落ちしてしまった。

　ここから彼の計画は狂いはじめたのだった。


「ふふっ」

「どうしたんだイケメン、突然笑いだして。疲れすぎておかしくなったのか？」

　思い出し笑いをしながら建物から出てきたターン

に、親友が不思議そうに聞いた。夜の十時半過ぎに音楽学部の生徒による演奏会が終わり、新入生オリエンテーションに集まっていた一年生、いや全学生が、それぞれアパートや寮に帰ったり、飲み会に行ったりしていた。

「なんでもないさ。面白かったことを思い出してただけ」

ターンは本当に何もないというように手を振り、そんな彼の様子にロンは肩を竦めるだけだった。

「何か食べに行く？」

「いや、お腹減ってないからいいや。部屋に戻る」

そう言うと、ターンはタイプに一刻も早く会うため足早で歩きだした。今朝からずっと、いや正確にいうとここ数日間、思い出し笑いが止まらないのである。

タイプは俺が何をしているか気付いているはずだ。

タイプが気付いているのかどうか、最初は確信がなかった。しかし高熱を出した時から一週間、タイプを寝かしつけている中で知ったことがある。

あいつは本当に熟睡している時……鬱陶しいものをとても嫌がる。何かを感じると、手で振り払おうとしたり顔を背けたりするのだ。最初はまた悪夢を見ているのではないかと心配したが、そんな様子はまるでなく、ただ鬱陶しそうにするだけだ。それなのにこの数日間は、微動だにしないどころか、額にキスをした時は身体中をカーッと熱くさせていた。

最初は怒鳴られるのではないかとターンもたじろいだ。ここまできたら包丁で刺し合いの決闘をするしかないとも思った。しかし……タイプは全く動かない。頬を撫でられても、額にキスをされても、毛布までかけられても、それでも身体を固くして大人しく寝たふりをしたままだ。

「かわいすぎるだろ」

そう呟くと自然と笑みが溢れた。これまでターンを散々怒鳴り散らしてきたタイプが、今では寝たふりをしたまま大人しく触らせてくれるのだ。しかし、その理由までは分からなかった。

もし寝かしつける以上のことをしたら……あいつ

はどういう反応をするかな。

試してみないと分からないなと考えながら、ターンはドアを開けて部屋に戻った。ルームメイトは背中を向けて熟睡していたが……部屋中の照明は全てつけっぱなしのままだった。

ターンは荷物をテーブルの上に置くと、枕に埋まった彫りの深い顔に自分の顔を近づけた。手を伸ばして顔を触らずにはいられなかったのだ。タイプの頬は、これまで付き合ってきた元彼たちほどぷにぷにと柔らかいわけではないが、頬の感触を心地よく感じながら、慣れたそぶりで彼のベッドに腰を下ろす。

「うーん」

突然、タイプが手をぺしっと払い除け、顔を背けた。これこそ長い間待ち焦がれていた大チャンスだ。タイプは熟睡している。ターンは目を伏せ、抵抗することのできない彼に視線を向け、少し考え込むと……顔を近づけた。そして両腕でタイプをぎゅっと抱きしめると、明るい照明の下でしっかりした眉毛や長いまつ毛がはっきりと見え、触れたい衝動を抑えることができなかった。

タイプはターンのことが好きではない。大嫌いといっても過言ではないだろう。それなのにターンは、タイプの抗えない魅力に惹きつけられてやまないのだ。

ターンは彼の鼻筋に自分の唇を優しく触れさせた。腕の中のタイプは鬱陶しいのか、鼻に皺を寄せながら子供のようにいやいやと顔を振る。そのあまりの愛らしい姿にターンは笑みを浮かべた。タイプを〝愛らしい〟と形容するのは間違っていることくらい分かっている。ターンは鼻先をタイプの頬にずらし、熟睡している相手の反応を探った。優しく触れられ、くすぐったいような心地いいような感触に、彼はますます顔を背けようと抗って声を出した。

「んー！」

タイプがいくら逃げようとしても、ターンは執拗に迫った。とうとう笑いを堪えきれなくなり、自分の鼻先で彼の頬に触れると、次は唇で顎に優しく触れた。ターンの大きな身体は毛布を抱きしめて寝ているタイプに触れそうな距離にあった。

彼に心を奪われたといっても間違いないだろう。

「暑い！」

熟睡しているタイプはそう叫ぶと仰向けに寝返りを打ち、ターンの身体をまるで分厚い毛布と勘違いしているかのように両手で払い除けた。本物の毛布は、既にタイプに蹴られて足元で丸まっている。寝返りを打ったことでシャツは胸の下までめくれ上がり、筋肉質の、綺麗でなめらかな肌が露わになった。ターンはタイプから視線を逸らすことができなかった。

お前が俺の好みすぎるんだ。

めくれ上がったシャツの裾を下ろそうとしなかったわけではない。友人が腹を出して寝ているなんて普通であればなんでもないことだ。しかし、目の前で寝ているタイプの身体はどこを取ってもターンの好みそのものだった。筋肉のつき方がちょうどいい。腹筋にキスをして舌で舐めたいという衝動から逃れられず、ターンは頭で考えるよりも先に身体が動いた。

温かい唇が腹筋に触れ、女性の柔らかい肌とは全く異なる触感に、ターンはゲイ嫌いのタイプの味を知りたいという欲求を覚えた。

少しだけ。タイプが起きる前に少しだけでやめるから。

「んん！」

褐色の肌を舐めるとすぐに、タイプは小さな声を出した。それは、これまでのような鬱陶しそうな声ではない。しかも彼の腰は、ターンの唇に反応するかのように僅かに浮き上がっていた。ターンは目を見開いて、タイプがまだ起きていないことを確認した。もし起きていたら間違いなく殴られていただろう。

あと少しだけ。

タイプが簡単に起きないことを知り、熱い舌の先を使って腹を上下するように攻めると、彼は身体を仰け反らせた。性感帯が腹にあるのかもしれないと思いはじめ、清潔でほのかに石鹸の香りが漂う肌や筋肉を味わうかのようにゆっくりと舐め回す。

「ん……なに？」

タイプは寝ぼけながら、自分の腹の近くに埋まっている頭を両手で突き飛ばそうとした。しかし、ターンも邪魔されることを避けるようにタイプの手首を強く握り、温かい舌で腹筋を舐め続けている。タイプの身体は強張り、息遣いも荒くなってきた。

「あぁっ」

ターンの舌が、柔らかい毛の生えた臍の下部に到達すると突然、意識を呼び戻されたようにタイプが起き上がった。

「なんだ？　気持ちいいぞ……」

寝ぼけたまま呟いた彼は、温かいものが自分の腹の辺りを上下しているのを感じると、ゆっくり瞬きをしてなぜ自分の身体がこんなにも熱いのか不思議に思った。そして自分の下半身に目を向け……。

「‼」

その瞬間、タイプは完全に眠りから覚醒した。誰かの頭が自分の腹の辺りに埋まって上下に動いている。しかも股間の近くでだ。彼は驚きのあまり鋭い両目を見開いた。一方ターンは、上目遣いでこちらを見ているだけだ。

「ターン、この野郎、何をしてる……ん……やめろ！　舐めるな！」

タイプは押さえ込まれていた両腕を振り払おうとしたが、熱い舌がまた肌に触れると、身体をビクッと反応させた。熱い息遣いを感じる。ターンの頭はどんどん下へ進み、肌で熱い息遣いを感じる。そして……自分の下半身の変化に気付いた。

「やめろ……」

「やめてほしくないはずだけど」

起きたらルームメイトが自分の腹を舐めているというだけでおぞましいのに、あろうことか舐められて興奮しているなんて、もっとおぞましい。

「やめろと言ってるだろ‼」

心の奥底に残っていた抵抗心がタイプを突き動かし、手を振り払うと、頭を力いっぱい突き飛ばした。

ターンが顔を上げ、目が合う。悪事が現行犯で見つかってしまったというのに、彼には一向にやめる気配がない。

「痛っ！　や、やめろ……俺のに触るな……握るな！」

タイプは懸命に身体を動かして逃げようとしたが、相手の大きな手に自身を握られて身動きができなかった。握られただけではなく……愛撫されている。ターンは不敵な笑みを浮かべ、それがさらにタイプに屈辱感を与えた。

「口ではやめろと言ってるのに、お前のアレは……もっとしてくれって言ってるぞ」

「馬鹿野郎‼」

大声で叫ぶも、ターンは手で刺激を与え続け、経験の少ないタイプは呼吸を荒くするばかりだった。懸命に逃げようとしても、刺激されて溜まった欲は我慢の限界だ……なんとしてでもこの欲望を体外に放出したいと本能が訴えている。

「もし……もしこれ以上したら、蹴飛ばしてやるからな！」

「でもお前のは蹴飛ばさないでくれって言ってるけどな」

ターンは低い声でそう囁くと、舌の先で腹の辺りを舐めながら、手でタイプのモノを刺激し続けた。タイプはきつく歯を食いしばり、嬌声（きょうせい）が出そうになるのを我慢しながら言った。

「死にたいのか？　俺から手を離せ。この野郎！」

口では威勢よく言ったものの、ターンの分厚い大きな手のせいで、抗う力はもう残っていない。抵抗心はあったが、舌の感触が気持ちよく、やめないでほしいという気持ちもあることを認めざるを得なかった。しかし、自身のプライドがタイプに口を開かせた。

「俺はゲイじゃないぞ」

ターンは一瞬ギクッと固まり、息を荒くしているタイプの目を見た。ボクサーパンツの中で鬱積（うっせき）している色欲に耐えながら、断固拒否の意志を見せられたのだ。しかし、引き返せないところまで来てしまっているターンは、低い声で告げた。

「目を閉じておけ」

「は？」

突然、タイプのボクサーパンツが一気に引き下げられる。タイプは大声で叫び、慌てて両手で引き上げようとしたが間に合わなかった。

「目を閉じて、女の子がしてくれてるって思えばいいだろ」

「馬鹿か？　お前は男じゃないか！」

ターンは笑みを浮かべると、険しい声で言った。

「俺がお前に教えてやる。所詮、男の口も女の口も同じだってことをな！　ひょっとしたら……ゲイの口にハマるかもしれないぞ」

ターンの頭を押し退けていたタイプの手が驚きで止まった。舌が睾丸に優しく触れ、タイプは全身の毛がよだつ思いで両目を見開く。彼の舌がゆっくりと上がってきた。

「おい！　ターン……やめろ！」

しかし彼はやめないどころか、舌を裏筋に這わせて垂直に上ってくる。全てを口に含むやり方だけが正しいとこれまで信じて疑わなかったタイプは、ターンのテクニックに死にそうになるほど興奮した。心のどこかで彼を蹴り飛ばしたいと思う気持ちは残っていたが、大きな音を立たせながら全てが口の中に吸い込まれると、タイプはベッドの上に崩れ落ち、両腕で顔を隠すことしかできなかった。

あいつを突き飛ばせ！　俺は男だろ……いや、男だったらなんだっていうんだ。死にそうなほど気持ちいい！

頭の中で二つの思いがせめぎ合っていた。タイプの息遣いは徐々に荒さを増し、ターンと話し合わないといけないという頭の中にあったはずの考えはどこかに消滅してしまっている。タイプに全く経験がなかったわけではないが、ターンのテクニックはこれまでの相手を遥かに凌ぐものだった。これまでの相手はみんな経験の少ない女子高生で……彼とは全く比べ物にならない。どこを舐められても、ターンの口の中で自分のモノが跳ねているのを感じた。

ちくしょう、ターンが上手すぎるんだ。

「あぁ……お前……いぃ……ターン……もうやめてくれ……お願い……」

先端がターンの口の中に吸い込まれ、さらには口内で舌を這わされ、タイプは息苦しそうに言った。タイプはこれ以上なく悶えていた。懸命にターンの頭を押しのけようとしていた両手は、次第に彼の頭をぎゅっと掴むようになっていた。

目を閉じて女にされていると思えと言われたが、タイプは悔しいほどのイケメンが自分を愛撫する姿を見つめていた。欲望で熱をもったタイプの下半身に集中していたターンは、貪欲に光る眼差しでタイプを見つめ返してくる。自分の思い過ごしでなければ、奴は口角を上げてニヤリとし、まるで自分のテクニックを誇示しているかのようだ。ターンの手が下腹部を撫で、タイプは身体を固くして思わず嬌声をあげた。それがタイプ自身をさらに不機嫌にさせた。

この野郎、お前が上手いってことはもう分かったからそんな目で俺を見るな！

「あぁ！　あ……いぃ……」

ヤバい！　気持ちよすぎて声が出た！

既に引き返せないところまで興奮が昂っている。男にこんなふうにされるなんて思ったこともなかったのに、今ではターンの口の中に根元まで突っ込み、荒い息遣いで彼の頭をしっかりと掴みながら、腰を無意識に動かしてしまっていた。喉の奥まで挿れられたターンは、嬉しそうに口の中のモノを舌で舐め回している。ターンの舌がピンク色の敏感な場所に触れるたびに、溜まった欲情を放出したい衝動を堪えられない。

「この野郎！　吸い込むな！　あぁっ……やめろ……そんなこと……」

ターンが唇で強弱をつけながら吸い込みはじめると、今までの彼女たちを遥かに凌ぐテクニックに、タイプはとうとう声も我慢できなくなった。

死んじゃう。気持ちよすぎて意識が飛びそうだ。

「あぁ……あ……イくっ……」

ルームメイトが限界に達しようとしているのを察したのか、ターンの口の動きが速くなった。ほどなくして、タイプは身体を強張らせながら彼の首に抱きつき、白濁色の液体を口内に流し込んだ。ターンは一滴残らず飲み干し、少しずつ口の力を抜いていった。

タイプは軽くなった身体でパタッとベッドに倒れ込んだが、気が沈み両手で自分の顔を覆った。これまで経験したことのない、強烈な快楽を感じた事実は認めなければいけないが……まるで大惨事にでも巻き込まれたような気分だ。思っていたよりも上手かった、というレベルではない……これまでの人生で一番気持ちよかったのだ。

ターンは手の甲で口を拭うと、荒い息のまま横たわっているタイプに視線を向けた。顔も身体も赤くし、恥ずかしがって両手で顔を隠している彼を見ながら、微笑を浮かべる。ターンのズボンの中にあるモノも、外の新鮮な空気を吸いたがっていたが、それを無視してタイプに近づき、耳元で囁いた。

「な？　よかっただろ？」

すぐさまベッドの上の枕が投げつけられたが、ターンは腕で防いだ。

「全然！」

タイプに言い返され、ターンは思わず笑いそうになった。タイプは全く怒った顔をしていない。彼の表情は、極上のテクニックによって口内で絶頂を迎え、スッキリしたような満足げなものだった。安心したが、少しタイプを落ち着かせる時間が必要だな、とターンは思った。

「ふふ。これからが楽しみだな」

「何が楽しみだ！　俺の身体に二度と触るなよ！」

そう叫ばれ、ターンはシャワー室へ向かって歩きながら大声で笑った。「二度と触るな」というタイプの言葉が、まるで「これからも触ってくれ、焦らすな」と言っているように感じたからだ。

もし本当に怒っているのであれば、きっと蹴り殺されていたはずだ。枕を投げつけられるくらいでは済まなかっただろう。

「俺が教えてやる……口よりももっと気持ちいいことがあるってことをな」

　ターンは宙に向かってそう呟いた。タイプは彼の舌を切り落としたい衝動に駆られたが、何もできなかった。口でされただけで、もう体力が残っていなかったのだ。

第十一章　冷たい水の下で

俺が教えてやる……口よりももっと気持ちいいことがあるってことをな。

口よりももっと気持ちいいことがあるってことをな……。

もっと気持ちいいことがあるってことをな……。

馬鹿野郎！　馬鹿野郎‼　馬鹿野郎!!!

「もう死にたい‼　ちくしょう！」

ゲイ嫌いのタイプは気が狂いそうだった。座っていても、寝ていても、食事をしていても、シャワーを浴びていても、サッカーをしていても、大嫌いなあいつの優しい低い声が頭の中で響いている。奥深くに何かを秘めた薄茶色のターンの瞳を思い出しては……一人で悶々としていた。

冗談じゃない！　いつから俺は王子様を夢見る乙女みたいになったんだ！

「俺の人生台無しだ、くそが。もう全部終わりだ」

タイプは両手でガシッと頭を抱えると、全く力の入らない呟きをこぼした。ここ数日、タイプの脳は異様に疲弊している。以前は隣のベッドで寝ているゲイを毛嫌いしていたのが、最近では……もちろん今も嫌いだが……嫌いという感情を思い浮かべると、数日前の自分な惨めな状況も一緒に浮かんでくるのだ。

全部親父が悪いんだ。コネクションかコネクシャンか知らないけど、これ以上寮にいることを強制するなら息子はターンにコネクトされてしまうんだぞ！　社会的なコネとかじゃない！　俺の尻がゲイにコネクトされちゃうんだ！

「そんなくだらないことを考えている場合じゃない！」

腰を突き出してターンに犯されている自分の姿を想像してしまい、壁に頭を打ち付けたい思いに駆り立てられた。

「犯されるなんて絶対に嫌だ！　犯されるなら犯す方がまだいい！」

タイプは自分の言葉にハッと驚いて両目を開き、身体を固くした。「絶対に嫌だ！」だけでなく、誰が犯す側になるのか役割を考えている。つまり、ターンとの肉体関係を半ば受け入れていることになる！

「あいつのせいだ！」

自分の性癖に混乱しているタイプは、枕をベッドに投げつけ、まだ部屋に戻ってこないターンに全責任を押し付けようとした。

あいつのせいに決まってる！　あいつがあんなに気持ちいいことをするからこうなったんだろ！　ゲイじゃなくてもあのテクニックにはハマるはずだ

……ん？　そうなのか？

バン‼　バンッ‼

「あいつ！　の！　せい！　だ‼」

タイプは独り大声で怒鳴りながら、枕をベッドに何度も叩きつけた。違う、嫌だ、嫌いだ、といくら言葉にして否定しても身体は嘘をつけない。彼のことを思い出すたびに、全身で快楽を感じたあの巧みなテクニックをまた経験したいと思ってしまう。

つまり、原因は……ターンが上手すぎる、ということなのだ。

「またあいつをテクニシャンだと褒めてしまった‼」

ずっと混乱しているタイプは、息を荒くしてベッドに自分の頭を打ち付けた。無駄に体力を消耗させる必要なんてないのにあの日以来、毎日こんな感じなのだ。

あんなことがあった次の日だってそうだった。

「どうしたんだよ？　大人しく座っていると思ったら突然教科書で自分の頭を叩きはじめてさ」

授業中、テクノーからそう聞かれたほどだ。ここ数日はずっとこんなふうにいつも思い耽って、ターンの最後の言葉の意味を一日中考えている……。

『俺が教えてやる……口よりももっと気持ちいいことがあるってことをな』

あいつは口でする以上のことを俺にするつもりなのか⁉

タイプが今ここで泣きだしてしまっても、誰も同情しないだろう。泣きだすとタイプの彫りの深い顔は歪み、実年齢よりも少し老けて見える。タイプは人生で自分がゲイに欲情することがあるとは思ってもいなかった。子供の頃から嫌悪しているゲイという生き物に、だ。あれほどまでの憎悪がなぜ消滅したのだろう。恐怖心はタイプを幼い頃に戻ったかのように萎縮させていたが、その恐怖を崩壊させたのは……ターンだ。

玄関から小さな音が聞こえ、タイプはドアの方を振り返った。ドアノブがちょうど回されているところで、誰が帰ってきたのか一瞬で悟る。

バン！

「うわぁ!!!」

待ち構えられていたように枕を押し付けられ、夜九時を回って部屋に戻ってきたルームメイトは驚いて大声をあげた。空いていた片手で枕を掴むと、苛ついたように顔から払い除けた……だけだった。

「どうしたんだよ!?」

ターンの声からは、怒ってはいないがうんざりしているような感情が窺えた。

一方でタイプの顔を見たターンは困惑した。不貞腐れているような表情で、ターンを睨んでいる目は悔しさと戸惑いが入り交じったように濁り、唇は白くなるまでにぎゅっと閉じられている。そしてそれを見たターンは、図らずも満ち足りた気持ちにもなった。

もしあいつが本当に怒っていたら、きっと怒鳴り散らしているはずだ。怒鳴らずに顔を背けていじけるだけなんて……なんてかわいいんだ。

「俺の枕！」

ターンが枕を自分のベッドに投げると、タイプはやっと口を開いた。自分のベッドから飛び降りて枕を取り返そうとしたが、突然何かを思い返したように身体を固くする。また何かをされるのではないかという疑念が生じたのだ。そして、同じ床に触れるのも嫌だというように、慌てて自分の両足をベッドの上に戻した。

以前のターンだったら、そんなタイプの様子に冷たい目で彼のことを差別野郎だの頑固者だの嫌味を言っただろう。しかし、部屋の真ん中で微笑んでいるだけだった。

「何笑ってんだ！」

「俺が笑ってても笑ってなくても、お前には関係ないだろ」

「うるさい！」

タイプは大声で叫びながら、ご飯をベッドの上に、お菓子をテーブルの上に置くターンを見ていた。

ターンは袋の中から鱈のおつまみを取り出し、こちらに「食べるか？」と差し出してきた。そのおつまみを盗み食いしたことがあるタイプは苛つきながら答える。

「いらない！　お菓子で俺を釣ろうとしたって無駄だ！　俺はお前を信用してない。お菓子に毒とか盛られていたら最悪だからな。騙されないぞ！」

ターンは首をかしげ、お菓子の袋をタイプのテーブルの上に置いて、大好きなサイダーのボトルを開けて飲もうとする。その様子に、タイプは会話が終了した空気を感じた。

それでいいんだ。こいつと仲良く会話しないといけない義理なんてないんだから。

「お菓子なんかで騙そうとしないさ……」

ボトルを傾けていたターンは突然そう切り出すと、喉が渇いていたのかゴクゴクと一気に飲みはじめた。サイダーを流し込もうと上下する綺麗な喉仏が見える。女の子が触れてみたいと思うような喉だ。ターンが神様に葬られてしまえばいいとさえ思った。手の甲で口を拭う姿は、タイプに〝セクシーな男〟という新しい概念を与えている……。

しまった！　なんてことだ！　あり得ない‼　俺はなんてことを考えてしまったんだ！　これまでの人生、一度だって男をセクシーだなんて思ったことなかったのに。

しかし今のタイプには、目の前で水を飲む男の姿をなんと形容したらいいのか分からなかった。キザとでも言えばいいのだろうか……いや違う。それは紛れもなく……セクシーだ。

脳みそが疲れてるんだ！

ベッドの上で一人ジタバタしていると、ターンと目が合ってしまった。外国の血が混じったターンの薄茶色の冷たい目は、奥底に何かを潜ませている……。

なんだって⁉　なんで俺がそんな描写をしないといけないんだ！

「口でシただけなのに、俺のテクニックにハマったみたいだな」

「馬鹿野郎！　お前のことなんて大嫌いだ！」

なんと怒鳴ったらいいのか分からなくなってしまい、それだけ言うとタイプは突然立ち上がった。怒ってなのか、それとも恥ずかしいから顔が赤いのか自分でも分からない。それでも怒ったように歩いて玄関ドアの前まで行くと、「シャワー行くから‼」とだけ言い残し、大きな音でドアを閉めて部屋を出た。

大好きなサイダーを飲んでいたターンは眉を少しピクッとさせ、そして大笑いをした。以前であればタイプをかわいいと思うなんて信じられなかったが、今ではどう考えてもその気持ちを否定できない。タイプは本当にかわいい。

「シャワーに行くって出ていったのに、あいつはアホなのか。手ぶらだったぞ」

彼が着ていたシャツから察すると、シャワーはもう済ませているはずだ。ターンは急いで立ち上がって洗面道具を掴むと、タイプを追いかけた。

シャワーに行くというのは……遠回しな誘いの言葉なのかもしれない。


「ちくしょう！」

寮のシャワー室で、タイプは洗面台の縁をぎゅっと握りながら毒づいた。既に誰かがブースを使っている。しかも今は誰かに会って「どうしたんだ？」といった類いの穿鑿（せんさく）をされたくなかった。それに応える気分でもない。鏡に映る自分は、ストレスで押し潰されそうな顔をしていた。

ストレスを感じないわけがない。

タイプは自分の下半身に目を向けた。ボクサーパンツの中のストレスの元凶が……また膨張してきている気がする。

「もう死にたい」

タイプは小声で呟いた。何が自分のモノをこんなに熱くさせているのか、その答えは明白だったからだ……全部ターンのせいだ。そして死にたいという言葉に反応するかのように、辱（はずかし）めを受けたあの夜のことが理由もなく脳裏に蘇る。芋虫になって消え去りたいと思う人もいるだろうが、タイプの場合は……頭がガンガンと痛んだ。

「最低だ。どうしよう」

下半身の反応に不機嫌そうな低い声でぼやきながら、タイプはシャワー室で自分自身を慰め、早く部屋に戻って寝ようと思った。全ての元凶であるあいつと顔を合わせる前に、翌朝早くに部屋を出ていきたかったのだ。


「タイプ、石鹸を忘れてるぞ」

「え？」

しかしブースに入ろうとしたその時、突然誰かの手がタイプの腕の付け根を掴んできた。その声に一瞬身構えたタイプは、まだ完全に状況を把握できないまま、掴まれたその力に引っ張られそのままブースに押し込められた。

「お前、何を……うっ‼」

ターンと二人きりでいる状況をやっと把握できたタイプは大声で叫んだ。しかし、奴は逃げ道を防ぐように前に立ちはだかり、片手でタイプの口を塞（ふさ）いでくる。西洋の血が混ざった鋭い目が近づいてきた。

「大声を出したら、みんなにお前が俺と二人でここにいるってバレるぞ」

落ち着いた声で言われ、身動きができなくなったタイプは両目を見開きながら微笑んでいるターンを見る。「ゲイだと思われたくないというプライドを優先して、タイプは絶対に大声をあげないだろう」と確信したのか、ターンはようやく口から手を離した。

「何するんだよ！」

タイプは不機嫌そうに小声で言うと、洗面道具を置いて逃げ道を塞ごうとしているターンを懸命に押しのけようとする。誰かに見られる前に一刻も早く外に出たかったのだ。しかし、ターンもそれに負けじと逃げ道を塞ぎながら、これまで見たことのないような微笑を浮かべた。

それはまさに、切り札を持っている人間の表情だった。

「言っただろ？　口以外にも気持ちいいことがあるって」

「馬鹿野郎！　触るな！」

彼の囁き声が耳元で聞こえ、タイプが思わず大声で怒鳴ると、二つ離れたシャワーブースの水の音が止まった。

「おい、どうしたんだ？」

怯えているような誰かの大きな声に、ターンはこぞとばかりに「なんでもないさ、滑っただけだ」


と答えた。

「霊とかお化けじゃないよな？」

「ははは。違う、人間だ」

笑いながら答えるターンは、既にタイプの腰に両腕を回して抱きしめている。抱きしめられているタイプの目は今にも敵に飛びかかりそうなほど鋭いが、何もできない。タイプがここで殴ったとしても、ターンが大声で叫んでまた他人に怪しまれることは明白だからだ。しかも……ターンは誰に見られたって構わないという目をしている。

こいつはゲイであることをカミングアウトしてもいいと思ってるんだ。俺を巻き添えにするなよ！

忌々しそうにそう考えると、タイプは懸命にブースから逃げようとした。

「おい、チャーイ、まだいるか？」

「いるぞ」

突然外の声が聞こえ、タイプは身体を固くしながら、今はここから逃げられないことを悟った。

「早くしろよ。あいつらコンビニの前で待ってるってさ。俺はお前を待って一緒に行くから」

声の主が誰に会うのか、何をするのか、今のタイプにはそんなことはどうでもいい。知りたかったのはただ一つだけ……。

「お前、何触ってんだ！」

タイプは苛立った声でターンに聞いた。背中から抱きしめていたターンの手は下半身に伸び、タイプの絶対に触られたくないモノを握っている。彼は耳元でごめんと言いながら低い声で笑った。男同士のはずなのに、耳元で囁かれたタイプは全身の体毛が逆立つような感覚を抱いた。

「今更かまととぶるなよ」

「くっ！」

ターンが八重歯で甘噛みをしてくると、タイプはきつく唇を噛み締めた。悲劇的なのは、狭い空間に押し込まれ、後ろから彼に抱きしめられていることの状況ではない。ボクサーパンツの中でモノが反応していることだ。できることなら切って捨ててしまいたいとさえ思った。

「おい、濡れるだろ！」

突然シャワーの水を出され、タイプは小声で言った。個別指導に行くとか行かないとかそんな話をしている奴らの声が耳に入ってくる。ターンはシャワーの蛇口をひねり、洋服がびしょ濡れになったタイプに囁いた。

「脱げよ。濡れたまま部屋に戻りたいのか？」

「嫌だ！」

ターンの言葉を突っぱねるほどのプライドはまだ残っていた。すると彼は何も言わずに後退りして、急いで洋服を脱ぎはじめた。ガサガサと洋服を脱ぐ音がする方に視線を向けると……あのイケおじと元ストリッパーのハリウッドカップルも驚くほどに、まるで祖父と父親のモノを足して、二で割るのを忘れてそのまま遺伝させてしまったかのように、ターンのモノは大きかった！

実家近くの飯屋にある、男性器の形をした御守りより大きいじゃないか！　しかも太い！

「絶対俺に近づくなよ」

いつもは強がっているタイプも、今はただ恐怖しか感じない。ムカつくほどのイケメンが、臨戦態勢で向かってくるのだ。タイプは唾を飲み込み、後退りをする。シャワーの水で全身びしょ濡れになったが……そこで行き止まりだった。

「ほ、本当に叫ぶぞ！」

「叫んでみろ。お前みたいにガタイがいい奴が、俺に抱きかかえられてシャワーブースに押し込められたなんて……誰が信じるかな」

くそ！

タイプは心の中で悪態をつくこと以外、何もできなかった。彼の言う通りだからだ。タイプの身長は百八十センチもあり、一方、ターンはそれより数センチ高いだけだ。タイプが抱きかかえられたなんて誰が信じるか。シャワーブースに二人でいるということは、両者の合意があったはずだと誰もが思うだろう。

俺は抱きかかえられたんじゃない！　ボーッとしていたところを押し込まれたんだ！

「何もしないって」

ターンは落ち着いた声で愉快そうに優しく言ったが、冷たい眼差しは光っていた。ゆっくりと、お互いの肌が触れ合う距離まで近づいてくる。二人ともシャワーの水でびしょ濡れだが、許されないほどに熱く火照（ほて）った二人の身体は、シャワーの水でも冷やされることはなかった。

男の裸を見て、なんで俺は興奮してるんだ⁉

タイプはこれまでAVを観る時、もちろん男になんて目もくれず、かわいい女の子ばかり観ていた。それなのに、なぜ今は萎縮するどころか反応しているのか。何か脳に異常があるのではないかと苛つきながら考える。

「何もしないって言ったじゃないか！」

タイプは小声で文句を言った。何もしないと言っていたのに、ターンの手は無慈悲にも言葉とは全く異なる動きをしている。

「ふっ、気持ちよくしてあげるだけだよ」

またしてもターンは、タイプ自身も知らなかった性感帯である耳元で囁いてきた。身体中が痺れるような感覚が起こり、タイプは歯を食いしばった。

ターンの唇が下りていく。

「もし外に誰もいなかったら、ぶん殴ってるからな」

タイプは、抵抗できないのはシャワー室の外に人がいるからだということをはっきりさせたかった。

「言い訳したいならすればいいさ」

お前なんて大嫌いだ！

心の中の叫びが声に漏れないよう、タイプは口をきつく結んだ。ボクサーパンツはいつの間にか完全に脱がされていて、最愛のモノに全く擦らせることなく上手く脱がせたターンを危うく称賛しそうになる。もし反対に奴のボクサーパンツを脱がせることになったら、絶対に上手くいかないだろうと考えただけで身体中が痺れた。

「ふっ」

ターンの笑い声が聞こえると、タイプは彼の首をへし折りたい衝動に駆られた。奴が笑ったのは、タイプのモノも彼と同じくらいに大きくなっていたからだ。

「あぁ……んん……」

ターンの指先が優しく上下に動き、タイプに悦楽を与えている。ここ数日欲求不満気味のタイプは、ただ声をくぐもらせることしかできなかった。二人の熱い肌は今にも触れそうなほどで、頭では逃げないといけないと分かっているのに、身体はターンの神がかったテクニックが奏でるもっと気持ちいいことを知りたがっていた。

俺も男だ。好奇心があるのはおかしいことじゃない！

ターンは片手でタイプのモノを優しく愛撫しながら、人差し指と中指で睾丸を掬ってそっと解し、もう片方の手で姿を現した赤みがかった先端を撫でている。タイプは全身が痺れるような快感を覚え、腰が勝手に反応して動いてしまうのを必死に堪えようとした。

「はぁっはぁ……」

タイプの息遣いは徐々に荒々しさを増し、自分でも気付かないうちにシャツの裾を破れそうなほど強く引っ張っていた。その姿にターンは満足そうに微笑みを浮かべ、彼の色白な肌も興奮で赤らんできている。

「ゲイの間でフェンシングって呼ばれてること、知ってる？」

　ターンが耳元でそう囁いた。俺が知ってるわけないだろと怒鳴り返したかったが、ターンのテクニックに翻弄され、そんな気力はもう残されていなかった。

「あぁっ」

　ターンの熱いモノが自分のモノに触れ、快楽の波に喘ぎ声が喉まで出かかった。なぜこんなに気持ちいいのか、タイプは無意識のうちに腰を突き出し、もう一度ターンのモノと擦り合わせる。なぜフェンシングと呼ばれているのか、この瞬間に身をもって理解した。

　シャワーからの冷たい水で二人の身体はずぶ濡れだが、両者ともに全くそれを気にかける様子はない。擦れ合っているお互いのモノに夢中だったのだ。ゲイを嫌悪しているタイプも、熱をもった相手との擦り合いをやめることはできなかった。

「はぁっはぁっ」

　タイプの背中は浴室のタイルにぴったり密着している。ターンが自分の身体をタイプの方へ寄せてくると、二人の下半身が重なり合った。互いのモノが押しつけられ、先端からは粘着質の液体が溢れ出す。二人の液体が混ざりながら流れ落ちると、どちらのモノもぬめり、二人とも荒い吐息を漏らした。

　はぁっ……はぁ……。

「お前っ……や……あぁっ」

　ターンはタイプの喉元に顔を埋めて甘噛みをしながら、片方の手でタイプの胸を弄っている。タイプは唇を噛み締めてそれを制止しようとしたが、彼の身体を押し退ける力は淫欲に呑み込まれ、跡形もなく消滅していた。

「俺がしてるみたいにしてみろよ」

タイプが逃げられないでいると、ターンが二人の触れ合っているところへとタイプの手を持っていき、彼自身のモノも握らせようとした。しかし、タイプはそれだけはできないと思った。

男に触られているだけで最低な気分なのに、自分が他の男のモノを触るなんて……そんなこと絶対にできない！

熱い……。

しかしタイプは内心でそう思いながら交じり合っているお互いのモノを弄った。熱くて硬いモノと擦れ合うのが、言葉にできないほど気持ちいいということは確かだったのだ。

ターンの唇が首筋から這うように下りてきて、手はタイプの胸を愛撫している。

「おい！　胸を触るな！」

小声で伝えるも、触るなと言えば言うほど、それはまるで誘っているかのように聞こえたらしい。ターンは二本の指でタイプの乳首を摘まむと、それがさらに硬さを増したのを確認し、満足げに舌の先で転がしはじめた。

「俺は……男だ……や……そんなところ……何も感じないぞ」

明らかに嘘をついているのが分かる。ターンが唇で乳首を吸い込むと、彼の胸筋がビクッと反応するからだ。それに呼応するかのように、下半身はさらに愛液にまみれ、もはやその液体が誰のものなのか分からなくなっていた。

ターンはタイプの感度の良さに驚いていた。欲情を煽ろうと全身を愛撫しただけなのに、タイプの息遣いは既にかなり荒くなっている。唇を乳首から離してタイプの目を見つめると、その顔は快楽で歪んでいた。鏡を見なくても、ターン自身も同じ表情をしているだろう。

「タイプ……」

掠れた声で名前を呼びながら、ターンは身体を寄せて唇にキスをしようとした。しかし……タイプはすぐにサッと顔を背け、同じように掠れた声で答えた。

「や……嫌だ」

口ではそう言ったものの、この狂気的な状況下ではは強引にキスをされるだろうとタイプは覚悟していた。しかしターンは身体を離すと、タイプの首筋に顔を埋めながら、再び下半身に手を伸ばし、手の動きを速めた。

「んん……はぁ……あぁ……」

二人の身体から立ち上る蒸気が混ざり合い、お互いの息を荒くする。ターンは片方の手でタイプの肩を抱きしめると、もう片方の手で下半身を弄った。

「お前の、ぬるぬるじゃないか」

「うるさい！　お前もだろ！」

タイプは言い返した。二人の恥ずかしい声は流しっぱなしのシャワーの水音でかき消されている。新たに誰かがシャワー室に入ってきていないか、先ほど入っていた奴はもう出ていったのか、そんなことを気にする余裕はなくなっていた。二人は絶妙なコンビネーションで腰を動かし、互いのモノを擦り合わせていた。

「んん……や……俺も……」

「俺もだ……俺ももう……」

絶頂の直前、タイプは額をターンの肩にもたせかけ、大きく深呼吸をして空気を肺に送り込んだ。荒い息のまま絶頂に達すると、強張っていた身体が少しずつ解れていく。ターンもドラマーらしく本能が奏でるリズムのままに腰を動かし、欲望を放出させた。二人の手はベトベトに汚れていた。

ドンッ！

絶頂から数秒も経たず、まだ呼吸も整っていないというのに、南部の青年によりターンは突き飛ばされた。後退りをすると、微かに怒りを含んだタイプの目が視界に入る。そして彼はドアの方へ向かうと、洋服を床に投げ捨てた。

「俺の服も洗濯しろよ！」

そう言ってターンが持ってきた洋服を急いで着ると、タイプはドアを開けた。他に誰かがいるかもしれないなんて考える余裕もないくらい、一刻も早くターンから逃れたかったのだ。

幸運なことにシャワー室にはもう誰もいなかった。タイプは先ほどの行為の興奮が冷めやらぬまま、後ろを振り返ることもなく急いで部屋に戻ろうとした。ターンがどうやって濡れたまま部屋に戻るのかなんて、気に留める様子もない。そして部屋に戻ると、濡れたまま床に崩れ落ちそうに跪いた。ターンから奪ってきた洋服も湿っている。

「最低だ。大変なことになった」

そう、大変なことになってしまったのだ。

タイプは苛つきながら呟くしかなかった。ゲイであるあいつを受け入れてしまった……。その事実を振り払うことができなかった。

「大嫌いなんだろ？　おぞましいんだろ？」

そう、身の毛もよだつほど嫌いなんだ。それなのに自分のモノとあいつのモノを擦り合わせてしまった。

考えれば考えるほどタイプは激しい自己嫌悪に陥り、両手で顔を覆って何度も呟いた。

俺はゲイじゃない。俺は違う‼

第十二章　口は災いの元

　ターンはシャワーを浴びて、タイプが脱ぎ捨てていった服とズボンを洗濯した。

　そして洗濯が終わると、高身長のターンは腰にタオルを巻いただけの姿で、荷物を抱えて部屋に戻ろうとした。タイプは先ほどシャワー室で起こった事実を受け入れられず、自分を避けるだろうということは分かっていた。どこか遠くへ逃げたいと思っているはずだ。キスをしようとしただけで……あんなに拒絶されたのだから。

　さっき、もしあいつが興奮しなかったらあんなことにはならなかった。

　ターンは頭を振ると、タイプの唇を思い返していた。御先祖様が怒って墓から蘇ってくるほどにターンや家族のことを侮辱した口だ。もう少しだった。もう少しで唇に触れるところだった。しかし、あの時のタイプの抗うような表情は、ターンを思いとどまらせるのに充分なものだった。

　ロマンチストだとからかう奴もいるだろうが、キスは好きな人とだけするものだとターンは考えている。実際、これまで付き合っている人としかキスをしたことはない。一回だけ、タイプにむかついた時にキスをしてやったことはあったが、タイプがキスは嫌だと言うなら……それは受け入れないといけない。

「思った通りだ」

　照明のついていない真っ暗な部屋の前に立ち、ターンは呟いた。やはりルームメイトは逃げるように部屋から出ていったに違いない。タイプには現実逃避がベストな選択肢だったのだろう。

　カチャ。

　ガチャガチャ！

「ん？」

　腰にタオルを一枚巻いただけの姿のターンは、荷物を両手で抱えながら眉をピクッと動かした。ドアノブが回らない。内側から鍵をかけられている。

「ふざけるな！」

ターンの声は低く険しくなった。タイプは現実逃避したのではなく、ターンを部屋から閉め出したのだ。ターンは周りの部屋に遠慮しながらドアを静かにノックした。

「タイプ、ドアを開けてくれ」

「……」

「タイプ‼」

「……」

奴が簡単にドアを開けてくれるとは思えない。意図的に鍵をかけたに決まっている。ターンは今にも怒鳴りそうになったが、気持ちを落ち着かせ、抱えていた荷物から制服のズボンを取り出した。なんとてもラッキーなことに、ズボンのポケットに入れっぱなしだった鍵があった。ターンはそれを引っ張り出すと、怒りを露わにした。

こんな酷い仕打ちを受けたら誰もが怒るだろう。部屋の前の廊下で蚊に刺されながら寝ろと言われているようなものなのだから！


ターンは大きな音を出してドアを閉めると、壁を殴るように照明のスイッチをつけた。ルームメイトのベッドに視線を向ける前に、自分のベッドに濡れた洋服が投げ捨てられているのが目に入り、思わず眉をひそめる。

あんなことをして悪かったとは思う。でも、勝手に洋服を着ていったんだったら、せめて洗濯カゴの中に入れておいてくれてもいいのに。

今日はシャワーブースでの行為だけでやめておこうと思っていたターンだが、毛布を頭まで被って背中を向けている彼を見て、ベッドへと近づいた。幾晩も寝入るのを見守る中で、煩わしいのを嫌がるタイプは本当に寝ている時には毛布を蹴ってはいでいることを知っていた。つまり、今のタイプは寝たふりをしているだけなのだ。

ターンはベッドの側で立ち止まり、どう懲らしめてやろうかと考えた。

「おやすみ、タイプ」

彼の耳元で、何事もないように落ち着き払った低い声で囁いてみたら、どんな反応をするのか興味があった。

「それにしてもさっき……お前、すごくよかったぞ——痛っ！」

　重い拳がターンの腹に入った。あまりの激痛に、からかおうとしていたターンは悲鳴をあげ、床に崩れ落ちそうになる。タイプは毛布を払い除けると、起き上がってベッドに座り、笑いながら満足そうに言った。

「二度と俺をからかうなよ。次は一発じゃ済まないぞ」

　タイプは拳を握りしめ、何か言いたそうにしているターンに見せつけてきたが、当の本人は鳩尾(みぞおち)まで上がってくる激痛に耐えるようにうずくまることしかできない。タイプは限界を超えるまで機嫌が悪くなると、近づくこともできないほど凶暴になるのをすっかり忘れていた。さっきまでのシャワーブースにいた彼とは別人のようだ。

　ターンは床に座り込み、顔を隠すように毛布を頭まで被って寝ているタイプに視線を向けた。そして痛みを癒(い)やすように自分の腹を優しく擦ると、険しい声で言った。

「じゃあ、もう二度と俺にしてほしいなんてお願いするなよ」

「誰がお前にお願いしたって言うんだよ！」

　毛布の下から呟くような声が聞こえる。

「俺のテクニックにハマったくせに」

「馬鹿野郎！」

　怒鳴るも、タイプは毛布にくるまったまま動かない。彼より少し高身長のターンはその場を離れ、着替えを済ませてまだ痛みが消えない腹を撫でながら鋭い目でタイプを見た。しかし彼は身体を丸めて微動だにせず、まだ毛布にくるまって寝ている。怒ればいいのか笑えばいいのか、この状況をどう処理したらいいかターンはまるで見当がつかなかった。

　ただ一つはっきりした事実は、ターンのテクニックにハマったと彼が否定しなかったことだ。それは関係を進展させたいターンの背中を押すものだった。

ここまできてしまったらもう後には退けない。

次のステップは……簡単じゃないぞ。


「ここからは、それぞれのチームに別れて練習だ。

一年生はランニング三セット！」

タイプは今、サッカー部に誘ってくれたテクノーに心から感謝していた。

応援団の練習が終わってから、サッカー部の練習はその厳しさを日に日に増している。ウォームアップのランニングやストレッチが終わると、今度はグラウンドでジグザグ走や腿上げダッシュ、そしてハードル走など、コーチに指示されるままにトレーニングをするのだ。練習でへとへとに疲れると、タイプはルームメイトとのいざこざ——頻繁にちょっかいを出されるわけではないが——を忘れることができた。

「先輩が羨ましいよ。俺もいい加減ボールを蹴りたい！」

「蹴ろうと思えばいつでも蹴れるさ。でも、試合に勝つためには基礎練習が大事だろ。それくらい肝に銘じておけよ」

テクノーはタイプの返答に納得していない様子だった。コーチの座に空きがないと分かってから、彼はいつも文句ばかりだ。練習が始まってからも同じ様子のテクノーに、タイプは多少苛ついていた。

「まぁ言いたいことは分かる。でもこんなの、一年生の可能性を先輩が潰してるみたいなもんじゃないか」

「お前をサッカーコートに放っても、せっかく立てた作戦を潰して試合時間が無駄になるだけだ。大学サッカーは高校サッカーとは違うんだぞ」

「見てろよ、いつか俺がサッカー部のキャプテンになってやる！」

「せいぜい夢でも見てるんだな」

タイプの言葉に、友人は振り返って低い声で聞いた。

「さっきから感じ悪いけど、何に苛ついてんの？」

「……」

黙り込んでしまうも、タイプは平静を装った。

「別に」

「悪いけど、俺はそんなに馬鹿じゃないぞ。さっきの三十秒間の沈黙の間に、サッカーの試合だったらゴールを決めることだってできるんだ。またあいつと何かあったのか？」

「別に」

タイプは友人の穿鑿を遮るようにまたそう答えた。ターンの顔と、なぜターンに欲情してしまうのか、という疑問まで頭に浮かんでしまう。

俺はゲイじゃない。これまで男に欲情したこともない。しかも、これだけは断言できる。俺はゲイが大嫌いなんだ。

自分の性的指向に混乱しているタイプは、自分は男だと必死に思えば思うほど、さらに困惑していった。これまでの状況からして、ターンのことは嫌ってはいない。むしろ好きなくらいだ。

ゲイ全員を嫌悪していたはずなのに、自分自身に何か心境の変化があったのだろうか？

この事実こそ、タイプが最も恐れていることだった。長年に亘って主張してきた自分の考えが、たった一人のせいで今更変えられるのを信じたくなかった。影響を与えてくるほどに大きな存在が現れるのを、タイプは望んでいないのだ。

そして、自分の疑念がすぐに回答が出る類いのものではないことも分かっていた。知りたいのは……今、身体と心の性別が違う人たちを見て自分がどのように感じるのか、ということだ。

「テクノー‼　いやーん、友達すっごくイケメンじゃない⁉　美味しそう！　変な汗かいて顔がテカっちゃう。グラウンドに来て大正解！」

テクノーの表情から、サッカー場に現れた友達をあまり歓迎していないことが伝わってきた。彼はフレンドリーな性格で、学生の半数近くは友達だったため、他学部の知り合いがいても全く不思議なことではない。しかし、走り寄ってテクノーに腕を絡ませてきたのは——タイプは振り返ってその声の主を見たが――とてもじゃないが自分には受け入れられそうにない類いだった。

もしかわいい子やスタイルの良い綺麗な子だったら……いや、せめて女として生まれてきていたら、タイプはきっと笑顔になっただろう。イケメンと言われて嬉しくない男はいない。タイプは今、どのような顔をしたらいいのか分からなかった。タイプをイケメンと褒めたのは……男のことが好きな男だったのだ。

男子学生の制服姿に化粧をして口紅まで塗っている二人組に、タイプは少しイラっとしていた。二人はキャーキャーとハスキーな声で騒ぎながらこちらへ向かってくる。地声は低いのに無理して高い声を出そうとするからそんな声になるのだ。さらには、まるでとても仲が良いかのようにテクノーの腕や脚を触りまくっている。二人のうちの一人がテクノーの腕を撫ではじめたのを見て、タイプは鳥肌が立ち二歩後退りをした。

よかった。俺はまだゲイが嫌いだ。


この二人のレベルまでくるとニューハーフというべきか。ゲイとどう違うのかタイプにはよく分からなかったが、男が好きという時点で奴らとは一切の関わりを持たないと決めていた。関わりを持ったところで、ただ苛つくだけだからだ。正直なところ、視界に奴らが入るだけで嫌だった。

「姉さんたち、俺の友達ばっかりイケメンだってはしゃぐから拗ねちゃう。俺のことはイケメンだって言ってくれないんだもん」

テクノーが拗ねたふりをしておどけると、二人のうちの一人がテクノーの頭の先から足の爪先まで舐め回すように見て言った。

「私だってイケメンだって言いたいけど……」

もう一人は黙り込んでいる。

「……どこを見てもイケメンの要素がないから！」

「おいおい、ちょっと待て。殴り合いでもする⁉」

「あら、唇と唇の殴り合いだったらウエルカムよ。お姉さんが殴るから、あなたはキスで……」

まるで自分が絶世の美女であるかのように唇を突

き出してテクノーに迫る様子を見て、タイプは再び全身に鳥肌が立つのを感じた。テクノーがどうやってこの状況に耐えているのか全く理解できない。

「でも、キスしたらあなた最後まで責任とってよ。ベッドの上で気を失うような体験とかしてみたいわ」

その掠れすぎた声は、聞いているだけで耳障りだ。テクノーを見ると奴も何か言いたげな顔をしている。

ガシッ！

「キャーーーーーー！　おっぱい‼」

「いやーん、おっぱい触った！　悪い子！　変態！」

耳障りな大声が鳴り響くと、タイプは大学の敷地の端まで走って逃げ出したい気持ちになった。胸を腕で隠している二人は、歯を食いしばって逆立ちをして見ても悪寒が走る。片方の先輩はキャーキャー言ってテクノーの肩を叩きながら、自分も触ってくれといわんばかりに胸を突き出していた。

これ以上に恐ろしい光景はないな。

「触るんだったらちゃんと揉みなさいよ。今晩また触りに来る？　一緒に楽しみましょ」

胸を突き出している一人が低い声でそう囁いた。今にもテクノーの首筋にキスをしそうな勢いに、当の本人は不思議そうな顔をした。

「痛っ！　つねらないでよ！」

テクノーが胸をつねったのだ。胸を突き出して誘っていた先輩は大声で叫んだ。テクノーは無邪気そうに尋ねる。

「これ、おっぱい？　姉さん、ホルモン薬を飲んでいるんじゃないの？　釘が刺さったまな板かと思った……これじゃあ触っても興奮しないな」

そのままテクノーは彼女らの胸を揉んだりつねったりし続け、その様子にタイプは頭を抱えた。

「え？　触ってほしくないならなんで突き出すの？」

「興奮しないならどうして触るのよ！」

「さ？」

「イヤだわ、この子ったら口が悪い！　誘われてるんだから、耳も目も閉じて大人しく私と寝ておけばいいのに」

テクノーは大声で笑うと、もう一度胸をつねって悲鳴をあげさせた……神に誓ってもいいが、彼女たちは喜んでいる。テクノーはキメ顔で微笑みながら言った。

「そんな時間があったらホンモノの女の子のところに行くさ」

「キーーーー！　うるさいクソガキ！　おっぱいが取れるかと思うほど強くつねっておいて、よくそんなことが言えるわね‼」

「テクノー、俺、先に行くな」

テクノーがこれ以上この先輩たちとふざけ合っているのを見るのは耐えられそうになかった。面白いと思う人もいるのかもしれないが、タイプはこれ以上ないほど鳥肌が立っている。自分の腕もそのうち掴まれるんじゃないかと考えるだけで後退りをしてしまうほどだ。

答えが分かったぞ。間違いない、俺はオス同士で絡む全生物が大嫌いな偏見野郎だ！

「まだ行っちゃダメよ！」

しかしタイプが歩き去る前、悲劇が起こった。胸を触られた一人目の先輩がタイプの前に立ちはだかったのだ。しかも両腕を左右に目一杯広げて行く手を遮っている。彼女は笑顔を浮かべると、まつ毛を何度もバサバサとはためかせ、今にも走って逃げだしそうなタイプに近づいてくる。

「何？」

喧嘩にならないよう努めて穏やかな声で聞いたが、先輩はそんなことには全く気が付いていないように話しはじめた。

「つまりね、お姉さんたちは〝イケメン発掘チーム〟という大学公認サイトの管理者なの。あなたの写真を撮ってそのサイトに載せたいんだけど、いいかしら？　名前と学部も教えて。女の子たちがキュンキュンしちゃうこと間違いないわ……お姉さんもキュンキュンしちゃうんだから！」

シーン……。

タイプは何か言葉を口にするのも、ここに立っているのですらうんざりだった。先輩が指で腕をなぞろうとしてきたのを、間一髪のところで振り払う。

彫りの深い顔は恐ろしいほどに険しくなっているが、標的に狙いを定めた二人は全くそれに気が付いていない。これまでのやり取りは、写真撮影の許可を得るためだけのものだったと言わんばかりだ。

「他の人を探してよ」

タイプは素っ気なく言うと、踵を返してその場から逃げようとした。嫌な感覚がまた蘇ってきていた。

本当にイライラする。

「姉さん、あいつはそんなイケメンじゃないって。他の人を探しなよ」

テクノーも必死にタイプを助けようとしている。彼だけは友人の機嫌の悪さに気が付いていたからかもしれない。

「なんでよぉ～？　まだ行っちゃダメよ。写真、一枚だけだから」

テクノーの腕を掴んでいた先輩が、今度はタイプの腕を掴んだその時だった。タイプの嫌いなものを知っているテクノーは両目を見開いた。

「姉さん……俺が思うに――」

「離せ、この野郎‼」

タイプが先輩の腕を力強く振り払った。テクノーは、しまったとでもいうように自分の額を叩きながら、先輩から引き離そうとする。タイプの我慢は腕を触られた瞬間に限界を突破してしまっていたのだ。

「俺に近寄るな、変態！　気色悪いんだよ。男でいればいいのにわざわざ女みたいに振る舞うなんて、親に悪いと思わないのか？　息子がこんなふうに育って！　馬鹿じゃないか！　お前らみたいな奴なんて大嫌いだ！」

タイプは振り返り、ひどい言葉で怒鳴り散らした。彫りの深い顔は恐ろしいほどに怒りを表現していて、目は爛々と光り輝き、後先のことも周囲の目も何も気にしていない。今の彼にとって明確なことはただ一つ……おぞましいという感情だけだ。

「……」

「え……えっと……俺はどうしたらいいんだ？」

テクノーは小声で呟いた。

「私たちがあなたに何をしたっていうのよ。このクソガキが！」

先輩のうちの一人がハッと我に返り、今にも殴りかかりそうな勢いで怒鳴り返した。テクノーが慌ててタイプと先輩の間に割って入り、両手を広げて二人を制止する。

「姉さん、落ち着いてください。落ち着いて。友達の代わりに謝りますから。ごめんなさい。あいつ、いつもあんな感じで口が悪いんです……」

「なんでお前が謝らないといけないんだ」

友達を助けようとするテクノーの背後で、タイプが大声で叫んだ。

「タイプ！　馬鹿だな、行くなら早く行けよ！」

そしてタイプは歩き去る直前、二人の先輩に視線を向けて薄ら笑いを浮かべた。先輩たちはその挑発を受けて立つため彼の後を追いかけようとしたが、テクノーがそれを止める。

「姉さん、落ち着いて！　落ち着いて‼」

「どうしたら落ち着けるっていうのよ！　聞いたでしょ？　あなたの友達がどれだけ私たちを侮辱したか。私たちだってこんな姿で生まれたかったわけじゃないのに！　私たちにだってプライドってものがあるのよ！」

「姉さん、本当にごめんなさい。あいつに代わって謝りますから落ち着いてください」

今にも走りだしてタイプを追いかけようとしているのを懸命に止めるテクノーに、先輩の一人が怒って言った。

「友達に伝えておいて。あんなことを言ってただで済むと思うなよ、って！」

ターンとのトラブルも解決してないのに、ここでもトラブルを起こして……気が狂いそうだ。でも、俺の気が狂う前にあの馬鹿野郎を殺してやる‼

「タイプ、頼むからあの二人に謝りに行ってよ。お願いだよ」

「アホ面さげてお前が行けよ。なんで俺が謝らないといけないんだ」

寮の部屋で、テクノーは必死にタイプを説得しようとしていた。先ほど罵声を浴びせられた先輩たちに謝罪に行くよう何度も言っているのに、案の定、タイプは低い声でそれを拒否している。

「俺はお前が心配なんだよ。あの先輩は大学の有名人なのに、あんなふうに怒鳴るなんて。もし言いふらされたら、仲間の軍団にボコボコにされるぞ」

「俺が怖がるとでも思ってるのか？　来るなら来いよ。全員残らずぶん殴ってやる。近くにいるだけで吐き気がするっていうのに、俺の腕を触ったんだぞ。ちくしょう。鳥肌もんだ！」

どれほど嫌だったのかを力説され、テクノーは頭を掻きむしるしかなかった。友達を死ぬほど心配しているというのに、肝心の本人は自分の置かれた状況に全く不安を感じていない様子だ。

「タイプ、今回はさすがにお前が悪いよ。姉さんたちがお前に何をしたっていうんだ。姉さんが言ったことは正しいよ。姉さんが男でも女でもお前には関係ないことだ。お前の目の前で交尾されたわけでもないだろ。いくら友達でも今回のことはどう考えてもお前の味方はできないぞ」

テクノーは論理的に説明しようと必死になったが、タイプはこの手の話だけはどうしても聞く耳を持つことができない。

「別に味方にならなくたっていいさ。俺のどこが悪いって言うんだ。あいつらが先に俺に手を出してきたんだろ」

「ふざけて腕を触っただけじゃないか」

「でも俺は虫唾が走るほど嫌だったんだ！」

「まったく、どうして俺の友達はこんなトラブルばかり引き起こす差別野郎なんだ。しかも、どうして俺がお前のことをこんなに心配しないといけないんだ‼」

タイプ本人ではなくテクノーの頭がストレスで爆発しそうだった。

タイプはあの先輩たちの影響力がどんなに大きいか知らないんだ。

ＲＲＲＲＲＲＲＲ！

その時携帯が鳴り、テクノーは慌てて手に取った。

「どうした？　今忙しいんだけど」

テクノーはうんざりしたように短く言うと、座ってネットサーフィンをしているタイプの方を心配そうに見ていたが、次第に通話相手の話に夢中になっていった。

「なんだって⁉」

タイプはこちらを一瞥したが、興味ないように肩を竦めた。テクノーは両目を見開き、必死に息継ぎをするように口をパクパクさせている。

「うん、うん、教えてくれてありがとな」

「おい！　ネット見てたのに」

急いで電話を切ったテクノーは、ものすごい剣幕でタイプの肩を押し倒すと、パソコンを奪って何かを探しはじめた。パソコンの持ち主が文句を言うのも全く耳に入っていない様子だ。

「ヤバいよ。だから言ったじゃないか」

パソコンを開き、食いつくように画面を見ていた友人は力尽きた声で言った。

「痛っ、頭！」

頭を引っ張られたタイプはパソコンにぶつかり、苛立ったように唸る。

「お前がしでかしたことの結果を、両目を開けてしっかり見てみろ‼」

大声で怒鳴るテクノーに対して怒鳴り返そうとしたが、タイプは言われたことの意味がさっぱり分からず、画面のサイトに視線を向けた。

「これ……なんだよ……」

眉をひそめたものの、まだ友人の言葉を完全には理解できていなかったらしい。しかしサイトを読み進めていくと、タイプは振り返ってテクノーを見た。

「なんだこれ‼」

「最低だよ。お前がな。だから言ったじゃないか、あの二人に謝りに行こうって。ヤバいことになったぞ！」

テクノーは困ったように言った。パソコンの画面が割れるほど強く叩いた彼が困っていないわけがない……。先輩たちは、炎上するような内容の記事を自分たちのサイトにアップしたのだ。

私たち二人の本音

　このような題名の記事は、まず二人の先輩たちが「身体は男、心は女」だと気付く前のことから綴られ、それは女子だけでなく男子が読んでも心に響く内容だった。続いて自分たちは何がおかしいのか、なぜこんなにも卑しめられるのか、などが書かれていた。そして最後に、今さっき起こったばかりの出来事が、「性差別主義の男子によって尊厳を踏みにじられた」といった内容で数ページに亘ってまとめられている。記事をアップしたのは今からたった数時間前のことなのに、数千人が閲覧し、コメントも五百ほどつけられていた。

「だからなんだよ」

「なんだよってなんだよ‼　お前も見たろ？　このサイトの登録者は三万五千人もいるんだぞ。親切心で言ってやるが、その登録者のほとんど全員が俺らの大学の学生なんだ。これからの大学生活、お前、大変だぞ」

　テクノーはまた騒ぎはじめたが、それを聞いてもタイプは肩を竦めるだけだった。

「だからなんだっていうんだ。ただあいつらがくだらないことで騒いでるだけじゃないか。そのうち収まるだろ」

　二人の圧倒的な影響力を知らない彼に興味なさそうに言われ、心から心配しているテクノーは苛つきながらため息をつく。

「お前がそう思うならもう勝手にしろ。自分でなんとかしろよ。でもこれだけは注意しておくぞ。お前がくだらないって言葉で片付けようとしてるこの話は、他の連中からしたらそうじゃないってこともあるんだからな‼」

　テクノーは謝りに行くよう説得することを諦め、何かあっても俺に助けを求めるなとだけ伝えた。そして急いで部屋から出ようとすると、ちょうど部屋に戻ってきたターンとすれ違った。

「何かあったのか？」

「うるさい！　知らない！　自分でルームメイトに聞け‼」

　ターンは眉をひそめながら部屋に入ったが、パソコンの前で何かに集中しているタイプの顔色を見て、ここは何も聞かないでおこうと思った。どうせ聞いてもきちんとした答えが返ってこないどころか、顔面パンチを喰らうのがオチだ。

最低、その男子って誰なの？
あまり深刻に受け止めないでね。姉さんは悪くない。その最悪な大馬鹿野郎が悪いんだから
落ち着いてね。最近はそういう差別者も多いから。そういう奴らって大半は顔も性格も悪いのよ。そいつも何かコンプレックスがあって言いがかりをつけてるんじゃない？　頑張ってね
そいつ誰？　俺はストレートだけど、その主張は受け入れられないな。最低だ。口が悪すぎ。友達でそういう奴らはたくさんいるけど、俺なんかよりもっと性格良い奴ばっかりだよ
それって誰？　私たちが捕まえて殴ってあげる
そいつが誰なのか教えて。教室の前で待ち構えて殴ってやるから

　これらはサイトのコメントのほんの一部である。記事は二日間に亘って炎上し続け、制服を着た〝そいつ〟の写真が、目隠し加工はされているものの、学部、学年、名前と一緒に出回るようになった。大勢の人に恨（うら）まれている〝そいつ〟が誰かをここで言う必要は……ないだろう。

第十三章　四面楚歌（しめんそか）

　どんなに最低な状況に怒りを覚えたとしても、すぐに騒ぎは収まるだろうから黙っておくことが最善の方法だとタイプは思っていた。しかし……。

「ほら、あいつなんだって。先輩たちを侮辱したの」

「最低」

　またかよ。

　タイプは苛立っていた。ここ数日、どこへ行っても他人の視線やひそひそと噂をする声がついて回っている。直接文句を言いに来る人もいたが、タイプは黙っていることが最良の解決策だと信じていた。どう言い訳しても、先輩二人がお涙頂戴のストーリーを仕立ててくるから意味がないと諦めていたのだ。ましてや先輩の賛同者が増えて大炎上している今、何を言っても火に油を注ぐだけだ。

　しかも、彼女たちのサイトのコメントには、「非力な彼女たちをボコボコにした卑怯者（ひきょうもの）」と、あることないことが書かれていた。


俺の友達のどこが卑怯なんだ。匿名（とくめい）でしか意見できないお前らみたいな奴らの方がよっぽど卑怯だ

　何人かの友達がそうコメントをしてくれたが、全くといっていいほどタイプの気持ちは晴れなかった。おどおどしている奴には睨みをきかせて黙らせることができたが、問題は、頭に血が上りやすいタイプと同じような性格の人間だ。殴り合いになるのを避けるため、タイプは寮の部屋に引きこもりがちになった。

　最初は、タイプもテクノーも、一週間も非難に晒されれば事態は落ち着くと思っていた。しかし先輩二人にとっても予想外な方向に事件は進んでいった。まるで新聞に載っている強姦殺人犯のように目隠しをされたタイプの写真が出回ったことで、様々な意見が出てくるようになったのだ。

俺はやりすぎだと思う。その一年生がどう言ったのか本当のところは分からないのに、写真まで晒す権利は誰にもない。プライバシーはないのか？　最初は同情してたけど、この件を終わらせるつもりもないみたいだし、同情する気持ちも正直なところ薄れてきた

×××な野郎だよな。炎上させて楽しんでるだけ

その男子に対する非難の声は理解できるけど、みんな一方的な話を鵜呑みにしすぎでは？　その男子はまだ何も言ってないのに。こんなのフェアーじゃないと思う

卑怯者だってみんな言ってるけど、お前らはどうなんだ？　画面越しじゃないと何も言えないお前らのことだぞ

罪状はそいつらを侮辱したこと？　それとも強姦殺人？　俺が馬鹿なのか？　全く理解できない

俺もお前らが大嫌いだ、くそ野郎

そう、最初は先輩たちの味方しかいなかったのに、今ではそれに懐疑的な意見も少なからず出てくるようになっていたのだ。コメント欄を開くと、本名でコメントしている人以外にも、わざわざ新しく別のアカウントを作成してまで罵倒の言葉を並べている人もいた。

最初はタイプがみんなの非難の的になっていただけだったが、これまで姿を潜めていたタイプと同じような口の悪い性差別主義者も現れはじめ、問題の指摘が別のコメントを生み、サイトはカオスと化していた。ただのイケメン発掘サイトだったはずが今では大炎上サイトになっている。しかも、誰かが別のサイトを立ち上げてこの論争に反論を始め……遂には大学全体の掲示板サイトにまで悪影響を及ぼすようになっていた。

事件の発端であるタイプは酷い頭痛がするほど困惑していた。

「タイプ、先輩たちに謝りに行った方がいいって」

しかしテクノーが必死に説得しても、タイプの答

えは変わらなかった。

「嫌だね。俺は何も悪くない。それに、謝りに行っても何も変わらないよ。お前もサイトを見ただろ？　俺が先輩に謝っても、コメントしてる奴らはもう止められないさ」

　タイプは部屋に入るなり落ち着き払った声でそう言い、ベッドの上に鞄を置いた。テクノーもどうしたらいいのか分からないといったようにため息をついている。ここまで大事件になるとは彼も思っていなかったのだ。

「タイプ、俺は――」

「謝らないって言ったら謝らないからな。さっさと家に帰れよ。頭が痛いから寝たいんだ」

　彼の言葉を遮るようにタイプが低い声で言った。テクノーは迷ったが、弱りきっている友人を放っていくこともできず、聞き返す。

「ご飯買ってこようか？」

「いらない。腹減ってない」

　この時間に腹が減っていないということは……食欲もない、ということだ。

「あんまり考えすぎるな。そのうち炎上も収まるって。じゃ、俺は帰るな」

　テクノーは大きくため息をついた後、少し迷ったものの静かに部屋から出ていった。

　友達の前ではなんでもないふりをしていたタイプは、テクノーがいなくなると床に崩れるように座り込んだ。ベッドに寄りかかると、片方の膝を立て、力尽きたように膝に頭を乗せる。

「こんな仕打ちを受けて、結局、俺が悪いってことなのか？　あいつらを嫌うのがそんなにいけないことか？」

　タイプは震える声で自問した。固く目を閉じ、ここから逃げ出したいという最悪な気分を必死に押し殺そうとする。どうしてあんなことを先輩たちに言ったのか、聞いてくれた人はこれまで誰もいなかった。誰もがみなタイプを罵倒するだけだ。

心配だ……。心配で気が狂いそうだ……。

ターンはタイプが心配でならなかったが、何もできずにいた。

『俺に構うな！』

話をしようとしても、タイプはそう怒鳴るだけだった。ターンは怒鳴り返すこともできず、タイプをよく知っている人間の一人であるからこそ、余計に口をつぐむことしかできない。

こいつは差別野郎で、視野が狭い奴で、性差別主義者なんだ。ただ、これには理由がある！

高熱が出た時の彼の様子で、タイプがゲイを嫌いな理由がおぞましいものであることをターンは察していた。必死にタイプの信用を得ようとしたのに、懸命に近づこうとしたのに、数人の心ない人たちの言葉の暴力のせいで全てが水の泡になってしまった。

彼のために買ってきたご飯の袋を握りしめると、ターンは鍵を開けて部屋に入った。

「タイプ」

陽はもう既に落ち、部屋中に暗闇が広がっている。照明をつけようとスイッチに手を伸ばした時、何かに気がついてターンはビクッと身体を震わせた。いつもは勝ち気なタイプが床に座って、力尽きたように顔を膝に埋めている。

「どうした？」

人形のように微動だにせず座っていたタイプは顔を上げ、嘲笑を浮かべた。ターンを嘲笑ったのではない。自分自身に向けてだ。

「お前はどっちの味方なんだよ。俺のことが大嫌いなのか、それとも、俺を盾にしてあいつらを罵倒するのか。お前は俺のことが大嫌いなはずだよな。仲間を怒鳴ったんだから」

半笑いしながら言う彼に、ターンの胸は針で刺されたようにチクリと痛む。

「……」

思わずタイプに話しかけてしまったものの、ターンは言葉に詰まっていた。

「今日、教室の俺はまるでピエロだったよ。教授ですら俺に嫌味を言ってくる。どこに行っても誰かに後ろ指を差されて、学食では怒鳴ってくる奴までいた。お前をずっと罵倒してきたバチが当たったたんだな」

タイプは顔を上げて笑った。力が入らないのか、手で身体を支えながらフラフラと立ち上がり、ターンの前を横切ろうとする。その時、ターンが彼の腕をバシッと掴んだ。一目で分かるほど弱っている彼を、鋭い目で見る。

いつもであれば気持ち悪いと手を払い除けるタイプは、目を伏せてただ微笑むだけだ。

「俺に触ると口の悪さが感染るぞ」

ターンはそんな言葉を気にするそぶりもなく言った。

「お前の力になりたいんだ」

タイプは一瞬驚いたような視線を向け、笑いだした。

「世界中のゲイ全員をストレートに変えられるのか？」

言葉を返せないターンに対して再び嘲笑うと、タイプは手を振り払った。そして部屋から出ていこうとした時、ターンは重い口を開いた。

「そんなことはできない。俺自身だって男を好きでいるのをやめることができないのに」

タイプが少しでもこちらに意識を向けていれば、ターンが誰のことを想ってその言葉を放ったのか気が付いただろう。しかし彼は振り返りもせず、そのまま急いで出ていこうとした。ターンは拳をぎゅっと握りしめ、タイプを抱き寄せたい衝動に耐えるしかなかった。

きつく抱きしめて、大丈夫だよ、と言ってあげたい。しかし、自分にはそんな権利がないこともよく分かっていた。

「俺にできることがあれば言ってくれよ」

ターンは……頼られる存在になりたかった。

「ターン、お前もう寮から出ていけよ。なんであんな奴に辛抱してるんだよ」

事件が起こってからというもの、ターンは周囲の人たちから何度もそう言われた。同じ学部の友達はみんな、彼がゲイだということは知っている。ゲイを毛嫌いする人間とどうやって同じ部屋に住んでいるのか、ターンを本当に心配してくれる友達も、興味本位で聞いてくる人も、何人もいた。いつもは干渉してこないロンも、今回はさすがに口を出してきたというわけだ。

「あんな奴ってどんな奴だよ」

ターンが振り向くとロンはポリポリと頭を掻いていた。

「なんのことを言っているか、お前も分かってるだろ？　もう寮から出ろよ。下手したらお前も巻き込まれるぞ。どう見てもお前のルームメイトは疫病神だ」

心配して言ってくれているのは痛いほど分かっていたが、タイプを悪く言うロンに怒りが湧き起こる。ターンは苛立ちを押し隠したまま、頭を振った。

「なんで俺が出ないといけないんだ。俺とあいつの間に何もトラブルはないのに」

「そっか。これは俺も知りたいんだけど、あいつみたいにゲイが大嫌いな人間とどうやって何ヶ月も一緒に暮らしてるんだ？」

ターンは大きくため息をつくと、正直に告げた。

「必要以上に近づかないようにしているだけさ」

「で、あいつは知っているのか？　お前が……」

身体を前のめりにさせて話を聞き出そうとするロンに、ターンは彼の頭を押さえ込むと、会話を終わらせようと立ち上がった。

「随分と首を突っ込むじゃないか。教科書の試験範囲はもう読み終わったのか？」

「うわーお前、その話はするなよ。耳が痛い。はぁ、旬なゴシップネタの登場人物についてもっと知りたいだけなのに。試験だか教科書だか知らないけど、そんなのどうでもいいんだよ」

試験の話を持ち出され一人で騒ぎはじめたロンにターンは頭を振り、鞄に物を詰め込んで肩にかける。

「おい、どこに行くんだ？　今日はバンドの練習はしないのか?」

　ターンは振り返り、愉快そうに言い返した。

「俺はお前と違って、部屋に帰って試験の準備をするんでね」

「はいはい、真面目なターンくんは部屋に帰って勉強してください……うざっ」

　ターンは彼の冗談に耳を貸すことなく、急いで部屋に帰ろうとした。その前に、ご飯を買うのも忘れなかった。もちろん一人分ではない……二人分だ。


「今日も授業に行かなかったのか?」

　制服を着たままベッドの上で死んだように横たわっているタイプに、ターンは声をかけた。

「お前には関係ないだろ」

　全く友好的ではない言葉ではあったが、ターンは何も言い返さない。部屋の角からお皿を二枚取ってきてテーブルの上に置き、座って夕食を袋からお皿に移すと、低い声で言った。

「一般教養の授業またサボったんだってな」

「……」

「テクノーから一般教養の授業は代返できるからサボれるって聞いたけど、お前、もう一週間も行ってないじゃないか」

　一年生全員が履修するその授業を彼が避けていることに、ターンは気が付いていた。ターンの音楽学部は他学部と一緒に授業を受けることが全くないので、一般教養の授業のシステムについてはあまり知らない。しかし、いずれにしてもタイプが一週間も授業をサボっているのは、成績に良くない影響が多少なりともあることは分かっている。

　もうすぐ中間試験だっていうのに。

「うるさい!」

　ターンはご飯が入っていた箱を袋に捨てながら、振り返って背中を向けて寝ているタイプを見た。

「お前、国語の勉強をもう一度やり直した方がいいぞ。うるさいっていう言葉は、心配してくれてありがとうとは違う意味だからな」

「お前が俺の心配をしているだと？　顎が外れるほど笑えるな」

「じゃあ笑ってみろよ」

ターンがそう言い返すと、タイプは不貞腐れたように静かになった。笑える気分ではないことはよく分かっている。周囲からこんなに罵詈雑言を浴びせられて笑っていられる奴なんていない。しかし、タイプが完全に気落ちしていないことだけが救いだった。他の人だったら退学して実家に逃げ帰っているか、名誉毀損で訴えて揉め事をもっと大きくしているはずだ。

タイプは精神的にタフだ。奴の弱さを理解しているのはターンただ一人だけかもしれない。しかし、ここ数日でタイプはまた悪夢にうなされるようになっていた。深夜に唸り声が聞こえると、ターンは狂いそうなほど心配になった。しかし、側に寄って身体に触れると、目が覚めたタイプに「俺に構うな」と大声で怒鳴られてしまう。そのため、ターンもまた寝不足の日が続いていた。

タイプの力になりたいターンにできる僅かなことといえばただ一つだけだ。

「まぁ、夕飯でも食べろよ」

「腹減ってない」

しかし彼のいつもの答えに、ターンはとうとう痺れを切らした。

「飯を食え！」

ターンはベッドの側まで歩いていくと、タイプの腕をガシッと掴む。

「俺に構うなって言っただろ、馬鹿野郎‼」

明らかに痩せこけたタイプは彼の手を振り払うと、ターンがまるで何か悪いことをしたかのように嫌悪に溢れる目で睨んでくる。その結果、ターンの我慢はとうとう限界を超えてしまった。

「なんだよ、馬鹿！」

ほとんど何も食べていないタイプは両肩を掴まれ、全く力を入れていないにも関わらず簡単にベッドに押し倒されてしまった。ボソボソと文句を言いながら、両脚を上げてターンを蹴飛ばそうとする。

しかしターンは重い頭を肩の上に落とし、両手は肩を掴んだまま、力尽きたように低い声で呟いた。

「頼むから……何か食べてくれ」

「ターン……」

「俺がゲイでも、お前に嫌われていても、そんなことはどうでもいいんだ。とにかく飯だけは食べてくれよ。お願いだ、頼む」

必死に頼み込むターンに、横たわっているタイプは身動きができなくなった。彼は両目を開き、ぼんやりと古びた天井を見つめながら、少しずつ目に力がみなぎってくるのを感じていた。

「お前、俺みたいな最低な奴を心配してるのか?」

「お前が最低な奴じゃないことくらい、俺は分かってるから。お前は悪くない」

ターンが即答すると、タイプは掠れた声で言った。

「ふっ。大学中のみんな、悪いのは俺だって言ってるんだぞ」

「確かにそうだ。でも俺は、お前は悪くないと思う」

タイプの両肩を掴む手の力を少しずつゆるめながら、ターンは言った。しかし頭は上げずにまだ肩の上に置かれたままだ。いつもであれば、ゲイ嫌いのタイプに殴られて血を流していただろうが、この状況下では違った。彼からなんの抵抗もされないことに、ターンは少し驚いていた。

正直、これまでもゲイであることを見下された経験はあったが、どいつもこいつも、タイプと比べたら話し合いで簡単に理解し合える人たちだったと今更ながら思う。

「俺がゲイを嫌いでも? ……お前を嫌いでもか?」

タイプの問いにターンは一瞬怯んだが、答えは変わらなかった。

「そうだ。たとえお前が俺を嫌いでもだ」

俺が馬鹿なんだ。お前の面倒を見たいと思うなんて。

ターンから彼の表情は見えなかったが、大嫌いな奴から気があるようなことを言いだされ、気持ち悪いと感じているはずだ。しかし、彼が自分の抱擁を受け入れている限り、そんなことは気にもならなかった。

「俺が十二歳の時……」

突然の告白に、ターンは驚きのあまりもう少しで頭を上げてタイプの顔を見るところだった。しかし、タイプがこれから話そうとしていることは何かとても重要な気がして、動かずに話の続きを待つ。

「……俺は性犯罪の被害に遭ったんだ」

「‼」

ターンは両目を見開き、自分の下で横たわっている彼の顔を見るため慌てて身体を離した。タイプはその時のことを話したくないように、目を閉じたまま語ろうとしていた。

「俺の親父が経営する宿泊所の屋根を修理しに来た大工だった。顔馴染みだったその男に、サッカーができる場所があるって言われて、俺はついていったんだ。そしたら、あいつは俺が倒れ込むまで殴った。その時の俺はまだクラスで一番小さかったから、殴り返す力もなくてさ」

タイプの声は震えている。

「手足を縛られて、いくら頼んでもやめてくれなくて……どんな場所だったか今でもはっきり覚えてる。ネズミが走り回っているような汚い場所でさ」

真っ青な顔で目を閉じたまま、白くなるまで拳を強く握りしめて語る彼に、ターンは心臓が押し潰されるような思いだった。続きを知りたい気持ちとタイプにもう何も語らせたくない気持ちとがせめぎ合う。

「お前、俺のを咥(くわ)えたことあったよな……」

タイプは目を開けてターンを見た。その瞳からは涙が溢れている。

「ゲイが大嫌いなのに、俺は十二歳の時に男のモノを咥えたことがあるんだ」

「なんだって‼」

ターンは大きな声で叫んだ。ここまで怒りを感じたことはこれまでの人生でそう何回とない。強い憤りに、タイプの肩を掴む手にまた力が入る。タイプの頬は涙で濡れていた。

「すごい臭かったんだ。口にそいつのモノを押し込まれた時、気持ち悪くて吐き気がして、息もできなかった。あの時は涙が一リットルは流れたな。そしたら奴が俺の身体を触ってきて、洋服を脱がされて――」

「くそ、もう何も言うな‼　もう分かったから。何も言わなくていいから！」

　ターンはそれだけ言ってタイプを引き寄せ力強く抱きしめ、彼の頭を自分の胸に押し当てた。タイプは抵抗することなく恐ろしいほど両手を震わせ、されるがままになっている。なぜタイプがここまでゲイを毛嫌いするのか……ターンは理解した。

「ごめんな……ごめん……もういいから。何も言わなくていいから」

「なんでお前が謝るんだよ。あいつの正体はお前だったのか？」

　タイプは無理に笑って冗談を言おうとしたが、ターンは一層力強く抱きしめることしかできなかった。

「ごめん……ごめん……」

　ターン自身も、なぜ自分の口から謝罪の言葉が出るのか分からなかった。しかし、その言葉しか出てこなかったのだ。タイプも同じく繰り返した。

「だから……なんで謝るんだよ。なんで……謝るんだよ」

　その声は涙で震えていたが、ターンを突き飛ばすことはなかった。大嫌いなはずの人の胸に顔を埋め、何度も繰り返す。

「なんで謝るんだよ……なんでお前が俺に謝るんだよ……」

　タイプの両手がターンのシャツを千切れそうなほどグシャグシャに掴んだ。両目からは涙が溢れて止まらない。タイプは身体を震わせてもう一度言った。

「俺は……お前が嫌いだ……大嫌いだ……お前みたいな奴らが大嫌いだ……」

　何度も繰り返しタイプを傷つける人間のことだ。

「分かったから。お前が俺のこと嫌いでもいいから」

「お前なんて大嫌いだ……」

こんなにも嫌悪しているというのに、大嫌いなターンに抱きしめられてどうしてこんなに暖かいのだろうか。タイプは求めるように自ら彼を抱きしめ返していた。


「あんたのせいだからね。あんたよ」

「私を責めないでよ。止めなかったあんたも共犯よ。あんたも最初は喜んでたじゃない。炎上した途端に私のせいにするんだから」

今や、あの事件の影響を受けているのはタイプだけではない。もう一方にもかなりの余波が押し寄せていた。そう、サイトにあの事件の記事をアップした先輩二人である。

無礼な一年生を躾(しつけ)てやろう、慌てて土下座しに来るはずだろう、という程度にしか最初は考えていなかった。しかし、賛同者が増えた勢いに任せてタイプの写真をアップした途端、こんなにも大勢がこの話題で持ちきりになることまでは予想していなかったのだ。

そして……自分たちも暴言を浴びせられる立場になってしまった‼

「結局誰が悪いのよ」

「あのガキに決まってるでしょ。あいつが私たちに酷いこと言わなかったら、私だって何もしなかったんだから！」

誰があの事件をここまで大きくしたのか、真実の追及から逃げるため、二人の意見は「全責任をタイプに押し付ける」ことで一致していた。

RRRRRRR！

サイトを開いていた携帯の着信音が突然鳴り響き、二人は驚きのあまり携帯を落としかけた。画面に親しい教授の名前が出ていることに気付き、一人が慌てて電話に出る。

「もしもし、教授……何っ⁉」

最初は女性のような高い声で応答するも、教授の言葉に我を忘れ、低い地声で叫んだ。そして彼女は通話を切ると慌てて友達の方を振り返った。

「あんた‼　ヤバいわ！　学長に呼び出されたわよ！」

「キャーーーー、なんですって⁉　だから言ったじゃない、大学の掲示板サイトにまで書き込んだの誰なのよ‼」

あの事件は、こうしてさらに大きなものへと発展していったのだった。


「君たち、何が起こったのか説明してくれるかね？」

二人の、いや、三人の当事者は、落ち着いた声で質問をする学長の前にいた。失態を責めるように険しく光る彼の目は、事件の重大性を物語っている。

「今となってはもう大学内だけではなく、大学の外まで話が広がっていることを君たちは知っているか？　この事件が本校に与える影響について、どう考えているんだ？」

「えー、私たちは、あ、僕たちは、こんなに話が大きくなるとは考えてもいませんでした」

「考えてもいなかったのか、それとも考えが甘かったのか、どっちなんだ？」

先輩たちは学長に怯えて黙り込んでしまったが、タイプを厳しい目で睨みつけることだけはやめなかった。学長は三人それぞれに厳重に注意し、誰が事件の発端なのかはさておき、すぐにでも事件を沈静させるようにと何度も念を押した。

タイプは学長の注意に反論することもなくずっと静かに座ったままだった。「はい」と学長に返事をする以外何も言葉を発さず、先輩を睨み返すこともない。なぜなら……二人が視界に入ってしまったら、学長の目の前で奴らを殴り飛ばしてしまうと思ったからだ。

インターネット上での争いには終結があるかもしれない。ただ、周囲が抱くタイプへの印象は、これまで通りとはいかないだろう。今では、タイプはただの視野の狭い差別野郎でしかないのだ。

「謝罪の言葉は一言もないのかしら？」

タイプ、落ち着け。

学長室から出ると、先輩たちに因縁をつけられたタイプは自分自身にそう言い聞かせた。

「先輩たちから俺への謝罪は？」

タイプは落ち着いた声で答えた。

「なんで私たちが謝らないといけないのよ！」

「ふっ。もし俺についてサイトに晒さなければ先輩たちまで怒られることもなかったのに。俺の写真まで拡散して、警察に被害届を出されなかっただけありがたく思えよ」

痛いところを突かれ、彼女は目を見開いて激怒した。

「は……？」

「もういいじゃない。もう充分よ。終わりにしましょう。ね？」

幸いにも、もう一人が激怒した先輩を止めに入った。これ以上喧嘩を続けても、双方になんの得もないからだ。もうこの件に関わりたくないタイプは、急いでその場を離れようとした。

「ターン！」

タイプは自分を待っていたターンに驚き、足を止めた。自分の過去を聞いてくれたターン、泣いた時に胸を貸してくれたターン、微笑みを浮かべてくれているターン。しかし……その微笑みはタイプに向けられたものではなかった。

ターンは彼の前を素通りすると、先輩たちの元へ歩み寄った。そして彼の言葉はタイプの怒りに火をつけるのに充分なものだった。

「先輩たちにお願いがあります」

ターン、奴らと話すな‼

タイプはもう少しで大声で叫ぶところだった。しかしそんなことをすれば、ターンは自分の味方であってほしい、敵対関係にいる奴らとは口もきかないでほしいという思いを認めることになってしまう。そう咄嗟に判断して、意地でも「ターンは仲間じゃない」と思い込もうとする強情さだけで振り上げた腕を下ろし、タイプは足早に去った。

あいつが先輩に何を言っても何をお願いしても、

俺には関係ない！

第十四章　告げられた想い

「何か話があるのかしら？　あいつの友達なんじゃないの？」

学長室がある建物の一角で、問題の先輩たちは、色白で知的なイケメンの一年生を腕組みしながら見ていた。いつもであればキャーキャー騒いで走り寄って話しかけるか、照れてモジモジしていただろう。しかし、このイケメンはきっとタイプの友達だろうと考えた先輩たちは、何を言いだすのかと疑いの眼差しでターンを見ているだけだった。

それもそのはず、あの事件のせいで、いつ自分たちにも怒声が飛んでくるか分かったものではなかったからだ。

「先輩たちにお願いがあるんです」

ターンは真剣に告げた。怒って去っていったタイプを走って追いかけたい気持ちはあったが、なんとかして彼の力になりたい。何もしないでじっと時が過ぎるのを待っているより、僅かでもいいから助けになりたかったのだ。

「なんのことよ？」

喧嘩腰な声ではあるが、話は聞いてくれる様子だ。ターンは深呼吸をして続けた。

「僕はゲイです」

最初先輩たちは目を見開いて驚いた様子だったが、しばらくして一人がこう言った。

「でしょうね……見たら分かるわ……で、どうやったらあいつの友達になれるわけ？　あいつはそういうの嫌いでしょ？　ゲイは例外なの？」

ターンは首を振り、酷い頭痛に耐えるように告げる。

「いえ。先輩が言った全部、ゲイを含めてタイプは嫌っています」

これから何か大切な話が始まることを察し、先輩二人は目配せをする。ターンは急いで言葉を続けた。

「そして、僕みたいなゲイが、ゲイを嫌悪するあいつのルームメイトなんです」

「なんですって！　君、一緒に暮らせるの？」

先輩は驚いて胸に手を当て、身を乗り出して聞いてきた。その反応を見たターンは、自分の話に興味を持ってもらえた安堵で笑顔になった。

「最初は取っ組み合いの大喧嘩ばかりでした。でも、タイプについて真剣に理解しようとすると、悪い奴ではないということが分かってきたんです。確かにゲイに偏見を持ちすぎているし、態度が悪いこともあるんですが、根は良い奴です。先輩たちがもしあいつのことを知ったら、きっと好きになると思います。ただ、僕が先輩たちにお願いしに来たのはそんなことじゃなくて、実は……」

ターンは一瞬黙り込んだ。

「僕はあいつのことが好きなんです」

「なんですって‼　今なんて言った？　好きなの？　あ、あ、あいつのこと……」

先輩は言葉に詰まり、タイプが去っていった方向を指で差すことしかできなかった。年上の人間に敬意を払うことを知らないあのガキのことを好きだと言う、今にも襲いかかりたくなるほどのイケメンを、目を丸くして見つめる。ターンは畳みかけるように話を続けた。

「はい。あいつのことが好きなんです。しかも、僕はあいつを襲ったことがあるんです」

「はっ⁉」

ターンは肯定の意を込めて頷き、目を伏せる。

「あいつがここまでゲイを嫌うのは、僕にその原因があるかもしれません。ゲイ嫌いを知っていたのに、自分の気持ちを抑えきれずに、無理矢理迫ったんです。以前はあいつもここまでゲイに嫌悪感があったわけではないのですが、僕のせいであいつは先輩たちにあんな暴言を吐いてしまって……あの日、ひょっとしたら先輩たちはあいつの身体に触ったんじゃないですか？」

先輩たちは顔を見合わせ、何度も首を縦に振った。

「そうそうそうそう。でも、ちょっと触れただけよ。テクノーの友達だっていうから同じノリでいいのかな、と思って」

その言葉にターンは微笑んだ。

「やはりそうなんですね。俺があいつに迫った時と同じです。もしも先輩がタイプに触れなかったら、あいつもあんなことは言わなかったと思うんです。なので、悪いのは僕で、タイプじゃないんです」

「でも、君は何もしてないじゃない。あの日、私たちを罵倒したのは君じゃないわ」

先輩が言い返すと、ターンは間髪入れずに続けた。

「あの日、タイプが怒鳴ったのはゲイである僕に対してであって、先輩たちに向けた言葉じゃなかったと思うんです。そうであれば、タイプも悪くないですよね？」

先輩たちは口をパクパクさせるだけで何も言えなくなってしまった。ターンはまたも続ける。

「誰でも嫌悪するものには近づきたくないのが本音だと思います。先輩も考えてみてください。あの日、先輩はタイプに触りましたよね？　なんとかしてタイプの写真を撮ろうとしていたとテクノーから聞きました。タイプが怒っても仕方がないとは考えられないでしょうか。あいつが僕たちみたいな性的マイノリティを毛嫌いする理由を、先輩は聞いていないですよね。しかも、写真までサイトにアップした。先輩もタイプも、それぞれの主張があるとは思うのですが、少し考えてみてほしいんです……」

ターンはできるだけ論理的に説明しようと努めた。この事件がどのような結末を迎えるのかは、この二人の出方次第だと考えたからだ。タイプがこのまま世間に後ろ指を差され続けるのか、もしくは、タイプに対する世間の視線が少しでも優しいものになって終結するのか。ターンはもちろん後者を望んでいる。

「……例えば、ですよ。電車で手すりに寄りかかっている人を写真に撮って、炎上目的で勝手にサイトにアップする人っていますよね。なんでその人が寄りかかっているのかという理由には目も向けずに。その人は一日中仕事をして心身ともに疲れきっているのかもしれないし、もしかしたら、その電車には他の人が誰も乗ってないのかもしれない。それと同じことじゃないですか？　先輩たちもタイプに理由を聞かなかった。先輩たちが怒るのはもっともだと僕も思います。でも、もしもタイプが警察に被害届を出して訴えたら、先輩たちは慰謝料を払わないといけなかったんですよ」

先輩たちは二人とも口を固く閉じたままだ。

「私たちが悪かったって言うの？」

「僕は誰が悪かったとか言ってるんじゃないんです。ただ、僕の立場も分かってほしいだけなんです。先輩たちもここまで話が大きくなるとは考えていなかったと思います。強いて言えば、何も知らないのに口出しして炎上させている第三者が悪いと思うんです……もう終わりにしましょう。僕もタイプに代わって謝罪します。タイプが悪いというのであれば、それは俺が悪いということですから」

ターンは真剣に伝えたが、先輩たちを説得できたかどうかは分からなかった。悪者探しをしても意味がないし、ターンはこの事件は両者とも悪いと思っていた。タイプは激情しすぎたが、その気持ちも分からなくはない。先輩も、タイプが怒らせたからサイトに記事をアップしただけだ。さらに言えば、両者の喧嘩を煽った匿名の第三者が悪いのだ。

ターンは先輩二人を前に、顔の前で手を合わせた。

「あいつの代わりに謝ります。本当にごめんなさい。お願いですからもうやめましょう。あいつの大学生活が滅茶苦茶になってるんです」

そしてターンは踵を返し、その場から離れようとした。説得が上手くいったかどうか自信がなかったが、タイプの過去には一言も触れず、できる限りのことはしたと感じていた。

「お前、先輩らに何を話したんだよ」

ターンが部屋に戻ると、タイプが不機嫌になっているのを感じた。言葉通り、何を話したのか気になっているようだ。彼の目は険しく、今にも飛びかかってきて首を絞めそうなくらい怒っていることが伝わってきた。

しかしその数時間後、彼はターンのベッドに歩み寄り、重い声でこう尋ねた。

「これはなんだ?」

ターンは意味が分からず、片耳のイヤホンを外し、枕元に立って携帯の画面をこちらに向けているタイプを見上げた。

「どうして奴らは俺に謝っているんだ」

「そうか」

ベッドに寝そべって音楽を聞いていたターンはすぐに起き上がり、もう片方のイヤホンも外すと、画面に表示されている内容を目を細めて読んだ。


大地、海、天空の全てを司る神前で、イケメン一年生に今回のことを謝罪します。


「テクノーが読めって送ってきたんだ。信じられないよ。何が起こったんだ? 今までは俺をまるで殺人犯みたいに晒し者にして怒ってたのに、突然謝るなんてさ。あいつら、またみんなの同情でも引こうとしているのか?」

タイプは苛立ちながら言い、ターンはサイトにアップされた長い記事全文を読んだ。


……みなさん、やめましょう。もうやめましょう。タイという私たちの国がまだ政情不安定な状況下にあるのに、私たちがこんなことで喧嘩をしていたら、国はどうなってしまうのでしょう。分別ある私たちが第三者によって分裂させられるのはもうこれで終わりにしましょう。

今回のこの件は、みなさんに向けたこの記事をもって完結とさせてください。

韓国アイドルが来泰（らいたい）したかのような大混乱の原因を起こしてしまったことを、私たち二人とも心からお詫（わ）びいたします。

最初は、事件に対する不満についてここで憂（う）さ晴らししたかっただけでした。しかし、心ない第三者によって次第に炎上するようになってしまい、大きな騒ぎとなってしまいました。ここでその補足をさせてください。

　この件について、私たちと相手（彼は今でももう充分に被害を受けているので、ここで名前を出すことは控えます）は話し合いの場を持ち、お互いがそれぞれ自分の非を認めています。あの日のことはみなさまもご存知の通りです（中には酷い言葉を使ってあの日の状況を説明する人もいますが）。

　私たちはあの日のことを記事にしてここにアップするべきではありませんでした。確かに、あの日の彼の言葉は思いやりに欠けていたのは事実ですが、後日、彼がどうして苛立っていたのかという理由を説明してもらいました。彼の嫌がる態度や表情を無視し、私たちが彼に一方的に近づいていったというのも事実です。だからあんなことが起こったのです。

　例えるなら、お腹が痛いのにトイレに行かせてもらえないのと同じ状況です。トイレに行かせない人を乱暴に怒鳴ったとして、その行為は肛門からしてみれば正義ですよね。というわけで、彼には心から謝罪をしたいと思っています。


「上手くいったんだな」

　ターンは呟き、顔を上げた。するとタイプが厳しい顔で睨んでいる。

「あの野郎どもに何を言ったんだ！」

　タイプの発言に、ターンは顔色を変えた。

「言葉に気をつけろ。まだ懲りてないのか」

「ターン！　あいつらに何を言ったんだ。子供の時の話をしたんだろ。じゃないと馬鹿なあいつらが俺に同情してこんな記事を書くわけがない‼」

　タイプは今にも喧嘩をしそうな剣幕で、前屈みになってターンの襟を掴んだ。ターンは落ち着いて彼の手を握る。

　タイプがそう思ってもおかしくない。先輩たちはあの手この手でまだ自分たちを正当化することができたのだ。この事件を終わらせてほしいとお願いしただけなのに、タイプに同情しているかのようにこれまでの記事の内容を訂正してくれた。先輩たちが何かを知ったのだろうと、彼が勘違いしても不思議なことではない。あの事件の話を、ターンが先輩にしたと思ってもおかしくないのだ。

「言葉には気をつけろって注意したぞ。俺のことは罵倒してもいいんだ。俺は怒らないから。でもな、タイプ、他の人も同じように耐えられるわけじゃないんだ……お前がもうちょっと冷静だったら、今回の事件だって起こらなかったんだぞ」

ターンはそう言いながら、襟を掴んでいるタイプの手を強く握り、顔を上げて真剣な目で彼を見た。

「先輩たちが事件を終わらせようとしているんだから、それでいいじゃないか。しかもこれまでの記事の訂正までしてくれて」

タイプのあからさまに苛立っている表情を見て、先輩との会話の全容はまだ打ち明けないでおこうとターンは思った。視線を落とし、まだ先が長い携帯の中の記事を読み続ける。先輩たちは必死に炎上を収めようとし、しかも、炎上させている第三者にまで言及する内容になっている。つまり、全てをこの記事で終結させようとしているのだ。

当事者が事件を終わりにしようとしているのであれば、第三者もそれに従わなければいけない。他人の不幸が大好きで、引き続き炎上させようとしてくる輩も中にはまだいるかもしれないが、この事件はもう最終地点に到達しかけているようだった。

先輩たちが黙り込み、タイプも何も言わなかったら、第三者が炎上させるネタはなくなる。

「心配するな。お前の話は先輩たちにしていないから」

「じゃあ、何を話したんだよ！」

鋭い声で聞かれ、ターンは襟を握りしめていた方のタイプの手も掴んだ。顔を上げてゆっくりタイプの目を見つめる。

「先輩にお前のことが好きだって言ったんだ」

タイプはこぼれ落ちそうになるほど両目を大きく見開き、ショックで言葉もないまま見つめ返した。ターンは掴んでいる彼の手を笑顔で引き寄せ、キスする寸前まで顔を近づけてきた。

タイプは手を振り払い、険しい目で睨みつけながら後退りをする。背後にあったテーブルにドタンと脚を勢いよくぶつけてしまい、思わず大声で叫んだ。

「なんだって!?」

　しかしターンは肩を竦め、なんてことないといったように話し続ける。

「お前がゲイをここまで毛嫌いするのは俺がゲイだからだ、って言っただけさ。俺がお前に無理矢理迫ったから、俺らみたいな奴に身体を触られるのを極端に嫌がってるだけだ、ってね。あと、警察に被害届を出されなくてよかった、みたいなことも……それだけさ。先輩たちもお前は悪くないって思い直したからこの事件を終わりにしようとしたんだろ」

　ターンはそれだけだとでもいうように両手の平を開いて見せたが、タイプはまだ信じられない様子だ。

「それだけ?」

「そう」

　タイプの過去の話をしたという疑いは晴れたようだが、タイプのことが好きだと言ったのは、先輩を納得させるための嘘だと思っているようだ。

「どれだけ炎上を収める効果があるかな」

　タイプはそう呟いたが、少しはストレスから解放されたのか、大きくため息をついた。ターンは満足げにそんな様子を見ていた。少なくとも、一本に繋がってしまいそうなほど皺を寄せられていた眉は定位置に戻っている。

「今度は俺が質問する番だ」

　ターンがそう言うと、以前よりは心を開いてきている彼は、ターンのベッドに腰を下ろした。

「どうして警察に被害届を出さなかったんだ? 負けず嫌いのお前があの二人への仕返しをしないなんて」

「……」

　タイプは黙り込んだが、その沈黙は答えるのを避けているというより、どのように説明したらいいのか、言葉を探しているようだった。

「それは、俺が十二歳の時……」

　今度はターンが黙り込んでしまった。自分の質問がタイプの心の傷を抉(えぐ)ってしまうのであれば、答えなんて聞きたくない。ただ、今回は前回とは違い、タイプが痛々しそうではないのが救いだった。

「親父が俺を連れて警察に被害届を出したんだ。そしたらマスコミが嗅ぎつけてきてさ。俺、新聞の一面に載ったことがあるんだぞ。ふっ……あの時、マスコミは俺のことをなんて呼んでたんだったかな。確か少年Tだった。ムカつくことばっかりだったよ。ただでさえ精神的に弱ってたのに、追い討ちをかけるかのような記事ばっかで」

　タイプは当時のことを思い出して苛ついたように言った。

「くだらないニュースのせいで、村の人たちも俺が何をされたか全部知っちゃってさ。家から何ヶ月も外に出られなかったんだ。もう大丈夫かとか、可哀想にとか。過ぎたことだから忘れなさいとか。村の人たちに勝手なこと言われるのが分かってたから……馬鹿野郎、もしお前の息子が同じ目に遭っても同じことが言えるのか、って感じでさ。人の不幸は蜜の味なんだろうな」

性被害に遭ったことだけがトラウマなのではない。ニュースや村の人たちの反応が、タイプの人格形成に少なからず影響を与えたのだ。

「被害届を出してマスコミのおもちゃになることがどれだけ最悪か……知りたい奴がいたら俺に聞けって感じ。俺がよく知ってるからな。今回だって同じだ。もし俺が被害届を出して話がもっと大きくなっていたら、仕返しができてせいせいするかもしれないけど、なんにもならない……また面倒なことに巻き込まれるだけだ。もう充分なんだ。今だって面倒でたまらないのに」

　テクノーにすら打ち明けていないだろう本音を打ち明けてくれたことが、ターンは嬉しかった。タイプは大きくため息をつき、頭を荒々しく掻きむしってベッドにもたれる。

「なんで俺の人生は性的マイノリティから逃れられないんだろうな」

　以前のターンだったら何か言い返していただろう。しかしタイプの疲れきった声を聞き、これまでの彼の人生で起こった不幸な出来事を知った今、そんな気にはなれなかった。

タイプがゲイを毛嫌いしていても全く不思議ではない。タイプの人生においてゲイは疫病神でしかないのだから……。

「一つ、お前に言っておかないといけないことがある」

ターンが突然口を開くと、天井を仰ぎ見ていたタイプは聞いているというように少し頷いた。ターンは決意を固めるかのようにしばらく静かになり、ついに口を開いた。

「先輩たちにお前のことが好きだって言ったのは……」

「ああ、それが？」

「本気なんだ」

ベッドに寄りかかって天井に視線を向けていたタイプは、姿勢を真っ直ぐに戻すと、微笑んでいるだけのターンを信じられなそうに見つめた。ターンの目は冷たいものではなく、出会った時と同じような親しみやすさしか湛えていなかった。

「聞き間違えじゃない。俺、お前のことが好きなんだ」

そう言い終えると、ターンはタイプの困惑した様子を気にかけることもなく、イヤホンを耳に突っ込んで音楽を聴きはじめた。タイプが自分の想いには応えられないことは分かっていたからだ。ターンはただ自分の想いを正直に打ち明けたかっただけだった。今後タイプに何かしてあげることがあれば、それは……好きだからだ、ということをはっきりさせておきたかった。

ターンは真剣にタイプのことが好きになっていた。

「タイプ、タイプ、タイプ、ターンがお前のこと好きって本当なのか⁉」

ブホッ！

「ケホッ、ケホッ、お、お前……ゴホッ、ゴホッ……」

タイプは周囲の目を気にしながら飲んでいたスープを、学食のテーブルの上に噴き出してしまった。走ってきたテクノーが、口の中に足でも突っ込んで黙らせてやりたいと思うほどふざけたことを聞くからだ。テクノーは迷うことなく隣に座ると、信じられないといった視線でこちらを見た。

「ゴホッ、ゴホッ。突然なんだ。ゴホッ、ゴホッ……スープで噎せて死ぬところだったぞ」

「そんなことはどうでもいい。俺、あの先輩から聞いたんだよ」

「何をだよ」

タイプは手の甲で口を拭いながら、頭の中ではテクノーの言葉と昨晩のターンの告白が頭の中で響いていた。

あいつが俺を好き……。ターンがだぞ。そんなわけない。

そんなことあり得ないと思いたかった。タイプはこれまで散々彼のことを罵倒して、嫌って、足蹴にしてきたのだ。男だったら誰でもいいわけじゃないとこれまでターンは何度も言っていたのに、今更どうして俺のことが好きだと言うのか。タイプ自身ですら信じられないのに、テクノーは余計に信じられないだろう。

「先輩が言ってたんだ。自分の立場を危うくさせてまでお前のために記事を訂正したのは、被害届とか慰謝料とかが怖いからじゃない。ターンが先輩のところに行って許してくれって頼んだからだって。しかも、あいつがお前に無理矢理迫ったことが原因でお前がゲイ嫌いになったんだから、責任があるのはお前じゃなくて自分なんだ、って言ったみたいだぞ」

「なんの関係があるんだよ」

タイプは不服そうに反論した。

俺が先輩を罵倒したって、あいつになんの関係があるっていうんだ。俺の口とあいつの口はいつから連動してる？　足りない頭で何を考えてるんだ⁉

「そうなんだよ。でも、先輩はターンがそう言ったって言うんだ。あいつがお前に迫ったから、ストレートのお前はゲイを毛嫌いするようになったって。怒って何か仕返しをしようと思っているなら、その責任は自分にある、ってさ」

　タイプは眉をひそめ、テクノーの顔を見つめて頷いた。

「俺の顔を見るなよ。どうしてターンがお前のためにそこまでして泥を被ったのか、俺だって意味が分からないんだ。きっとあいつは本気でお前のことが好きなんだよ。あり得ないよな、お前なんてこれまで散々あいつのことを罵倒して、馬鹿みたいに部屋から追い出そうとまでしていたのにさ」

「お前は俺の悪口を言いに来たのか！」

　苛つきながら言い返したタイプは、問いに答えるのを避けるように半分しか食べていない麺の入った器(うつわ)を片付けようと席を立った。しかし、テクノーは後を追ってまだしつこく聞いてくる。

「そんなことってあるか？」

　タイプは鋭い目でキッと睨み、低い声で言った。

「お前がそのくだらない話をまだやめないんだったら続けろよ、口の中に足を突っ込んで黙らせてやるから」

　その喧嘩腰な言い方に、テクノーは両手を上げて降参するポーズをし、理解できないといったように大きくため息をついて呟いた。

「ターンがお前みたいな奴を好きになったなんて信じられないよ。だからか。あいつ、お前が熱を出した時、あんなに心配して一日中看病してたもんな。あーあ、あいつも可哀想だ」

　テクノーの独り言はタイプの耳にも届いていた。

　あいつ、熱を出した時から俺のことを好きだったのか？　まさかな。あいつの両親のことまであんなに罵倒したのに、マゾなのか？　ちくしょう！

　ルームメイトの告白が本気なのかどうか、タイプの思考は堂々巡りをするだけだった。ターンが代わりに先輩に謝りに行って、タイプの過去には全く触れず、自分に責任があると言ったという話が本当ならば、考えられることはただ一つだ。

　あいつはどうしてわざわざ自分も怒鳴られるよう

なリスクを冒したんだ。

「俺のことが好きだって？」

信じられずに独り呟く。昨日は耳の調子が悪くて聞き間違えたのだと思いたかった。しかし、ターンの告白が本気であっても嘘であっても、先輩の最新の記事で状況は好転している。少なくともタイプの耳に第三者からの悪口は届かなくなったのだ。


「今日は一般教養の授業だったんだろ？」

タイプが部屋に足を踏み入れると、まだ帰ってきていないと思っていたターンから声をかけられた。振り向くと、座って分厚い教科書に肘をついている。

「お前になんの関係があるんだよ」

タイプはいつものように苛ついたふうな返事をし、そして尋ねた。

「最近帰ってくるの早いけどどうしたんだ？」

あの事件以来、どうしていつも早く帰ってくるんだ。いつもは音楽練習室にずっと残ってるのに。俺一人の空間を邪魔するなんて最低な奴だな。


ターンはタイプの質問に一瞬驚いたような表情を見せて聞き返した。

「心配してるのか？」

片方の眉を上げてふざけてそう聞く彼に、タイプは礼儀正しく丁重に答えた……中指を立てて。

「ふっ。中間試験が近いからバンドの練習は休みだ。音楽から離れて教科書漬けさ」

ターンは笑うだけで、中指まで立てたタイプは言いようもない腹立たしさを覚えた。ターンはタイプに怒鳴られても怒鳴り返さない。タイプが今気付いただけでずっとそうだったのか、それとも、ここ最近始まったことなのか知るよしもなかった。

どうしてあいつの胸で泣いた恥ずかしい話を今思い出すんだよ。あの時の俺は悪霊にでも乗っ取られていたんだ。だからあいつに過去の話を打ち明けてしまっただけだ。

どんなにタイプが言い訳をしても、心の奥底では、なぜ彼に自分の過去を打ち明けたのか分かっていた。

『お前は悪くないと思う』

この一言でタイプは全てを打ち明けようと思ったのだ。ターンが止めなければ事件の全てを語っていただろう。思い出したくもない過去の事件についてて全て。

先ほどのタイプの問いにターンが答えたことで会話は終了した。タイプは身の回りの物をベッドの上に置くと、いつも通りのルーティン——部屋に帰ってきたらまずシャワーを浴びる——をこなそうとした。

「そうだ、お前の分のご飯も買ってきたぞ」

タイプが部屋から出ていこうとすると、ターンの低い声が聞こえた。

「食べてきた」

タイプの答えに、彼は頭を振って言った。

「じゃ、夜食だな」

振り返ったタイプの視線とターンの視線がぶつかる。タイプは訝しみながら聞いた。

「なんでそんなことするんだよ」

鳥肌が立つほど優しくされ、タイプは困惑していた。好きだと告白されてからというもの、過去を打ち明ける前のように迫られることも襲われることもない。代わりに、ただただ気味が悪いほどに優しいのだ。

「好きな人に優しくして、何がおかしいんだよ」

振り返ってタイプの目を見つめながら言うターンに、全身の毛が逆立つ思いがする。

「馬鹿野郎‼」

自分から質問をしたというのに、タイプはその答えに苛ついて部屋から出ていった。以前のタイプだったら、そんなことを言われたら殴り合いの喧嘩に発展していただろう。ところが、ゲイ嫌いだというのに……男に告白されても悪い気はしないという大問題が発生していた。

ターンの奴……こんな気持ちになるのはあいつだけだ。くそが！

すると一旦は出ていったタイプは部屋に戻り、肘をついて横になっているターンのベッドの側に立った。

「一つ聞く。こんなに優しくしてくれるのは、何か下心でもあるからなんだろ？」

タイプの真剣な様子にターンは教科書を伏せ、彼を見つめながら微笑む。

「俺がお願いしたら、お前はそれに応えてくれるのか？」

「ふざけるな」

鋭い声でそう答えると、ターンは真剣に告げた。

「お前と寝たい」

「‼」

第十五章　前言撤回

「お前と寝たい」

「‼」

予想外の言葉に、タイプは彼の顔面にパンチを喰らわせて足蹴りしてやりたい気持ちになった。

これまでターンが助けてくれたのも、慰めてくれたのも、あれこれ優しくしてくれたのも、結局全てはベッドに誘うという目的のためだったのか。相手を選ぶんじゃなかったのかよ。お前も他のゲイの奴らと同じように誰とでも寝るんじゃないか‼

「お前、死にた――」

「冗談だよ」

飛びかかって一、二発殴ろうとしたタイプに、横たわっているターンが顔を上げて笑いながら被せるように言ってきた。

ムカつく。

「想像していたより面白い顔だな」

「ターン、ふざけるなよ。で、結局どうなんだ」

タイプは慌てて飛びかかろうとするのをやめ、イライラしながら聞いた。これ以上ふざけたことを言われたら、次は間違いなく病院送りになるまでボコボコに殴る勢いだ。そんな真剣な様子にターンは教科書を閉じた。

「本当に冗談で言っただけだよ……」

タイプはもう少しで大きく安堵のため息をつくところだった。

正直なところ、どうしてそう感じるのか自分でも分からなかったが、ターンが誰かれ構わずに手を出すような奴じゃないと感じて安心してしまう。しかし言い返す前に、ターンが低い声で続けた。

「……でも、考えないわけじゃない」

「なんだって？」

ターンの言動に一喜一憂して踊らされるのはもう嫌だったので、タイプは必死に落ち着こうとした。

一方の彼は憎たらしい笑顔を浮かべている。

「正直に言うと、お前と寝たいというのは本当だ……怒るなよ、最後まで聞けよ」

　南部の青年は深く息を吸い込むと、お前の言い分を聞こうじゃないか、と腕組みをした。

「でも、今じゃない」

「どういうことだ？」

「お前のことを好きだって言っただろ？」

　目をキョロキョロさせ聞こえないふりをしながらも……タイプの心臓はキュッと縮んだ。

「お前が好きだから先に言っておく。これから俺はお前のためならどんなことでもするつもりだ。好きな人のために何かをしてあげたい気持ち、お前も男だから分かるだろ。でも、お前のガードがゆるんだ時は……その時は攻め込むつもりだから……気をつけろよ」

「お前と寝るなんてあり得ない」

　タイプは二人の間に高い壁を作るかのようにそう怒鳴ると、一歩後退りをした。そんな様子にターンはため息をつく。

「分かってるさ。だから言ったじゃないか、冗談だって」

「それで結局、どうして俺のことを助けてくれるんだ」

　まだ理解できないのかとでもいうようにターンは眉を上げ、振り返ってタイプを見た。タイプは頭の中を滅茶苦茶にかき混ぜられているような混乱状態に奥歯を噛み締めたが、なぜ自分みたいな救いようのない差別野郎に優しくしてくれるのか、どうしても答えが気になってもう一度尋ねた。

「ターン、なんで俺に構うんだよ」

「もう答えたじゃないか」

「馬鹿！」

「なんだよ、答えたら怒るくせに……まったく。もう少し説明してやる。お前と寝たいから、つまり、お前と付き合いたいからさ。それで、付き合っている奴らが何をするのかっていう基本的な話をすると、俺は付き合えたらそれでいいなんて言うほどウブじゃない。結婚するまでは手を出さないとか、手を繋ぐだけでいいとかでもない……タイの法律で同性婚は認められてないけどな。つまり、俺は死ぬまでなんて待たない。付き合うといったらそれは肉体関係込み、ということだ」

ターンの真剣な口調に、タイプは言葉を失った。

言いたいことの一部は分かるが、大部分は理解できない。「タイプと付き合いたい」と言っても、口説き落としたいのか、ただ単に身体が目的なのかまでは分からない。

「もう質問はないだろ。俺は教科書読むぞ」

ターンは背を向けて分厚い教科書を読みはじめ、会話を強制的に終わらせた。しかし突然振り返り、まだ聞きたいことがたくさん残っているタイプに告げた。

「そんなに見つめてくるなんて、俺に惚れたのか？」

ちくしょう！

しかしその気持ちは言葉にはならず、タイプは怒って部屋から出た。彼の頭の中では考えたくもないことが巡っていた。

俺のことを抱きしめながらごめんって慰めてくれたあいつはどこに消えたんだ！

タイプはあの時のターンにもう一度会いたかった。


お前のことが好きだ。

お前のことが好きだ。

お前のことが好きだ。

「くそっ、教科書を読んでも何がなんだか分からない！」

大学は中間試験二日目を迎え、ゾンビのような学生が日に日に増えていた。特に理学部の生徒は悲惨だったが、スポーツ学部の生徒も同じくこの状況を避けることはできないようだ。ただ、その中で一人、全く目が窪んでいない健康そうな学生がいた。他のことで頭がいっぱいで教科書を全然読んでいないからだ。

あいつがそんなこと思うわけない。きっと何かの聞き間違えだったはずだ。

「こんなに集中できなかったら、教科書の内容が頭に入ってくるわけない！」

タイプは教科書をベッドの上に投げ捨て、ヘッドボードに頭をもたせかけた。古びた天井をしばらくじっと見上げると、向かいの誰もいないベッドに視線を向けた。

ターンはタイプへの想いを告白した後も普段通りに過ごしている。いや、普段通りすぎるのだ。サイト炎上事件の前に戻ったかのようではあるが、唯一変わったのは……以前のようにタイプを襲うことがなくなっただけだ。タイプはその理由が中間試験の期間中だからだと思おうとした。とにかくあいつが信用ならないことに変わりはない。

「俺はゲイが嫌いだ」

タイプはそう呟くとため息をついた。

「でも、あいつのことは嫌いじゃない」

ゲイを嫌っていたら日常生活に支障を来すということを、タイプはとっくの昔に気付いていた。世間は他人の目を気にせずにカミングアウトする人たちばかりだから、ゲイに嫌悪感を抱き続けていたら大学生活が困難になるだけだ。ましてや、社会人になって上司がゲイだったら、困るのは自分自身だということはよく分かっている。ゲイにとってはタイプに嫌われようが好かれようが全く困らないのだ。

「俺もテクノーみたいになりたいよ」

テクノーは誰とでもすぐに仲良くなれる。相手がどんな性であってもだ。そんな彼を羨ましく思う時もあるが、ゲイの人々がいる社会にそのまま飛び込むには抵抗がある。

「どうしたら偏見をなくせるんだろう……十二歳の時の過去を消せばいいのかな。ふっ」

自問自答して導いた答えに全く納得はいかなかったが、タイプは瞼を閉じて頭を空にし、勉強に集中しようとした。しかし……。

「過去を消すだって！」

タイプは飛び起きてベッドに座り直し、真面目な顔で眉をひそめながらここ数ヶ月で起こったことを思い返した。

「過去のことなんてもう忘れてたじゃないか！」

ターンに語って以来、ここ数日は悪夢を完全に忘れられていた。しかも重要なのは……嫌悪感を抱かずにゲイに触れることができていたという事実だ。

問題解決の糸口はターンにある……！　あいつが悪夢を追い払ってくれたうえに、過去の話も聞いてくれた。しかも、手と口を使って欲情まで受け止めてくれた。こんなに簡単な解決策が向かいのベッドにあったなんて、灯台下暗しだ。

「俺のことが好きなんだもんな」

タイプは悪魔のような笑みを浮かべると、教科書を手に取って勉強を始めた。どうしたらいいのか解決方法が見えたのだ。

好意につけ込んでやる。

初めての中間試験期間は、大学の試験問題にまだ慣れていない新入生たちの不平不満の中、無事に終了した。しかしタイプにとっては、これから決行しようと思っている計画に比べたら試験なんて大したことではなかった。

「今週末は実家に帰るなよ。話があるんだ」

試験最終日、タイプはルームメイトにそう言った。聞きたいことが山ほどあるような目でターンは見つめ返してきたが、聞いたところで返ってくる答えは分かっているだろう……試験が終わったら話す、だ。

そして迎えた土曜日の朝。死ぬほど眠りこけて目を覚ますと、タイプは普段通りに朝のルーティンをこなした。シャワーを浴び、歯を磨き、食事に行った。そして……昨晩酔って帰ってきたルームメイトのためにご飯を買った。

「起きて朝ご飯でも食べろ」

部屋に戻ると、微動だにせずにまだ寝ているターンを足でつついて起こした。

「何時だ」

「もう十時だよ」

答えながら、タイプは買ってきたご飯を皿に移す。ターンはベッドに座って頭を掻き、眉をひそめたまま寝惚け眼でそんなタイプを見ていた。

「食べろよ」

「俺の？」

信じられないといった顔でターンが聞くと、タイプは肩を竦めた。

「お前が食べないなら野良犬の餌にでもするぞ」

「本当にお前は口が悪いよな」

ため息をついて立ち上がると、ターンは狭いベランダまで洗顔と歯磨きをしに行った。話があると言われて落ち着かないが、冷たい水に触れて少しでも気分を晴らすのだろう。

「お前が酔ったところなんて初めて見た」

「先輩が歌ってる店に誘われたんだ……酒を奢ってもらってさ」

ターンはそう答えるともう一度口をゆすぎ、顔を拭いて部屋の中に戻ってきた。テーブルの側に座り、ベッドの上であぐらをかいて座っているタイプに視線を向けてくる。

「で、なんの話だ？」

「ご飯食べ終わってからな」

タイプはまだ話を避けている。迷いはじめていたのだ。

本当にいいのか……？

百回は自分にそう問いかけたが、答えは決まって「イエス」だった。

たった一度きりで借りを返せればそれでいいだろ。

ご飯を食べているルームメイトを眺めながら、タイプは百一回目も同じ答えを導き出した。そして皿が空になったことを確認して床に座り直し、顎の先が今日は髭で青くなっている彼を見つめる。

クオーターだもんな。髭が伸びるのも俺より速いんだな。

「どうして俺を実家に帰らせなかったんだ？」

ご飯を食べ終えたばかりのターンが口火を切ってきた。タイプが何をしたいのか見当もついていないようだ。タイプは少し黙り込んで自分自身に最後の問いかけをし、決心をしたように大きく息を吸い込む。

「俺と寝よう」

「なんだって‼」

ターンは目を見開き険しい声で聞き返してくる。

決意を固めたタイプはもう一度言った。

「お前と寝る……借りを返したいんだ」

「借りってなんだよ」

相手は飛びついてくるどころか、不審に思っているようだ。タイプはその様子に少し不機嫌になった。うるさいな。黙ってこのチャンスに食いつけばいいのに。

「何度も俺を助けてくれただろ？」

一向に信じる気配がないターンに説明しようと、タイプは必死に続ける。

「考えてみたんだ。お前みたいな奴に借りは作りたくない。いつどんな形で借りを返せって言われるか分かったもんじゃないからな。だから、お前と〝一度だけ〟寝てやる。それでお前と俺の間に貸し借りなしだ。先に言っておくが、いくら頑張ってもお前と付き合う気はさらさらない。いつお前に襲われるんじゃないかとビクビクして生活するくらいなら、一度限りで終わらせた方がよっぽどいい……そう思ったんだ」

一見、理に適(かな)っているかのような説明がなされたが、実際のところはタイプの独りよがりだ。ターンと寝て病的なゲイ嫌いが治るのであれば、試す価値はある。男に減るものなんてない。ゲイ嫌いが治らなくても、過去の忌々しい記憶が封印されるだけでもいい。

ターンのおかげで過去の記憶が薄れてきたんだ……。あいつと寝れば完全に記憶をなくせるはずだ！

「俺を受け入れるのは……借りを返したいからなのか？」

「そうだ」

タイプが断言するとターンは目を伏せた。

「俺とは絶対に寝ないって言ってたじゃないか」

「一度だけお情けで寝てやる」

口が悪いのは仕方ない、これが俺という人間だ。タイプはニヤリと笑って聞いた。

「それともやめるか？」

このおいしい話に乗っかってくると思っていたのに、ターンは何やら考えを巡らせながらタイプを眺めている。

「一度だけ？」

「そう、一度だけ。それで終わりだ」

タイプが断言すると、ターンはゆっくり頷きながら皿を洗いに立ち上がった。

「で、お前がタチ？　それとも俺？」

最初は怪訝そうにしていたタイプだが、質問が意図するところを理解すると、皿を静かに洗っている広い背中を眺めながら頭を必死にフル回転させた。

もし俺が〝タチ〟をするなら、あいつのを触ったり舐めたりしたうえに、あいつの孔に突っ込まないといけないってことなんだよな。

タイプは全身にゾワッと鳥肌が立つのを感じた。自分のモノが男の尻の孔に入ると想像しただけで胃の中のものが喉までせり上がってくるような抵抗感がある。嫌な汗で手の平はびっしょりだ。本当にそんなことができるのか自問したが、もう既に言ってしまったことだ、今更引き返せない。タイプは歯を食いしばって答えた。

「お前がタチだ……俺は寝てるだけだからな」

強がってそう言ったものの、内心は恐怖で震え上がっていた。十二歳の時の恐怖が蘇ってきたが、もう子供ではないのだから大丈夫と自分に言い聞かせ、恐れを克服しようとする。ただ横になっているだけだから、たった三十分だけだから、あいつがイけば終わりだから、十二歳の時よりも悲惨な状況にはならないから、と何度も自分に言い聞かせた。

ひょっとしたら気持ちいいかもしれない。そうでなければ……三十分気持ち悪いのを我慢するだけだ。

洗われたばかりのプラスチックの皿がトレイに置かれる音がした。ターンはシンクの縁を掴みながら寄りかかり、振り返ってニヤリと笑う。

「よかった。今ちょうどお前に言おうとしてたんだ……俺はタチ専門だから」

その言葉にタイプはもう一度自分に問いかけた

……本当にいいのか？

「準備はいいか？」

「ムカつくな。まだベラベラおしゃべりを続けるつもりか？　俺はずっと待ってたんだぞ。とっとと始めて早く終わらせろ！」

ターンとタイプの部屋には今、折り畳まれたテーブルが玄関のドアに立てかけられている。テーブルが置いてあった場所には、シーツを取り外したマットレスが置かれていた。マットレスの側にはコンドームと潤滑ジェル――ターンの頭を直撃しそうになったあのボトルだ――と、氷が準備されている。二人ともボクサーパンツ姿でマットレスの上に座った。

ターンが何か質問するたびに、タイプは苛立ちを隠せなかった。

朝からずっと話しているじゃないか。この調子だともうすぐ夕方になるぞ。

「早くしろよ。みんな今日は実家に帰っていて寮にはほとんど誰もいないんだから。今日じゃなかったらもうしないからな」

中間試験直後の週末で、多くの学生が実家に戻ると睨んだタイプは、熟考の末に今日を選んだのだ。明日にはもう寮に戻ってくる者もいるだろう。誰にもバレないようにするためには、今日のまさに今が一番〝最適〟なのだ。

「こういうことは焦ったら良くないって知ってる？」

「女の子とするのと同じだろ。チャチャっと手早く終わらせろよ」

ターンは眉をひそめてタイプを押し倒した。

「お前、これまで元カノとそんなふうにしてたのか？」

「そうだ」

タイプが苛ついて答えると、ターンは呆れたように頭を振った。

「だったら俺が教えてやるよ。手早く終わらせる以外のやり方があるってことを」

そう言い終わるとターンはタイプの身体に覆い被

さった。タイプの表情や目つきは明らかに挑戦者のもので、これから愛を育もうとする人間のものではなかった。早く終わらせろという思いが顔にはっきりと表れている。

「キスはダメだ」

タイプはそう言ったが、ターンはすぐに言い返した。

「キスさせてくれない奴とは寝ない主義だ」

「くそっ！」

タイプは仕方なく、ターンの首を勢いよく引き寄せて唇を重ねた。経験のない生娘のように口をぎゅっと閉じる様子もなく、自分から舌を絡め、早く終わらせることだけに集中しようとする。

ターンはタイプがなぜ突然このようなことを提案してきたのか理解できずにいたが、親友のロンがかつて放った言葉に恥じないようにしようと考えていた。

ターンがものにしようと狙って落とせない奴はいない。

言い争いの声は、舌先が触れ合う音へと変わっていった。彫りの深い顔立ちの二人が顔を傾け、相手の唇を吸い合うと、透明な粘液が次第に甘く感じるようになり、静寂の中にキスの音だけが聞こえていた。

そしてターンはタイプの黒い髪を掴み、顔の向きを強引に変えようとした。タイプのキスは……悪くない。

「ふっ、満足したか？」

唇を離したタイプが聞いた。

「これくらいで満足するわけないだろ」

荒い息でそう答えたターンは真剣な顔でまたタイプにキスをした。互いの唾液を交換する音が部屋中に響き、負けず嫌いの二人のキスはどんどんヒートアップして激しくなっていく。

三十分だけと言っていたが……俺はたった三十分で終わらせたことなんてないぞ。

ターンはそう考えながらタイプの背中に腕を回し、硬い背筋の感触を楽しむように背中を撫でた。前からずっと思っていた通り……好みの硬さだ。タイプも同じようにターンの背中を両腕で抱きしめ、痛いほどに撫でてきたが、それはまるで喧嘩を売っているかのような撫で方だった。

こいつ、まだ完全にキスに夢中になってないんだな。

そう思いながらターンは唇を首筋まで滑らせる。タイプは男にされても何も感じないと自分に言い聞かせたいのか、仰向けに寝たままだ。

くそっ！

ターンは内心呟いた。キスが上手だと自信があったターンだが、いつもより興奮しているのは紛れもなく自分の方だと認めざるを得なかった。好きな人を抱いているからだけではない。ゲイ嫌いの奴を自分のテクニックにハマらせることができるかどうか自信がなかった。

ゲイが嫌いというフィルターを……剥ぎ取らないといけない。

「くすぐったい」

ターンの唇が胸筋の上の黒い乳首に触れると、タイプは大きく息を吸い、下手くそと馬鹿にするかのように言った。それでも慣れた手つきでもう片方の乳首を摘まんだり優しく引っ張ったりすると乳首は指を押し返すくらいに硬さを帯び、口に含んで甘噛みをするとタイプの身体はビクッと反応した。

乳首を吸われて感じるのは女だけなんて誰が言った？　男だって感じるんだ。

「んん……もう痺れてきたよ、馬鹿！」

タイプは低い声でそう言ったが、ターンは一向に左右両方の乳首を愛撫するのをやめようとしない。胸筋を舐める舌先から、タイプの身体に力が入っているのが伝わってくる。

「ぐっ」

舌先が下腹部に到達すると、タイプが唇を噛み締める音が聞こえた。さらに執拗に何度も熱い舌で舐め回し、タイプが腹筋にグッと力を入れたのを感じてターンはニヤリと口角を上げる。ボクサーパンツの中のモノが硬くなっていることを確認すると思わず安堵した。

　ボクサーパンツの上から熱い舌で触れただけで、タイプが身体を固くしたのが分かった。そしてパンツを脱がせてマットレスの側に置こうと、顔を上げてタイプを見た途端……ターンは吹き出しそうになった。何をされているのか知りたくもないとでもいうように目をぎゅっと閉じ、微動だにせず横になっているのだ。

「硬くなってるぞ」

「黙ってろよ」

　硬くなったモノに触れると、タイプが声を我慢しているのが分かった。額いっぱいに汗を浮かべている奴の欲情を煽るかのように手で上下に優しく撫でると、彼の息遣いも荒くなる。そして……口で愛撫するために腰を落とした。熱をもった唇を下に向かわせ、舌先で睾丸から根元の辺りを執拗に舐める。皮がめくれて現れた赤い先端を大きな手で撫で、熱い舌先が触れると、タイプは身体を仰け反らせた。

　ターンはすぐに全てを口に含んだ。リズミカルに唇で吸い込むと、ずっと動かず横になっているタイプの顔が赤く染まっていく。褐色の肌は汗で湿り気を帯び、差し込む夕陽にキラキラと反射していた。睾丸を弄びながら唇の動きを速めると、それに合わせてタイプのモノも膨張していった。

「お前……早く終わらせろよ！」

　タイプは目を開けてそう言った。

「そんなことないよな？　お前のモノは続けたいって言ってるぞ」

　掠れた低い声でそう言うと、タイプは不満そうにブツブツ何かを呟いた。

「お前に何をされても感じないぞ。早く終わらせろ」

　タイプは仰向けになったまま両脚を抱え上げ、震える声で言った。息をするのも苦しそうなその声にターンは頭を振ると、両脚の間にある狭い入り口に目を向け、マットレスの脇に準備しておいた氷を手に取る。

「それなんだよ」

「お前のためさ」

そう答えながら氷で優しく肛門を撫でると、タイプはその冷たい感触に身体を強張らせた。足首を掴まれていなければ逃げ出していたほどの冷たさだ。

「馬鹿野郎、冷たいじゃないか！」

タイプは思わず叫んだが、ターンは一向に気にせずにゆっくりと氷を肛門の中に挿れる。そして、おもむろにコンドームの封を切ると、自分のモノには被せずに指にはめた。

「いちいち聞くなよ。まずは拡張しないといけないんだ。なんの麻酔もなく突然指を突っ込まれるのはお前だって嫌だろ」

その説明にタイプの顔はさっと青ざめたが、下半身に集中しているターンはその顔色の変化に気が付いていないようだ。

「そうだな」

タイプが消え入りそうな声でそう呟くと、ターンはそれを承諾の意だと解釈した。ターンは硬くなったモノを咥えながら、コンドームをはめた自分の指に潤滑ジェルを塗り、少しずつ挿入していく。

「や……いや……やめろ」

それまで丸太のようにただ横たわっていた身体がぶるっと大きく痙攣(けいれん)し、叫び声をあげながら逃げようとする。顔を上げて見ると、タイプの顔は血の気が引いて真っ白になっていた。

「いや……やっぱりダメだ……や……」

明らかに怯えてパニックになっているタイプに、ターンは馬乗りになって身体を重ねながら言った。

「大丈夫、俺だ。落ち着けよ。お前といるのは俺だ、あいつじゃない」

「やだ……ダメだ。出して。やっぱりできない」

タイプは頭を振りながら拳を振り回した。過去の事件のことを知っているターンは、そんな様子を奥歯を噛み締めながら見つめ……嫌だと言い続ける唇に自分の唇を優しく重ねた。ゆっくりと上下の唇を甘噛みしながら、抵抗して逃げようとするタイプに言い聞かせるかのように舌を入れる。そして片方の手で背中を撫で、もう片方の手の指をゆっくりと慎重に肛門へ差し入れていった。それはまるで……痛いことはしないと理解してもらうかのようだった。

「シーッ。大丈夫だから……俺だから」

そう囁くと、ターンは我慢できないというように、可哀想なほど身体を震わせて息を荒くしているタイプの頬や鼻や額に優しく唇で触れた。

「やめるか？」

「嫌だ！」

ターンの問いにタイプは両目をカッと見開いてそう断言した。

「やめない。このまま続行だ……一度きり……それで終わりだから……」

息を荒げて必死に言う彼の様子にターンはこれ以上続けるのは無理そうだと思ったが、そのままキスを続け、指の本数を増やしてゆっくりと慎重に彼の中に何度も出し入れしてみる。

「痛い」

タイプは先ほどよりは大人しくなりながらも、ターンの肩を掴んでくる。

「まだ……終わらないのかよ……」

息を切らしながら聞かれ、ターンは笑いながら囁くように答えた。

「もうすぐだ……お前のために三十分かけて解してやってるんだぞ」

三十分で終わらせろ、と言っていたタイプは恥ずかしさから彼の肩を拳で叩いた。

「早く挿れて早く終わらせろよ……あぁっ！」

怒鳴っていたタイプの身体が突然仰け反り、口を大きく開けたまま身体を曲げた。

「あぁ……や……やめろ……そこには……触るな……ターン……や、やめろ……あっ……」

やめろと言われれば言われるほど、ターンは探り当てた性感帯を指で刺激し続けた。タイプの身体は震え、息を荒げながら両脚を大きく広げる。

「痛かったら言えよ」

ターンはそう言いながらタイプの両脚を抱え上げた。ボクサーパンツを膝まで下ろすと、自分の大きくなったモノにコンドームを被せ、入り口の周りを優しくさすりはじめる。タイプは両手をぎゅっと握りしめた。

「一回……一回だけ……」

まだそう一人で呟いているタイプにターンは苛立ちはじめていた。

「おいっ‼　痛いっ‼」

叫び声をあげつつ逃げる様子はないことを確認したターンは、狭い入り口からさらに奥へゆっくり優しく進もうとした。これまで何も受け入れたことがないはずの肛門内の筋肉はきつく締まっている。

ターンは険しい声で聞いた。

「お前……昔……挿れられたのか……なぁ……」

「やめろ……あいつの話はするな！」

タイプは恐怖で両目を見開いて言ったが、ターンは問い続けた。

「あいつも……今……俺がしてる……みたいに……したのか？」

タイプは血が滲むほど唇を噛み締め、問いには答えなかった。知らないうちにタイプの身体の硬直は治まっていることに、自分でも気がついていないようだ。

「どうなんだ？」

「あぁ……入らなかったんだ‼　入らなかったって言ってるんだよ！　これで満足だろ‼」

涙を浮かべている顔が、頭を上げたターンの目に映る。タイプは繰り返し言った。

「入らなかったんだ……くっ……」

それはつまり、あの最低な野郎が十二歳の子供に挿入しようとしたということだ！

ターンは怒りながら、泣きだしそうなタイプの身体に自分の身体をぴったりと重ねた。唇で耳たぶに触れ、甘噛みしながら伝える。

「全部入ったよ……怖くない……だろ？」

タイプは何も答えずにターンの背中に両腕を回した。ターンは安堵して首筋に顔を埋め、片方の手を腰に回し、もう片方の手で背中を撫でた。挿入後、急いで腰を動かさずにじっとしておくくらいの余裕はあった。しかし、タイプの荒い息遣いやおかしくなりそうなほどの締め付けを感じ、ゆっくりと腰を動かしはじめる。

「あぁ……いい……ターン……ターン……くそっ……気持ちいい……」

最初は無言でターンの肩を骨が砕けるほど強く掴んでいたタイプだが、奥に潜んでいる性感帯を刺激されると、次第に低い嬌声を漏らすようになった。

ターンが上体を起こして奥まで挿入すると、タイプはマットレスを掴んだ。

「いや……そこは……ターン……そこはダメだ！」

嫌がる声を聞きつつターンが性感帯を執拗に刺激し続けると、タイプの中はさらに収縮した。そして快楽に歪んだ彼の顔を見て、ターンは自分が好きなように動いても大丈夫なことを確信した。

パンッパンッ！

「あぁ……ターン！」

タイプは両脚をさらに高く持ち上げられ、声を我慢できなくなっていた。何度も奥まで突き上げられ、抜き差しのたびに氷とジェルが混じり合って体外に流れ出していくのを感じていた。二人の汗まみれの肌は触れ合うたびに卑猥な音を立てている。

男にされても何も感じないと強がっていたタイプは手を伸ばしてターンを求め、それにつられて彼の腰の動きは速まっていった。

「もっと……ターン……もう……イきそう」

「んっ……！」

タイプの身体を撫でると、小さく痙攣している。それと同時に、ターンは自分も終着点が近いことを感じていた。

「あっ、あぁ……俺も……」

何度か奥まで突き刺すと、ターンも絶頂に達した。ぎゅっと目を閉じ、全身を包み込む幸せの余韻に浸る。そしてしばらくすると、目を閉じたまま息を荒くしているタイプの上に倒れ込んだ。

「はぁ……はぁ……はぁ」

二人の荒い息遣いだけが響く中、ターンは顔を上げた。

「一つ言うの忘れてたけど……これまで俺とやって、

一度限りだった奴なんていないからな」

「馬鹿野郎！」

ターンはタイプの罵声に満足していた。なぜなら
……一度きりの約束だ、ということを奴がまた口にしなかったからだ。

もちろん……ターンには、一度で終わらせるつもりは全くなかった。

第十六章　一度きりでは終わらせられない

鮮やかな色をしていた太陽は既に地平線に沈み、空にはグレーの毛布に覆われたような暗闇が広がっていた。大小様々な建物の灯りがつきはじめ、昇ってきた月とともに辺り一帯を照らしている。ターンとタイプの部屋も例外ではない。

二人の熱い情事は終わったが、後片付けはたった一人で行われていた。

「手伝う気はないのかよ」

拭き終わったばかりのマットレスをベッドに戻して、シーツを敷こうと持ち上げた方が文句を言った。ハーフパンツにランニングシャツ姿のもう一方は、向かいのベッドの上に股を広げてどっしりと腰掛けたままだ。手にはペットボトルの水を持っている……立ち上がって手伝おうとする気配は全くない。

「あんなに痛めつけておいて、後片付けまでさせようって言うのか？」

シーツを敷こうとしているターンを睨みながら、タイプは苛立ちを隠さず言った。

「ふっ、じゃあなんで途中でやめろって言わなかったんだよ」

ターンも負けじと言い返す。事実を突きつけられたタイプは、握っていたペットボトルをバキバキと握り潰した。そうだ、やめるかと聞かれてやめないと言ったのはタイプ自身だったのだ。

紳士ぶりやがって、気持ち悪い。

ペットボトルの水を口にしながらタイプはそう思った。その水は、想像を超えるほど気持ちよかった情事の後にターンが買ってきてくれたのだ。大人しく横になっておけと言った後、服を着てしばらくどこかに行ったと思ったら、水を買って戻ってきた。

「横になっておけって」

ターンはズボンを穿こうとしていたタイプにそう声をかけたが、負けず嫌いの彼は弱みを見せるものかと下半身の痛みに耐えながら急いで立ち上がり、何事もなかったかのようにベッドに腰掛けている。

本当は……一センチも動きたくないほどの激痛に耐えていた。

俺に後片付けを手伝えだと？　ふざけるな。

そう思いながらもう一度水を口に含む。ターンはマットレスにシーツを敷いて四隅をきちんと折り畳んだ後、ようやくたった今情事が行われたばかりのマットレスに腰を掛けた。ヨーロッパの血が混じっているクオーターは両膝に手をつき、タイプを見つめながらおもむろに尋ねてくる。

「どうだった？」

「最低だ」

タイプは即答した。先ほどの情事が最低だったわけではない。ズタボロになっている尻の気持ちを代弁したのだ。しかし口には出さなかったが、一つ、驚いたことがあった。

ターンのモノはとても大きかったが、思っていたよりも苦痛じゃなかった。後半は全く痛みを感じないどころか、むしろ気持ちよかった。

「これまで最低だなんて言われたことなかったんだけどな。最高だとは言われたけど」

馬鹿野郎！

しかし、その言葉は喉につかえたまま口から出ることはなかった。立ち上がって首の骨を蹴飛ばすか、せめてペットボトルを投げつけたかったのだが、これまでに感じたことのない身体の異変に、ただ必死に怒りを堪えてじっと動かないようにするしかない。そんな弱った様子を見ていたターンは、笑いながら言った。

「よかったよ、お前が大丈夫そうで」

「俺は男だぞ。女に言うみたいなこと言うな！」

「お前を女として扱ったことは一度もないけどな」

タイプは黙って話の続きを聞こうと視線を向けた。

「俺は女とは寝ない。これまでも寝た男にしか言ってないってことだから心配するな。お前は男だ」

これまで寝た男、という言葉に対してタイプの胸中に不思議な感情が生まれ一瞬固まったが、からかうように言い返す。

「お前と寝た奴らが女々しかったんだろ」

ターンの目が光った。

「俺の元彼たちを馬鹿にするな」

「……」

タイプは黙り込んだ。口が悪いことを反省したからではない。ターンが元彼たちを庇おうとしたからでもない。まるで自分が最低な奴だという事実を突きつけられたような気がして、ターンの人の好さに苛立ちを覚えたのだ。

子供の時の忌々しい記憶を封印し、男同士のセックスは吐き気がするような忌み嫌うものではないことをターンが教えてくれた。しかし、最初に期待していたほど良いものでなかったことも事実だ。

女の子に対してとは異なる、なんとも不思議な感覚だった。

タイプが黙り込むと、膝の上に手を乗せていたターンは両手の親指を近づけ、何か考えているような仕草を見せた。

「実は、最初に男と寝た時……俺はタチじゃなかった」

ターンが真剣な様子で語りはじめると、タイプは目を伏せた。どうしてそんなことを言いはじめるんだ、ともう少しで言い返しそうになったが、彼の何かを含んだ冷たい眼差しに気付いて慌てて口をつぐみ、話の続きを待つことにする。そんな様子を見て、ターンは言葉を続けた。

「最初は……確か十四歳の時だった」

「中二？」

「そのくらいだ」

ターンは頷いて続けた。

「俺が通ってた中学は男子校だった。女子との接触がない男子校では当たり前のことだけど、俺はまだその時、本当に男子が好きなのか、環境がそう思い違いをさせているのか、自分でもよく分かってなかった。そんな時、先輩に音楽室に呼ばれて『俺と寝るか』ってストレートに誘われたんだ」

タイプは顔を上げ、自分を見つめているターンを見つめ返しながら、初体験の話に聞き入った。

「あの時はまだ自分の性的指向に混乱してたけど、

好奇心から先輩の誘いに乗ってさ……」

タイプは身動き一つせず、その後何が起こったのか気になるのか真剣に聞いている。一方でターンは、これから過去の嫌な思い出話をするというのに微笑みを浮かべていた。

「結果、俺は一日中寝込むことになった」

「なんでだよ」

タイプが口を挟むと、ターンは微笑みながら続けた。

「世の中の男全員がウケをできるわけじゃない。最初は痛かった、すごく痛かった……お前はさっさと終わらせろって言ったけど、肛門がどれほど薄いか知ってるか？　そもそも挿入されるところじゃないんだ。もし俺がさっさと挿れて終わらせてたら、お前は今みたいにそうやって座ってられない。しかも、あんなに肛門で感じることができるって、すごくラッキーなんだぞ」

ターンはそう言いながら一人で頷き、タイプは眉をひそめた。

何がラッキーだよ。俺が肛門で感じてただと⁉

「肛門にどのくらいの性感帯があるのかは個人差があって、俺はきっと少ないんだろうな。その時以来、高校に上がるまで俺は誰とも寝なかった。もうあんな痛い思いをするのは懲り懲りだったんだ。その後、高校生の頃にもう一度タチで試した。その時からずっとこうだ。ウケじゃなくタチとして生まれてきたんだな」

どうしてターンがそんなことを語るのか理解できず、タイプの中にある一つの疑問が生じた。

「お前が自分をゲイだと思うのは、女と寝たことがないからなんじゃないのか？」

「試したけど……何も感じなかったよ」

ターンは即答し、そしてベッドの上のタイプを指差した。

「俺はお前みたいな奴が好きなんだ」

タイプの顔に恐れが浮かぶ。彼の真剣な声に心の奥底で不安を感じ、ずっと気になっていたことを尋ねた。

「なんで俺にそんな話をするんだ？」

そう、そんなゲイの半生をなぜ語り聞かせるのかについてタイプは不安に感じていた。そんな彼の様子に、ターンは何かを含んだ微笑みを浮かべた。

「お前に俺のことをもっと知ってもらいたいんだ」

「知りたくない！」

「お前だって黙って聞いてたじゃないか」

もし肛門が裂けることを恐れなければ、きっとターンに殴りかかっていただろう。しかし、先ほどできたばかりの傷口をこれ以上広げることは避けないといけない。タイプは憎しみに満ちた目で睨みつけた。ターンは立ち上がると、汚れたティッシュと使用済みのコンドームが入ったビニール袋を手に取り、部屋から出ていこうとして……まるで今思い出したかのように振り返って言った。

「ああ、そうだ！　なんで俺のことをもっと知ってほしいかっていうと……一度きりにするつもりはないからだよ」

「馬鹿。一度きりって言っただろ！」

「聞いてたけど、受け入れたわけじゃないからな」

「こいつ！」

バンッ！　ゴンッ‼

二度目はないと宣言したタイプはペットボトルを投げつけたが、閉じられたドアに大きな音をたててぶつかっただけだった。蓋が外れて中の水がこぼれ、床を濡らす。しかしタイプは一向に気にする様子もなく、奥歯を噛み締めて拳をぎゅっと握り、約束を守ろうとしない相手を憎たらしく思うだけだった。

一度だけという約束なのに！

「二度としないからな。絶対にだ！」

タイプは心に刻むように自らにそう言い聞かせた。ゲイが心底嫌いだからではない。先ほどの情事が、性被害に遭った子供の時よりも別の意味で恐ろしかったからだ。

あの快楽に……ハマるのが怖かったのだ。

「二度としないからな」

歪んだ性の迷路に自分から迷い込むことなんて絶対にしないと、タイプは心に誓った。

男性との初経験から何日も経ったが、タイプの日常にはなんの変化もなかった。朝起きて、授業に行って、友達と馬鹿騒ぎをして、夕方になれば部屋に帰って寝る……そんな毎日を繰り返している。

しかし、タイプはあることに気付いていた。

〝おかしなことに〟何もない。つまり……ターンが何事もなかったかのように接してくるのだ。あの情事の後、ターンはこれまで通りに振る舞っている。会えば挨拶し、部屋に戻れば「ご飯はもう食べた？」と中国式の挨拶で尋ねてくる（中国では「こんにちは」の代わりにこのような声かけをすることが多い）。また手を出してこようとするわけでもなく、こちらのスペースに侵入してくることもない。タイプは妙に感じていたが、それをおかしいと感じる方がおかしいのかもしれない。

そもそも最初からルームメイトとの関係はこうであるべきだったのだ。しかし、疑心暗鬼になっているタイプは、何かがおかしいとしか思えなかった。

ターンが一度きりで終わらせないと言ったせいで貞操を奪われるのではないかと恐れ、毎晩照明を消せずにいた……一方で向かいのベッドの人間は明るくてもぐっすり熟睡していた。ちなみにターンが寝たかどうかどうやって確認していたかというと、足でツンツンと突いていた。奴が寝息を立ててぐっすり眠っているのを確認してからでないと、安心して眠ることができない。ここ数日、タイプは毎晩こんな調子だった。

今晩も同様だ。

『……ドーン……ズキューン……ガタンッ！』

時計の短針が十二を指してからしばらく経過していた。タイプはイヤホンをして脚を伸ばして座りながら、動画配信サイトで有名ゲーマーのゲーム実況を見ていた。爆発音や銃声やナイフで首が切り裂かれる音が、大音量でイヤホンから漏れている。食い入るように見ていたタイプは、動画が終わると部屋を見渡した。すると、向かいのベッドで奴が背中を向けて寝ているのが視界に入った。

「ムカつくな」

タイプは呟きながら部屋を煌々と照らしている照明に目を向けた。この照明のせいでタイプはここ何日も寝不足だというのに、ターンは照明を消してくれというそぶりも見せない。部屋を明るくしておかないといけないようなことは誰も何もしていないにも関わらずだ。

苛立ちの原因は……ターンがタイプの我が儘を受け入れてくれることにあった。

「ちくしょう。俺はお前の彼女じゃないんだぞ！」

小声で言うと、余計に言葉では説明し難い苛立ちが募った。少し前まで冷たかった彼が、あの情事以降は気持ち悪いほど優しく、話しかけてくる時はいつも笑顔だ。

あいつは何に対して微笑んでやがるんだ！

タイプは突然立ち上がり、相手のベッドに近寄っていった。長い脚、いや、腰から下は毛布をかけていない。


そこでタイプは面白いことを思いついた。扇風機の風を「強」にするのだ。冷たい風があたるようにし、ターンに冷たい風とはいっても、熱帯のタイでできるかぎりの冷たさだ。ターンの上半身は照明を避けるように毛布を頭まで被っている。そんな幼稚な嫌がらせしかできない自分が憐れではあるが、実際、相当に苛ついていたのだから仕方がない。

タイプは長い脚で奴の背中をつつき、完全に寝ていることを確認すると、部屋の照明を消してベッドに横たわった。そして両手を首の後ろで組んだまま、目は閉じずに天井を眺めていた。

「くそっ！」

湧き上がってくる思いにタイプはぼやいた。

ターンとしたい。

その熱い感情だけが身体中を駆け巡った。攻撃的な動画を見終わったばかりで冴え渡ったタイプの脳は、数日前の情事を思い出していた。まるで初めて自慰行為をした後に、二回目、三回目を待ちきれなかった時のような強い欲求。もしくは初体験の時に似た感覚だったといっても過言ではない。あの時と同じような欲求をタイプは今味わっているのだ。

自慰行為をするのもおかしくない。彼女としたいのも普通のことだ。でも、「されたい」と思うなんて……もういっそのこと俺を殺してくれ！

タイプは目を閉じて深呼吸し、奴との情事のことを思い出さないようにした。よかった、気持ちよかった、最高だったと思えば思うほど、身体の奥底に潜められた熱い欲情が噴火しそうだ。しかし、歯止めをかけなければいけないことも心のどこかで理解していた。

あれはゲイとの情事だったのだから。

「眠れ、眠れ、眠るんだ！」

もう一度そう呟いたタイプは、目を閉じて必死に寝ようとしたが、寝られる気配すらなかった。とはいえ鬱積した欲情を放出するためにシャワー室にわざわざ行くのも面倒くさい。部屋では……以前のことがあってからもう二度としないと心に誓っていた。

結局、タイプは一晩中落ち着かない思いで過ごす羽目になった。

「えぇぇぇ‼」

ようやく夜が明けるも、今朝は目覚まし時計の音だけではなく、寝惚け眼でボクサーパンツの異変に気付いたタイプの叫び声が響いた。その声に、タオル一枚を巻いただけのターンが尋ねる。

「どうしたんだ？」

彼は様子を見ようと近づいてきたが、タイプは慌てて手を上げてそれを制止すると、険しい声で告げた。

「大丈夫！　別に……別になんでもないから」

寝覚めたばかりのタイプは、立ち上がると同時に急いでまた座り込んだ。手にしたまま離そうとしない毛布を身体に巻きつけようとしている。ターンは眉をひそめ、半裸である彼自身の姿を見ながらニヤリと笑みを浮かべた。

「そんなに俺のことが怖いのか？」

何か勘違いしているような言葉に、改めて彼に視線を向けると、確かにタオルを一枚腰に巻きつけただけの格好をしていることに気付いた。大きな胸筋や太い上腕二頭筋が露わになっている姿を見て、タイプは険しい声で言った。

「俺から離れろよ。なんて格好してるんだ。更衣室だってあるだろ」

ターンは首を振りながら答えた。

「今朝は人がたくさんいてさ。あまり人を待たせたくないから、更衣室じゃなくて部屋で着替えることにしたんだ……男同士だろ、なんの問題があるっていうんだよ」

タイプは奴の顔面を殴ってやりたい衝動に駆られたが、毛布の下の隠し事にそれを阻まれ、ただ不機嫌そうに顔を見ながらからかうことしかできなかった。

「俺が怖がってるだって？　お前のモノだって見たことあるのに。何も感じない」

そう、触れられるとなると話は別だが、見るだけで欲情することはないのだ。しかし、自信たっぷりなタイプの言葉に反応するかのようにターンの眉がピクッと動いた。

バサッ！

「馬鹿‼」

いくら男同士といっても、突然相手が全てを脱ぎ捨てて一糸まとわぬ姿になれば、誰でも驚きで叫び声をあげるだろう。朝から素っ裸になったターンはまるで洋服を着ているかのように腕を組んでタイプを見つめている。悪いが、せめて下半身だけでも手で隠してほしい。

「そうだな。お前にはもう全部見られているんだし、俺みたいなゲイには何も感じないんだろ？　だったらこれからは遠慮することないな」

ちくしょう！

なんの恥じらいも感じていなそうなターンに、タイプは心の中で毒づいた。彼はタオルをクローゼットのフックにかけると、ボクサーパンツを穿きはじめる。タイプは言葉にできない苛立ちを感じていた。奴の筋肉に見惚れていたわけではない。いや、少しは……羨ましかったかもしれない。

　これまでも奴の筋肉を目にする機会はあったが、いつもそれ以上のことに気を取られ、あまり筋肉には注視できていなかった。しかし今回、彼の筋肉をしっかりと見届けるチャンスが訪れた。

　バンドマンといったらみんなガリ痩せだと思っていたのに、なんでこいつは運動部の奴らよりいい身体をしてるんだ？

　肩幅が広く、二の腕は大きく、胸筋や大臀筋(だいでんきん)には筋が入り、しかも腹筋は雑誌の表紙を飾るモデルのように綺麗に割れている。特に腹筋の逆三角形が綺麗なことはタイプも認めざるを得ない。西洋人のように肌が白いことからしても……モデルになったらきっと簡単に有名になれたはずだ。

「着替え終わったなら早く授業に行けよ！」

　ボタンを留め終えたターンに、なかなかベッドの側から立ち上がろうとしないタイプは叫んだが、彼は眉をひそめるだけで何も言い返さなかった。

「今晩は帰りが遅くなるんだ、先輩の店に行くから。何かお土産でも持って帰ってくるな」

　たとえ店で一番の品を持って帰ると言われたとしても、全く関心がない様子で手を振ってターンを追い出そうとするつもりだった。そしてやっと彼が出ていき、玄関のドアが閉まった途端……。

「思春期の中学生かよ！」

　毛布を剥ぎ取ると、タイプは急いで寝巻きのズボンを脱いだ。目が覚めた時気付いたのだ……濡れていることに。

「起きたらこうなってたなんて、何年振りだ？」

　険しい声で自問しながら、汚れたズボンのまま急いで立ち上がった。夢精したのである。

「そんなに欲求不満ってわけじゃないのに」

　どんな言い訳を探そうとしても……我慢をしているという事実から逃れることはできなかった。


　その晩、ターンが部屋に戻ってきたのは寮の閉館時間ギリギリだった。端正なその顔はアルコールのせいで真っ赤になり、うっすらと笑みを浮かべながら大きな手で鍵を開けて部屋に入った。

口が悪いのがたまにキズだが、ターンは今、タイプと同室になれたことに幸せを感じていた。言葉では嫌だと言っていても、タイプの身体は正反対の反応を見せていたため、まだチャンスはあると彼は確信していた。

酔っているターンは暗い部屋を進んだ。暗闇に目が慣れると、先に寝ていたタイプの長い影がぼんやりと見える。部屋の真ん中にあるテーブルにご飯などの持ち物を置くと、ベッドの側に近寄り、危険が近づいていることも知らずに大の字になって寝ているタイプを見つめた。

おやすみのキスをしよう……ふっ、笑えるな。

随分とロマンチックなことを思いついた自分に失笑する。キス以上のことをしたい欲求に駆られたからか、いつもよりも体内に多く残るアルコールがそうさせたからか、ターンはベッドの側に膝をついた。

ここ数日、奴に触れたくなかったわけではない。触れたくておかしくなりそうだったが、彼の体調を気遣って遠慮していたのだ。しかし今……もう自分の欲望を抑え込みたくなかった。タイプがターンにハマっただけではなく、ターンもタイプにハマっていたのかもしれない。

温かい唇が、彼の柔らかい唇に触れた。柔らかさを求めるように自分の唇を押し当てつつ、本当は数日前の激しさをも求めていることに気付いていた。

タイプとのキスは本当に最高だった。

一回目のキスは唇を重ねるだけだった。

二回目のキスは唇に舌を這わせた。

三回目のキスは舌を相手の口内に差し入れた。

そして四回目……寝ていたタイプがついに目覚めた。

「なんだよ……うぅ‼」

タイプがまだ状況を把握できていないように声を漏らすと、立膝をついて覆い被さっているターンは口で口を塞いだ。そして、熱い舌先を差し込み、冷たい感触を楽しむかのように舌と舌を絡ませる。タイプが抵抗しようとしているのも、自分の肩を殴る手も、そんなことに気を取られている余裕はターンにはなかった。タイプとのキスで……ますます酔いは深まるばかりだ。

「ターン……うっ……やめろ……」

ターンは今自分が殴られていることに気付いていなかった。激しさを帯びてきたキスにそれほどまでに夢中だったのだ。相手の舌を逃すまいと自分のものを絡め、キスの音だけが静寂の中で響いている。ターンは彼が逃げないように両手で首を掴み、燃えそうなほど熱く激しいキスを自ら求めた。

そんな彼に、欲求不満だったタイプも……応じようとしていた。アルコールの匂いをさせたターンがそう簡単にはやめてくれないだろうとも思っていた。タイプもターンの首をガシッと掴み返し、唇と唇を重ねた。逃げようと顔を逸らして抵抗していたタイプが、今度は自ら積極的に舌を相手の口内に差し入れている。アルコールの味がする舌はタイプの欲情をさらに昂らせた。

譲ることを知らない両者のキスは激しさを増し、これまでにないほど熱いキスが始まった。

息をする必要はない。唇を離す必要もない。一方が唇を離すと、もう一方はそれを追う。一方が力尽きたと感じると、もう一方は相手の口の周りを唾液でベタベタになるまで舐め回す。二人とも何も気にしていなかった。夜のひんやりとした空気を温めるほどに、互いの身体は熱を帯びていった。

二人とも自分たちがどれほどの長い間キスをしていたか分からなくなっていた。そしてタイプに感覚が戻ってきたのは……。

「離せ!」

目を覚ましつつあるモノの感触を確かめようと、ターンがタイプのズボンの中に手を入れてきた時だった。タイプはハッと我に返って彼に殴りかかり、ターンが突然こめかみを殴られ呆然とする隙を見て逃げ出した。そして手の甲で口元を拭いながら座り直し、先ほどの情熱的なキスで息を荒くしながら同じ言葉を繰り返した。

「言っただろ、一度だけだって！」

　膝をついているターンを憎しみに満ちた目で睨みながら険しい声で言うも、それはまるで自分に言い聞かせるかのようだった。

「どけ、この野郎！」

　相手の肩を突き飛ばしてそう吐き捨てると、頭を冷やすために顔を洗いに行こうとする。酔ったターンとの激しいキスで、タイプの欲求は危うく爆発するところだった。しかし、それを彼に気付かれる前にふと気が付いたのだ……トイレに行って自分の手で処理した方がまだマシだということを。

「くそ‼」

　まだ行く手を阻むように座っているターンの肩をもう一度突き飛ばそうとすると、突然腰を強く掴まれた。不安定な状態で座っていたタイプは身体をよろめかせ、そのまま倒れ込んで上半身をベッドにぶつけてしまう。下半身はターンの上に覆い被さり、抱きかかえられている。タイプは短く叫んでターンを押し返そうとした。

「やめろ！　やめろって言っただろ！」

　しかし、ズボンはあっという間に脱がされ、タイプが目を見開きながら抵抗しようとした時、彼の声が響いた。

「一度だけで終わらせるなんて……俺にはできない」

　下半身の欲求を募らせているのはタイプ一人ではないのかもしれない。襲ってきたターンの欲求も……同じように限界を迎えていた。

　限界を超えて欲情していた両者の二回戦目は、こうして始まったのである。

第十七章　二回戦の始まり

「ターン！　やめろって言ってるだろ……うっ！」

「殴れよ、やめてほしいなら思いっきり殴ってみろよ」

　夜空は幾多もの星が輝き、大抵は深い眠りについている頃だろう。しかし、ターンとタイプの部屋は完全に他所（よそ）のそれとは異なる状況だった。拒絶の姿勢を見せたタイプは強く引き寄せられ、ターンに跨がるように倒れた。タイプの顔は奴の胸筋に埋まっている。そしてターンの両手は……タイプの秘められた場所に向かっていた。

「本当に殴るぞ……やめろ……ターン……やめろって！」

　そう叫んだものの、腰を押さえつけていた大きな手で、五分前のキスで目を覚ました身体の中央にあるモノをいつの間にか握られ、タイプは意のままに殴ることも突き飛ばすこともできないでいた。しかも奴の手は上下運動を始め、夢精をするほど欲求不満だったタイプの情欲を煽ってくる。

「我慢できないんだ」

　ターンが自らの欲望を低い掠れた声で囁くように訴えかけながら、黒い乳首に舌を這わせると、タイプは身体を小さく仰け反らせた。振りかぶった両手は行き場を失い、そのままターンの肩をぎゅっと掴む。ターンが両手を使って愛撫を続けると、上に跨がっているタイプの息は次第に荒くなった。

「お前も我慢できないって分かってる」

　ターンが低い声でそう言うと、タイプは何も言い返せずに奥歯を噛み締めた。タイプの身体も燃えそうなほど火照っている。触れれば一瞬で噴出しそうなほどの鬱積した色情は、ターンの超絶テクニックを求めていた。ターンが彼の頭を引き寄せてキスをしようとするとタイプの両手が、酔っているターンの襟を掴んで引き寄せる。そしてまるで互いの体内の熱い欲情を交換するかのように口内にねじ込まれた熱い舌を受け入れた。ターンはズボンのチャックを下ろして熱くなった自分のモノを取り出すと、タイプの熱いそれにあてた。

口には口を、熱いモノには熱いモノを、だ。

「あっ！　ちくしょう……あぁ」

「そうだ……はぁ……タイプ……そう……」

二人は熱を持った硬いモノを互いに擦り付け合っていた。手を使って先端の部分を擦り合わせると、二人の口から低い声が漏れ出る。この快楽から逃れるのは難しいことだなんてどちらも分かっていたからこそ、今更やめようと言いだすことはもうなかった。今やめるくらいであれば……人を殺める方がよほど簡単だ。

その時、ターンの指がタイプの口に突っ込まれ、指は根元から爪先まで唾液まみれになった。擦り合うだけでこんな快楽を享受できるのであれば、ターンの熱いモノを受け入れたらどうなるのか、知りたい欲求を抑えられなかった。

「おい！　ターン……くそっ……！」

突然ターンがタイプの尻を掴み、左右の尻の溝に中指を滑り込ませた。タイプは叫び声をあげたが、優しく指で擦られて思わずターンにしなだれかかる。タイプの熱を帯びたモノは今にもターンのお腹を刺しそうなほどだ。同時に、タイプの中に小さな抵抗心が芽生えた。

このまま続けたら前回と同じ流れになってしまう。

「ターン……あっ！　……お前……」

ターンは何が原因でタイプが我に返ったのか全てお見通しであるかのように、唾液でベトベトの指を狭い臀部の奥へ滑らせた。気が狂いそうなほどの締め付けを感じて、タイプが肩を強く掴む。信じられないことに、子供の時の悲惨な状況が頭を過ることはなく……タイプはただ突き上げてくる快楽に全身を委ねていた。

「はぁ……」

再び唇を重ね合わせたが、お互いの顔は見えていない。暗かったのではなく、強烈な悦楽に視界がぼやけていたからだ。奥へ差し込む指の本数を増やすと、あまりの気持ちよさにタイプは我を忘れ、熱いモノ同士を自ら擦り合わせた。

「もういいだろ……我慢できないんだ……」

ターンはそう囁き、相手が答える前に指を狭い入り口から引き抜いた。そしてタイプの洋服の裾を掴むと一気に引き剥がし、タイプもそれに応えるように自らの身体から洋服を振り払う。以前はくすぐったいと言っていたタイプの乳首に、ターンの熱い口が下りていった。

欲求不満だったのがいけないんだ。

「ただ寝るだけだからな」

言い訳のような言葉がタイプの口から漏れる。ターンがタイプの腰を持ち上げてまさに自分の熱いモノを狭い入り口に差し込もうとした時、タイプは本能で自ら腰を沈めた。

「うぅっ！　あ……ターン……くそっ！」

タイプは短く罵声をあげ続けながらも、さらにゆっくりと腰を下ろしていった。痛みや快感はもちろん覚えている。それ以上に、ターンの硬さや熱さ、そしてそれが内部の筋肉の壁にぶつかって自分の中でピクピクと痙攣しているのを感じていた。

「痛いけどっ……気持ちいい……」

タイプは息を切らしながらそう言って目を閉じた。熱いモノが未開の奥地まで入ってくるような感覚に、ここでやめるのであれば殺してくれとすら思っていた。

「はぁ……お前……締め付け……いい」

タイプの締め付けにターンの酔いもすっかり覚め、中の熱でターンのモノは今にも溶けだしそうだった。タイプの内部は激しさを求めて吸い付くように動いた。

「締め付けって……あっ……なん……だよ……」

タイプは叫ぶように答えながら、さらに腰を下ろし、奥まで届く燃えるように熱いモノの感触を貪った。もう二度と絶対足を踏み入れないと誓った世界に、また来てしまった。

どんな世界だっていい。なんて気持ちいいんだ。

タイプは腰を上下に動かしながらターンの肩を強く掴んだ。奥まで突き上げられるたびに喉まで出かかった嬌声を堪える。しかし、最も敏感な箇所をターンのモノで突かれると、タイプは身体を震わせながら声をあげた。

「俺が……動く……」

タイプのぎこちない腰使いに、ターンは低い声でそう言った。答えを待たず、両手でタイプの腰を持ち上げて自分のモノを引き抜く。

「ベッドを押さえておけ」

いつものタイプであれば、拭き掃除をしないまま埃(ほこり)の溜まったベッドの縁には絶対に触ることはない。しかし今だけはそんなことを気にする余裕はなかった。ベッドに掴まって背中を向けると、ターンは先ほどよりも濡れて滑るモノをゆっくりと挿入してきた。

痛いけど気持ちいい……その感覚だけがタイプを支配していた。

「はぁっ……！」

タイプが口を開けて大きく息を吸うと、休む間もなくターンの熱いモノが奥まで差し込まれ、両手でシーツをぎゅっと握りしめた。リズムを刻むようにターンが動きはじめ、タイプは自分の熱いモノに手を持っていく。

「はぁ……！」

そして顔を後ろに向けてターンの熱いキスを受けながら、無意識のうちに片膝をベッドに上げ、ターンが奥まで届きやすいように姿勢を変えていた。キスで口を塞がれていなければ、大きな声が漏れて、他の部屋のみんなを叩き起こすことになっていたかもしれない。それほどまでに激しくて熱い営みだったのだ。

二人とも絶頂の瞬間を迎えつつあったが、どちらも動きを止めることができなかった。荒い息遣いだけが部屋に響き、そして……声を我慢していたタイプの身体がビクッと大きく仰け反り、何日間にも亘って鬱積した欲情が体外に放たれてシーツは体液でぐちゃぐちゃになった。絶頂に達したタイプの蹴りが入る前に終わらせようと、ターンは一層腰の動きを速めた。ターンが達するのを待ってくれるなんて、タイプも優しいところがある。

「イくっ……うっ……うぅ」

最後に一度突き、ターンは慌てて引き抜いた。タイプの腰から下半身一帯にかけて、そして背筋にも精液をぶちまけられ、タイプは歯軋りをした。こうして二回戦目も無事に終わり、タイプは自分のベッドに横たわった。仕掛けてきた奴を怒鳴る体力など、もう残っていない。

「はぁ……はぁ……お前が……シーツ……洗濯……しろよ！」

「俺が……新しいの……買って……やる」

彼らは肩で息をすることしかできなかった。今晩の激しい運動は……二人にとって、一回目の何十倍もの快楽だった。


熱く激しい二回目の情事を終えて、これまで殺したいほど嫌悪し合っていた二人が愛の言葉を並べて抱き合うなんて思っているとしたら、大きな勘違いだ。情事の後、タイプは歯を食いしばりながら疲労しきった身体をよろめかせてターンのベッドへ移動した。自分の体液まみれのベッドで寝るのはどうしても避けたく、新しいシーツを買ってくれると約束したターンを自分のベッドに寝かせることにしたのだ。結局、昨晩はお互いのベッドを交換し、言葉を交わすこともなくそのまま眠りについた。しかし今朝……。

「くそっ！」

「起きたか？　大丈夫？」

時計の針は既に正午近くを指していた。死んだように眠っていたタイプが目を覚まして身体を動かすと、口から思わず悲鳴が漏れる。身体は引き裂かれたように痛み、特にタイプの狭い入り口は顔が青ざめるほどに強烈な痛みを発していた。

先に起きてはいたが、二日酔いで授業をサボっているターンが心配そうに歩み寄ってきた。彼のシャープな顔は、なんの準備もなくいきなり襲ったことを反省している様子だった。コンドームをつけなかっただけではない。全ての手順を無視して突然挿入したのだ。今日一日タイプが起き上がれなくても全く不思議なことではない。

「俺と同じ目に遭ってみるか？　馬鹿野郎！　ちくしょう！　ふざけるな！　女々しいぞ！　約束だったじゃないか！　うぅ……肛門が裂けてる気がする！」

タイプは考える余裕もなくスラスラと暴言を吐いた。しかし自分の大声が下半身に響き、身体を一瞬ビクッとさせると、頭を抱えたまま再び寝ようとする。

ターンは自己嫌悪で大きくため息をついた。

「悪かったって。昨晩は酔っ払ってて頭が働かなかったんだ」

「言い訳するな！　二回目のチャンスを狙ってたんだろ！」

痛みに耐えるような声できつく詰められ、ターンは何も言い返せなかった。可哀想なほど血の気が引いているタイプの顔を屈んで見ると、言い返す気にもならない。ターンは真剣な声で言った。

「ああ、確かに狙ってはいた……でも、あんなにお前のことが欲しくなるとは思ってもいなかった」

欲しくなるってなんだよ！

タイプは奥歯を噛み締める。欲しくなるという彼の言葉に、不思議な感情が芽生えた事実を拒もうとしたが、その思いを否定することはできなかった。なぜならタイプも欲しかったのだ。非があるとすれば、昨晩のような激しい情事を求めてしまうほど欲求不満だった自分もだろう。

「触るな！」

ターンの大きな手が額に触れそうになり、タイプは顔を背け冷たい声で言い放った。しかし彼は引かずにベッドの側に膝をついて座ると、手の甲を額ではなく喉に当ててくる。

温かい手の平に、タイプは昨晩のことを思い出した。

「熱が出てなくてよかった」

ターンの安心したような声を聞いて、親切心に対してすら拒絶の姿勢を見せていたタイプは一瞬黙り込んだが、すぐさま苛ついた声音で言った。

「心配なんかするな。俺は男だ。これくらいで死ぬわけないだろ」

タイプはどこまで行ってもタイプのままだ。立ち上がることもできないのに強気な言葉を放つ彼に、ターンは思わず失笑してしまう。しかし、身動き一つできずに訴えかけてくるタイプの声は真剣そのものだった。

「自分の嫁の心配をしなかったら、誰を心配すればいいんだよ」

なんだって⁉　嫁⁉⁉

「嫁」という言葉を両耳でしっかりと聞き取ったタイプは両目を見開いて、まだ熱を測っている彼を見つめ返すことしかできなかった。しばらくしてやっと我に返り、険しい声で伝える。

「俺はお前の嫁じゃない！」

「俺の下で気持ちよさそうにしてたじゃないか」

そう言い返されるのを分かっていたかのように、ターンは静かに答えた。確かに身体の相性はとてもよかった……よすぎたといってもいい。

タイプは奥歯を噛み締めながら立ち上がり、真剣な眼差しで睨みながら言った。

「ターン、俺とお前はただのセフレっていうだけだ。それ以上でも以下でもない。彼氏彼女でもないし、付き合ってるわけでもない。欲求不満な男二人が寝ただけ。それだけのことだ」

そう語るタイプの顔をターンも負けじと真剣に見つめ、目を逸らそうとしなかった。二回目が終わった今、三回目、四回目もあるだろうとタイプは思いはじめていた。しかし、ベッドの中のことだけで収めておけば、そんなこともあったという武勇伝としていつの日か笑い飛ばせる日もくるだろうと思っていたのだ。

一人の男が男と寝るのを試してみただけ……それだけの話にしたかった。

セフレだと主張して譲らないタイプにターンはため息をついたが、やがてテーブルの方を向き、何も言い返してこない。そしてテーブルの上に置かれた朝食兼昼食を、ベッドにいるタイプのために準備した。

「その話は時間がある時にでも話そう……お粥を買ってきたんだ。腹減ってないか？」

タイプは、セフレに対する扱い以上の親切心は拒みたかった。しかし昨日の夕方から何も胃に入れておらず、激しい運動をしたこともあり渋々ベッドから下りる。そして、奥歯を噛み締めて尻の痛さに耐えながら座った。

「食べろ。薬を飲まないと」

何も話したくなかったが、自分のために薬は飲むことにした。薬でこの痛みが消えるのであれば、薬嫌いの子供みたいに駄々（だだ）をこねることもない。

ちょっと待てよ……薬⁉

お粥をスプーンで口まで運ぼうとしていたタイプの動きが止まり、ペットボトルの蓋を開けようとしていたターンを険しい目で睨みつけた。彼の眉がピクッと動く。

「なんだよ」

「お前、病気持ちじゃないだろうな⁉」

薬といえば病気だ。大事なことをすっかり忘れていたタイプは鋭い声でターンに問い詰めた。

昨晩はあまり頭が働かなかったが、今ははっきりと思い出せる。昨晩、あいつは……コンドームをつけなかった！

失礼な質問にターンは眉をひそめたが、タイプの顔が不安で青ざめているのを見ると、仕方なく首を振った。

「違うよ」

「信じられるか！」

言葉に被せるように言い放ち、タイプは昨晩の後悔に手にしていたスプーンを握りしめる。

「何人と寝たことがあるんだ？　もしお前が性病にかかってたら俺に感染（うつ）るじゃないか！」

できることなら立ち上がってターンの首を絞めてやりたい。一方ターンは、その見下すような言葉に一瞬眼光が鋭くなったが、努めて冷静に答えた。

「俺は誰とでも寝るわけじゃない。よく聞け。俺は浮気しないし、簡単に寝ない。俺の元恋人を悪く言うのはやめろ。お前のために言ってやるが、大学に入る時に健康診断書を提出したの覚えてるだろ？　高校から大学にエスカレーターで上がってくる俺らも一緒だ。しかも大学に入ってから……俺はお前一人としか寝ていない」

全ての疑問を打ち消すように明確に否定しても、タイプは頭を振るばかりだ。

「自分の目で見るまで信じられない！」

そしてスプーンを投げ捨てそうな勢いで言い、シャワー室へ行くために必死に立ち上がろうとする。

「どこか外に出るのか」

目を伏せながらターンが尋ねると、彼はバスタオルを手に取りながら真剣な表情で答えた。

「病院だよ。お前に検査を受けさせないと」

眉をひそめたターンは性病持ちだと決めつけられていることが不本意で一瞬黙り込んだが、静かに告げた。

「じゃあ、お前も調べないとな」

「は？　なんで俺まで検査しないといけないいんだよ？」

ターンは即答する。

「それは自分勝手だよ。俺はお前のためになんだってしてきたじゃないか。お前はどうなんだよ。何かしてあげようっていう気持ちはないのか？　もし病気持ちなのが俺じゃなくてお前だったらどうするつもりなんだ？」

足を引きずって部屋から出ていこうとしていたタイプは一瞬固まると、振り返って鋭い目でターンを睨んだ。しかし、よく考えてみると彼の言い分はもっともだという結論に達したらしい。

「じゃあ、俺も検査するよ……それでいいだろ？」

ターンは笑みを漏らして頷いた。部屋を出ていく彼の後ろ姿を目で追いながら、少しずつ顔を大きくほころばせる。二人で性病検査に行くというのがまるで……恋人同士が婚前検査を受けるようでおかしかったのだ。

自分は病気持ちではないという自信が百二十パー

セントあるターンは、タイプを安心させるために検査に行くことを承諾した。口にはしなかったが、今日からこの二人の関係が終わる日まで「ターンにはタイプしかいない」と証明できるいいチャンスだと思ったのだ。

　ただのセフレだと言われても、それだけで終わらせるつもりは全くなかった。


　話がまとまった二人の男子——もちろん大学の制服を着てくる勇気はなかった——は、病院の待合室で検査結果を待っていた。ターンは絶対に病気は持っていない自信があったが、タイプは青ざめた顔で座っている。ターンが心配そうにするとなんてことないと強がるくせに、実際のところは歩くのもままならない様子だ。

「はぁ」

　ターンは大きくため息をついた。情事の後にどれほどの痛みがあるのか、経験したことがあるターンにとって「なんてことない」ものではないと分かっている。昨晩は酔ってしまっていたが、次回からはこれまで以上に念入りに準備をしようと心に誓っていた。

「何ため息なんかついてるんだよ。やっぱり病気持ちなのか?」

　タイプの言葉にターンはまたため息をつく。今暴言を吐いている奴と、自分が両腕で抱きしめた奴は同じ人間なのだろうかとすら考えはじめていた。

　ターンは疲れきったように言った。

「そういう偏見に満ちた考えはやめろよ。お前が考えてるようにゲイがみんな誰とでも寝るわけじゃないんだぞ」

「ふっ、俺とだって寝たじゃないか」

　周囲の人に聞かれないように小声で嘲るみたいに言われ、ターンはやれやれと頭を振った。

「だから、誰とでもじゃないって言ったじゃないか。俺がお前と寝たのは……」

　タイプの目をしっかり見つめながら、真剣に続ける。

「……お前のことが好きだからだ。お前が思ってるような、ただ欲求不満だったからってわけじゃない」

真剣な告白に、タイプは彼の内心を探るかのように目を見つめ返して黙り込んだ。そして何も答えずに視線を逸らすとちょうど看護師に名前を呼ばれ、立ち上がって足を引きずるように医務室へ入っていく。同時にターンも名前を呼ばれ、隣の医務室へと入った。

「安心しなさい、心配するような性病は何もないから。君のような若者が検査に来てくれたなんて、医者として喜ばしいよ。恥ずかしがることじゃないんだ。検査の重要性を君みたいにみんながもっと理解してくれるといいんだけどね」

検査結果の予想はついていた。医者の賛辞に笑顔でお礼を言うと、イライラした顔で座って待っているタイプの元へ戻る。彼の顔色にターンは眉をひそめた。

「どうだった？」

心配そうに聞くと、タイプは顔を上げて奥歯を噛み締めながら低い声で答えた。

「医者の野郎、男と寝たかなんて聞くんだ。俺のプライベートまで首を突っ込んできてさ。検査結果だけ言えばそれでいいのに！」

タイプももう既にゲイの世界に片足を踏み入れているというのに、相変わらず偏見じみた不平を言っている。ターンはため息をつくと、頭を振って隣に座った。

「医者も身体の状態を確認するために聞いただけだろ。答えておけばいいじゃないか」

「身体の状態なんて関係ないだろ。次にまたあんな顔で俺を見たら殴ってやる」

青い顔で震える足を引きずっていたら、その医者じゃなくても何があったのか聞いただろう。しかしそんなことは彼に言えなかった。面倒くさい話になるのを避けたかったのだ。ターンは話を変えるように低い声で聞いた。

「で、結果は……？」

「俺が病気持ちとでも思ってるのか？　なんの病気もなかった」

　喧嘩腰にそう答え、お前も結果を言えといわんばかりにターンの目を見てくる。その様子にターンは笑って答えた。

「俺もだよ。安心しろ」

　タイプは大きくため息をついて両手で髪を掻き上げた。すると何時間も耐えていたストレスから解放されたかのように……。

　グーーーーーーーーッ！

「ぶっ！　……ははっ！」

「何がおかしいんだよ！」

　朝からお粥を二口しか食べていなかったタイプのお腹が、大きな音を出して鳴ったのだ。ターンが堪えきれないように大声で笑うと、タイプは恥ずかしさを隠すように大声で叫んだ。赤らんだ彫りの深い顔を背ける様子は……とてもかわいかった。

　笑いを堪えようとしてもおかしいものはおかしい。喉に何かが詰まったように慌てて咳払いをすると、彼の顔はますます険しくなっていった。

「検査も終わったし、ご飯でも食べに行こう。俺もお腹減ったしさ。もう夕飯の時間だ」

　ターンはそう言いながら彼の肩を支えて立ち上がらせようとしたが、恥ずかしがっているタイプは逃げるようにして低い声で言った。

「俺に触るな！」

　他意はなく、青白い顔で歩いている可哀想なタイプに手を貸しただけだ。しかし結局、ターンはタイプの側を歩くだけにした。そして、空気が重くならないように努めて明るく聞いた。

「それで、これから俺とお前の関係は……」

　タイプはターンをキッと睨むと、少し言葉を選んでいる様子を見せた。そして最終的に口から出てきた言葉は……拒絶ではなかった。

「セフレだ」

　ターンの顔に笑みが浮かぶ。少なくとも二度と触るなとは言われなかった。ゲイ嫌いのタイプに好きになってもらえるチャンスはまだあるのかもしれない。二人の関係はまさに今始まったばかりだといってもいいはずだ。

看護師の女性たちがヒソヒソと噂話をする声は二人の耳には全く届いていなかった。考えてもみてほしい……十八、十九歳の青年が二人で一緒に性病検査に来て、しかも一人の顔は青ざめているのだ。どう見ても……。

「二人ともイケメンなのに、もったいないわね」
「一緒に性病検査に来るってことは、真剣に付き合ってるみたいね」

看護師の女性たちは見当外れなことを小声で言い合っていた。ひょっとしたら将来的にはそうなるかもしれないが、それは神のみぞ知る……だ。

第十八章　口では嫌だと言っても

「昨日はどこに行ってたんだよ」

「お前には関係ないだろ」

「おい、酷い言い方だな」

　今日、タイプとテクノーは同じ授業を受けていた。水泳の授業が自主練の時間に入ると、ひょろりと背の高いテクノーは、昨日は影も形もなかったタイプにそう尋ねたのだが、途端に罵声を浴びせられることになってしまった。

「蹴りを入れずにちゃんと答えただけマシだと思え！」

「それだよ、それ。本当に口が悪いな、お前は」

　タイプの罵声にうんざりした顔をしながらも、テクノーは話を続けた。

「体調悪いのか？　サボっただけ？　チャンプから聞いたけどお前、今学期休みすぎらしいな。まだ前期だっていうのに大丈夫か？」

　優等生ではないテクノーの方がずっと危うい状況ではあったが、心配そうに尋ねられタイプは黙り込んでしまった。テクノーの言う通り、今学期の授業にあまり出席できていない。熱を出して休んだり、先輩たちと揉め事があったり、一日中ベッドで寝込んだりして、褒められるような出席状況ではなかった。

「少し体調が悪かっただけだよ。俺の心配するなら自分の心配をしろよ。今学期も半分が終わったっていうのに、まだ泳げないじゃないか」

　タイプはプールの隅で水に浮かびながらそう言うと、〝陸のエース〟が水中で手足をバタバタして縁を掴んでいる姿にチラッと視線を向けた。テクノーは敵意を剥き出しにして言い返す。

「ほっといてくれよ。試験本番になったら泳げるようになってるさ。能ある鷹は爪を隠すってことわざ、知らないのか？　プールの向こう側までひとっ飛びだ」

　未だ縁をしっかりと掴んで離そうとしない彼に、

タイプは近づいた。

「やめろ！　近づくなよ。近づいたら蹴りを入れてやるからな。触るなよ」

テクノーは喚きながら、憐れみの目で見ているタイプにバタ足で水飛沫を浴びせる。

「ところで、ターンにお礼は言ったのか？」

「礼？　なんの？」

タイプは意味が分からないというように頭を振って不思議そうな顔をした。授業に行けなかったのはすべてターンのせいだというのに……もちろん絶対に友達には話せない秘密だが。

「え、まだ言ってないの？　熱が出た時に看病してくれたのも、先輩と話をつけてくれたのもあいつじゃないか。きちんとありがとうって言った方がいいぞ」

親友のその言葉に、誰のせいであんなことになったんだとタイプは目を丸くした。しかしターンには確かに借りがあるのも事実だ。そこまで恩知らずではないため、おずおずと聞く。

「どうすればいい？　あいつのところに行って感謝してるって言えばいいのか？　それともありがとうってメモに書いてあいつのおでこにでも貼るか？」

「それだ、それ。おでこに貼ろう。お前みたいな奴は素直にありがとうなんて言えないだろうしな」

「おでこは冗談だよ」

被せ気味に言ってテクノーの言葉を遮った。

「お前がそういう奴だからじゃないか。もし親友じゃなかったら絶対に助けてなんかやらないぞ。お礼の言葉もまともに言えないような奴なんだから」

二人の関係にまで言及して長々と文句を言われ、タイプは大きなため息をつく。

「俺にどうしろっていうんだ。お前の言う通り、あいつに礼を言うから考えろよ」

「ご飯を奢るっていうのはどう？　もちろん俺にもだぞ。色々根回ししてやったんだから」

こいつ、タダ飯を食べたいだけだな。

満面の笑みを浮かべているテクノーを見ながらタイプはそう思ったが、彼の言う通り、確かに散々世話になった。ルームメイトを部屋から追い出すために東奔西走してくれる友達なんてそう何人もいないだろう。自らターンにお礼をしたいわけではないが、テクノーがそう言うなら仕方ない、とため息をつく。

「分かったよ。好きにしろ。俺があいつを呼ばないといけないのか？」

　ご飯を奢るだけだ。

「よし！　お前がターンを誘えるとは俺も思ってないさ。いいよ、ここは俺からあいつにメッセージを送っておくから。ギターの弾き方を習いたいって頼んだら、簡単なコードをいくつか教えてくれるってちょうど話してたんだ」

　タイプは信じられないという顔でじっとテクノーを見つめた。自分がターンと死闘を繰り広げている間に、いつの間にかあいつと仲良くなっていたのか。親友のテクノーがギターに興味があることすら知らなかった。

「ところで、お前とターンの関係はどこまでいったんだ？　あの先輩たちも、ターンの熱意にお前がそろそろ心動かされたんじゃないかってしつこく聞いてくるんだ。お前みたいな奴が簡単に心を動かされるわけがないって俺は笑ってやったけどな。先輩たちと賭けてるんだ。お前が落とされなかったら俺の勝ちさ」

　テクノーのデリカシーのない話に、タイプは奥歯を噛み締めた。

　あいつら、俺をあんな事件に巻き込んでおいて、よくもそんな賭けができたもんだな。

　執念深いタイプは事件のことを思い出して苛立ち、これ以上プールの中でじっとしている状況に耐えられなくなった。そして……。

　ザッバーン！

　タイプに溺れさせられたテクノーがプールの縁に掴まって顔を上げると、一年生の女子たちが何事かと一斉にこちらへ視線を向ける。タイプはニヤリと笑いながらテクノーに告げた。

「お前の先輩に伝えておけ。俺に――」

　テクノーは顔を上げ、必死の形相で言葉の続きを待った。タイプはまたしても笑う。

「俺に関わるな!」

南部の青年はそれだけ言うと更衣室へ行き、シャワーを浴びて制服に着替えた。しかし、「どこまでいったんだ」というテクノーの言葉に胸中穏やかではなかった。

『……お前のことが好きだからだ……ただ欲求不満だったからってわけじゃない』

俺みたいな男を好きとか、全く理解できない!

考えれば考えるほど、原因不明の苛立ちは募っていった。


わざわざ呼んだのに。

タイプは腕組みをしながら心の中で毒付いた。レストランの入り口のドアを見ると、背の高い〝万里の長城〟がちょうど店に入ってきた。外の熱気で顔が汗ばんでいる。タイプの後ろの席に座っている女の子たちが、熱い視線で奴に見惚れているのが振り返らなくても手に取るように分かった。

「遅れてごめん。こんなに授業が長引くとは思ってなかったんだ」

ターンはメニューに見入っているテクノーの方を向いて笑顔でそう言った。タイプは彼と目が合うと、肩を竦めて慌てて視線を逸らした。

直視できない。ターンの顔を見たら数日前の出来事を思い出してしまう。

「座れよ。俺たちも今席に着いたばかりなんだ。トッピングは何にする?」

時計の針は十六時半を指している。店が混む前の、夕食にちょうどいい時間帯だ。テクノーがターンをもてなすために選んだレストランは窯(かまや)焼きピザの有名店で、彼はなんのトッピングにするか頭を悩ませていた。一方、タイプの頭を悩ませていたのは「遅れてきたターンがどこに座るのか」という一点のみだった。

正面に座られたら……あいつの顔を見ないといけない。隣に座られたら……狭い席に密着して座らないといけない。

　タイプがどちらも選べずに堂々巡りを繰り返しながらターンの動向を探っていると、奴もどちらに座ったらいいのか考えあぐねている様子だった。

「先に注文しておいて。俺はなんでも食べられるからさ。ちょっとトイレに行ってくる」

　スリリングな映画のような駆け引きだったが、ターンは鞄をテクノーの横の椅子に置くと、そのままレストランの奥へ消えていった。タイプは目で彼の背中を追ってしまう。不穏な空気を全く読めていないテクノーはまだメニューに夢中だ。

「チーズ追加でこのトッピングがいいな。一枚で足りるかな。ガタイのいい男が三人もいるもんな」

「二枚食べたかったら頼めよ。奢ってやるって言っただろ」

　足りるかどうか不安げな様子に気付いてタイプがそう言うと、奴は遠慮というものを知らないのか笑顔になった。

「すみません、注文お願いします！」

　そのままウエイトレスを呼び、メニューを片っ端からオーダーしはじめたテクノーに、タイプは眉をひそめる。

　俺に礼をさせに来たんだろ。それとも財布が空になるまで搾り取ろうって魂胆か？

「お飲み物は何になさいますか？」

「水を……タイプ、水でいいか？」

　一人で注文していたテクノーに聞かれ、タイプは頷いた。

「そうだな、水で」

「ターンはどうしようか？」

　タイプは無意識に答えていた。

「じゃあサイダーで……」

「ん？　あいつ、サイダーが好きなのか？」

「うん、頼んでおけよ。間違いないから」

　あいつが飲むものは限られている。水か炭酸水だったら、炭酸水を選ぶに違いない。

「俺のことよく知ってるな」

　トイレに行ったターンがちょうど戻ってきた。タイプは驚いて一瞬ドキッと身体を強張らせ、慌てて顔を上げる。彼は笑っていた。

シャープな顔から発せられる微笑は、普段は鋭い目を穏やかに見せた。しかも、ターンの片手がタイプの肩の上に〝意図的に〟置かれた。タイプは彼を凝視した。

肩から手を離せ。

目でそう訴えたが、奴もそれに目で答える。

嫌だね。

「サイダーですね」

タイプが言葉を発する前にウエイトレスが注文を繰り返し、ターンが頷いて答えた。

「はい、その通りです。こいつ、俺のことをよく分かってるんで」

くそっ、俺がいつからお前のことをよく分かってるっていうんだよ！

からかわれ、タイプは拳を強く握りしめた。何か言い返したかったが、瞬き一つせずに自分を睨んでいるテクノーの視線を感じる。レストランには他の客も多く、ここで揉め事を起こせば間違いなく三人ともここから追い出されるだろう。タイプは努めて冷静になろうと、ターンの手が置かれた肩を引いて顔を背けた。

「なんでこっちに座るんだよ」

隣で何かが素早く動いたのを感じ、慌てて視線を向ける。鞄をテクノーの横の椅子の上に置いたというのに〝万里の長城〟は隣に座ってきたのだ。振り向いたターンと目が合った。

「こっちに座っちゃダメなのかよ」

「お前の横には座りたくない」

ターンの眉が一瞬ピクッと動いたが、彼は冷静に言った。

「同じ部屋に住むことはできるのに、なんで隣に座るくらいで文句言うんだ」

「そうだよ。なんでターンの隣に座りたくないなんて言うんだ。説明してみろ」

向かいに座っている無慈悲なテクノーにまで尋ねられ、タイプは目を光らせて重い口を開く。

「だって、俺はゲイが——」

「過去のことから何も学んでいないんだな」

タイプはギクッとして慌てて口をつぐみ、真剣な表情のターンを見た。そして彼の険しい眼差しの中に、タイプのことを本当に心配している気配が隠されているのを見逃さなかった。懲りずに酷い発言をしかけたことに怒っている様子はない。テクノーがその場の空気を変えるように明るく言った。

「喧嘩はダメだぞ。仲直りしたんだろ。お前もだ、タイプ。ゲイ嫌いのその病気を治せ。ちょうどターンと知り合えたんだし、この機会にその病気を克服しろよ」

何も知らない親友がそう言うと、自分がリハビリに利用されることについては気にしていない様子のターンは静かに笑い、低い声で続けた。

「そうだ。お前は俺に慣れろ」

全方向から集中攻撃を受け、苛立ったタイプは目を瞬かせたが、何も言い返さずに我慢した。

ゲイ嫌いを克服しようとして、もう二回もターンと寝たんだぞ！　テクノーの奴、何も知らないくせに口を出すなよ。

テクノーとターンがまるで昔からの友達同士のように楽しそうに話をしている中、タイプは静かに腕組みをして一人考え事をしていた。テクノーは誰に対してもフレンドリーな性格なので、彼と仲良くするのは不思議なことではない。みんなと仲良くしていれば、サッカー部のキャプテンを決める選挙の時に有利だと考えているからだ。だが、隣に座っているあいつが問題だ。テクノーと親しくなりすぎだろう。

「テクノー、ケチャップ取ってくれ」

熱いピザが二枚テーブルに置かれると、タイプは頭から苛立ちを振り払うかのように友人に頼んだ。隣に座るターンの大きな図体が邪魔して自分では取れなそうだったからだ。しかし、声をかけられたテクノーはカリカリに焼けたピザを頬張り、ターンを指差すだけだった。まるで……ピザを食べるのに忙しいからターンに取ってもらえ、とでもいうように。

「他のもいるか？」

　手が空いていたターンはケチャップを取りながら、他の調味料の瓶を指して尋ねたが、タイプはぶっきらぼうに答えるだけだった。

「ケチャップ」

「ケチャップだけでいい、他のはいらないって答えるのがそんなに難しいのかよ」

　ターンはうんざりしたようにそう言ったが、ケチャップの瓶の蓋を外して……タイプの皿に入れてあげた。

「おい、自分で入れるからいいよ」

「足りるか？」

　タイプは慌てて自分の皿を取り戻そうとしたが、ターンは皿を掴んで離さない。しかも、これで充分か眼差しまで含めて聞いてくる。何も知らない人からしたら、まるで吐き気がするほどロマンチックな関係に思えただろう。ただ、テクノーには……二人の間に高圧電流がバチバチと音を立てて流れたのが見えた。

「自分で入れるって」

「もっといるか？」

　譲り合うことを知らない頑固者はタイプだけではないらしい。タイプは奥歯を噛み締め、視線を皿に落としてケチャップを見ると、険しい声で言った。

「もっと」

　タイプがそう言うとターンはケチャップをまた皿に入れ、もう充分だろ、というように眉を上げてこちらを見た。

「もっとだよ」

「まだ足りないのか」

　ターンの独り言にタイプは眉をひそめたが、そんな表情に気を取られることもなくケチャップを皿に入れ続ける彼を見て、全てを諦めたようだ。

「もういいよ。ケチャップの中で泳げるくらい大量じゃないか」

　タイプの嫌味を聞いて、ターンは自分の皿にケチャップを分け移した。

「これでいいだろ？」

あまりの寒気に、タイプは身体を大きく震わせた。ターンの思惑に気付き、頭から足の爪先まで身体中の毛が一斉に逆立つほどぞっとしたのだ。

まるで恋人みたいじゃないか……！

「もういい！」

押し殺したような低い声でそう言うと皿を強引に引き寄せ、タイプは黙々とピザを食べはじめた。文句を言ってやりたかったが、向かいに座る食いしん坊のテクノーが気になって何も言えない。万が一、ターンとルームメイト以上の関係になってしまったことがバレたら、殺人事件より遥かに大ごとになる展開が目に見えていたからだ。

あいつと寝たことは絶対にバレないようにしないといけない。

タイプに視線を向けていたターンは少し微笑み、静かにピザを食べ続けた。テクノーだけがしゃべり続けていたが、ふいに立ち上がって言った。

「トイレに行ってくるね」

事情を知らない友人が行ってしまうと、テーブルには当事者の二人だけが残された。タイプはここぞとばかりに低い声で言いつける。

「言っただろ、俺の世話を焼くなって。あと、脚を離せ‼」

椅子に腰を掛けた時から、ターンは自分の膝をタイプの膝にピッタリと密着させていたのだ。タイプは奥歯を噛み締めてずっとそれに耐えてきたが、ターンは何がいけないのか分からないと言いたげに眉を動かした。

「俺はお前の彼女じゃないんだ！」

同じ言葉を数えきれないほど繰り返してきたタイプに、ターンは答える。

「だからなんだっていうんだよ。お前は……」

しばし沈黙の後、口を開いた。

「……セフレじゃないか。セフレの世話を焼いて何がいけない？」

〝セフレ〟という立場を受け入れたような発言にタイプは安堵のため息をつく。しかしターンは言葉を続けた。

「あと――」

「はぁ、スッキリした！」

　ちょうどその時、思ったよりも早くテクノーがトイレから戻ってきた。そして顔が近づきすぎている二人を不思議そうに見ている。タイプはなんでもないというようにサッと顔を引いたが、内心ではターンの言葉の続きが気になって仕方なかった。ターンがケチャップの瓶――タイプの皿に入れた後、奴の近くに置いておいたのだ――に手を伸ばしながら、耳元で囁いてくる。

「今夜どうだ……？」

　二人の視線が一瞬ぶつかった。テクノーは向かいの席で再び食べはじめている。タイプは奥歯を噛み締め、拳を握りしめながら奴を殴って蹴ってやろうかと考えていた。テーブルの下ではターンに脚を絡められている。その脚を切り落としてやるからなと、心の中で呟くしかなかった。

　今夜は絶対に拒否してやる。

　タイプの苛立ちは最高潮に達していた。この店のピザは絶品だなんて誰が言ったか知らないが、彼女扱いされて食べる有名店のピザより、誰にも邪魔されずに部屋でカップラーメンをすする方がずっといい。

　この野郎が毎回宝くじでハズレを引きますように‼


「いい……ターン……」

「ああ、いい……」

　太陽は地平線に沈み、廊下から部屋に漏れ入る僅かな灯りが、ベッドで重なり合っているターンとタイプの朧げな影を浮かび上がらせている。

　ターンが脚を広げて自分のベッドに座り、その上にもう一方が同じように脚を広げて跨がる。抵抗するタイプをこの体勢に持ち込んで両腕に抱きしめるまで、ターンは膨大な体力を消費し、彼の息は上がっていた。

　二人は何も話さず黙り込んだまま一緒に寮へ戻っ

た。そして部屋に入った途端、ターンは手をバタつかせて必死に抵抗するタイプを後ろから力強く抱きしめたのだった。今にも殴りかかりそうな勢いで拒否するタイプを制しながら、素早く下半身に手を伸ばし……。

「自分に嘘をつくなよ」

ターンの熱い唇がタイプの唇に触れそうになった。もう少しで顔面に一撃を喰らいそうだったが、大きな手の平でいつものように撫でると……タイプは深く、長く息を吸い込み、ターンの頭を掴んで強く引き寄せてキスをした。

いつボクサーパンツを脱いだのか分からないほど、二人は夢中になっていた。思い出せるのは、ターンが先にベッドに座ってタイプを抱き寄せたということだけだ。激しく抵抗されたため、愛撫して抱き寄せるまでにターンの背中は汗でびっしょりと濡れ、何箇所も引っ掻き傷ができた。だが、タイプを膝の上に座らせて下半身を密着させることができた快楽は疲労に勝るものがあった。

ターンは両手で互いの下半身にある熱いモノを合わせ、手をゆっくりと上下に動かした。タイプは歯を食いしばりながらターンの肩を強く掴むと、擦り合っている熱い下半身に視線を向けた。

「もっと強く……」

タイプが低い声で言って自分の腰を押し付けると、熱をもったモノがさらに強く擦り合わされる。

「俺のに触ってみるか……？」

「冗談じゃない！」

口の悪い彼はターンの提案に怒鳴り返しつつも、熱い感触を求め、ターンと同じように両手で二本のモノを密着させた。

「ターン……あぁ！」

ターンの指先が愛液で湿った赤い先端に優しく触れると、タイプは全身を貫くような快感に身体を震わせた。両手の動きが速くなるにつれ呼吸も荒くなり、今すぐにでも達しそうだ。

「嫌だ……今日は中に挿れるな！」

ターンの手が背中に伸び、片方で腰を掴みながらもう片方の指を狭い入り口に滑り込ませようとしていた時だった。今まで快楽に耽っていたタイプの要望に、ターンは意味が分からず顔を上げた。

「なんでだ」

「俺……もう授業を休みたくないいんだ……明日は金曜日だから……あぁっ」

その理由にターンは一瞬黙り込んだが、熱いモノ同士を擦り合わせながら囁く。

「まだ慣れてないだけだろ……何度もしてたら……そのうち痛くなくなる」

「慣れたくなんかない！」

即座の否定に、ターンはニヤリと微笑みかけた。腰をゆっくりと動かすと、ターンの熱いモノはタイプの硬い腹筋に優しく擦られる。タイプは何か文句を言いたそうにしていたが、なんと言ったらいいのか分からずに手の動きを速めただけだった。

突然ターンがタイプの手首をガシッと掴み、主導権を握るように腰を動かしはじめた。彼らのモノはこれ以上ないほどに密着し、お互いを擦り合っている。タイプが低い喘ぎ声を漏らした。擦り合う赤い先端から漏れた白濁色の愛液が混じり合い、どちらの体液なのか分からなくなっていく。

「俺に……キスして……」

「嫌だ」

タイプは口では嫌だと言いつつも、息を荒げながら腰を突き出すと、キスしないならやめるとでもいいたげに手の動きを止めて挑発するように笑った。

「くそっ！」

咄嗟にターンから襟を掴み、腹筋同士が擦り合うほどにタイプを抱き寄せ熱い唇を重ねられ、タイプは大声で喘いだ。その熱で二人の身体は今にも溶けだしそうだった。

「あぁ……いい……」

熱い吐息を互いの口に吹き込み合うと、制服のシャツを着ているのにも関わらず肌が密着しているかのような錯覚を抱いた。さらに舌先を絡めると、熱い二つのモノを隔てている肌が一つになっていく感覚になる。唾液を絡め交換し合う音しか聞こえない。

　互いに譲ることを知らない両者のキスは激しく、二人の下半身は相手を待つ余裕がなくなっていた。甘いキスに応えるかのようにターンの手の動きが速まり、タイプは喉でうめき声をあげる。

「もっと速く……ターン……んん……もうイきたい……」

「俺もだ……もう少しで……」

　ターンも囁くと、タイプの広い胸筋に顔を埋めた。熱いモノを強く握った手を何度か上下させると、二人の白濁色の液体が混じり合いながら放たれた。


　しばらくの間、二人は荒い息のまま無言だった。タイプは周囲を見渡すと、立ち上がってティッシュを取りに行き、自分の身体を拭いてからベッドの上の相手にティッシュの箱を投げた。そしてボクサーパンツを穿き、タオルを取って何事もなかったかのようにシャワー室へ行こうとした。

「タイプ」

「なんだよ」

　ターンが呼び止めたが、タイプは振り返って目を合わせようともしない。まるで恥ずかしがっているかのように耳が赤くなっている。

　いつでも俺に触れると思うなとあいつは言っていたが、結局は毎回……。

「明日は金曜日、明後日は土曜日で授業は休みだ……明日の夕方なら……」

　ターンがそう言いかけると、タイプは玄関のドアの前で立ち止まり、何か考えているかのように一瞬黙り込んだ。

「寝るだけなら……いいよ」

　それだけ言うと部屋から出ていった。ターンはドアが閉まるのを待ってから思わず大声で笑ってしまった。

「新しいシーツを買いに行こうって誘おうとしただけなのに！」

　この勘違いをタイプ本人に指摘することはないだろう。面目を潰してしまうし、そんなことを言っても怒鳴られるだけだからだ。しかしターンはこれまでのアプローチが間違っていなかったことを確信した。

肉体的に魅了すれば心を掴むのは難しいことじゃない！

第十九章　……毎回ヤられる

ドタキャンされたとターンは思っていた。

携帯の時計は夜の九時半を回っていたが、約束をしたあいつの姿は現れない。夕方から待っていたターンは、またいつものように逃げられたのだろうと思って大きくため息をつく。頭の後ろで手を組みながらベッドに横たわり、見慣れている古びた部屋の天井を眺めながら、どうしてタイプみたいな男を好きになったのか思い返していた。

答えは自分でも分からない。

ターンは苦笑した。どうしてこんなにもあいつに惹かれるのか、その理由が自分でも分からないのだ。親友のロンがこのことを知ったら、性格が良い奴なんて他にもたくさんいるのに、口は悪いし、性格も悪いし、うんざりするほどえらそうだし、わざわざゲイ嫌いな人間を好きになるなんて頭がおかしいんじゃないか？　と、きっと言ってくるだろう。

でも、タイプには……かわいいところもあるのだ。

「ふっ」

再びターンは自嘲(じちょう)気味に笑った。過去に性犯罪被害に遭って泣いていたタイプが好きなのか、同性愛者に偏見を持っている差別野郎のタイプが好きなのかも分からない。ただ、あいつの世話を焼いてあげたい、あいつを守りたい、悪夢から救ってあげたいという気持ちだけは確かなのだ。

あいつが過去に何をされたのか知った時はあまりの怒りに黙り込むことしかできなかったが、次第に憐れみを抱くようになった。だからこそこんなにも惹かれているのかもしれない。

「ははっ」

タイプがこんなことを聞いたら笑いだすだろうな。

ターンは長くため息をつき、堂々巡りをしている自分の想いも一緒に吐き出そうとした。微笑んだり、ため息をついたり、今日の約束をドタキャンした彼への想いでターンの胸は溢れていた。

「ん？」

玄関のドアが開き、横になって静かに考え事をしていたターンの目にタイプの姿が映ったのは二十二時を過ぎた頃だった。目が合うと、部屋に入ってきた彼は一瞬身構えて先に視線を逸らした。そしてテーブルの上に荷物を置くと、ターンの前を素通りしてタオルを手に取った。

「挨拶もないのか」

「おう」

反抗的なタイプの態度にターンは笑いを堪えていたが、洗面道具を取ってシャワー室へ行こうとする奴を見て眉をひそめながら、平静を装って言った。

「俺との約束はドタキャンかよ」

「ドタキャンしてない」

ターンは眉をピクッと上げて頷いた。

「それならいいんだ。早くシャワー浴びてこいよ。この間の続きするぞ」

「今日はしない」

険しい声でそう言われ、こうなることを予想していたターンはベッドに寝そべったまままため息をつき、うんざりしたように言った。

「じゃあ、ドタキャンって俺の言葉は間違いじゃなかったってことだな？」

タイプの目が鋭く光り、ベッドの側まで来て苛ついたように言い返した。

「この部屋でしたくないんだ」

「どうしてだ？」

「においが残るのが嫌だから」

驚きを隠せない様子でターンが彼を見ると、小声でブツブツと文句を言っていたタイプが不満げに言葉を続けた。

「俺とお前のにおいだよ。好きじゃないんだ。昨晩だってにおいが消えるまでずっと窓を開けっぱなしだったせいで、身体中蚊に刺されたんだぞ。だから部屋の中ではしたくない。分かった？」

ターンは黙り込むと、これまで何も文句を言ってこなかったタイプの顔を見つめた。昨晩は手を使っただけで挿入はしなかったが、情事の後いつも逃げ回っていたタイプは、部屋に漂うにおいにこれまで気が付かなかったのだろう。

「分かった」

ターンは簡単に了承すると、ベッドから飛び起きて急いで部屋から出ていこうとした。

「どこ行くんだよ」

「シャワー室」

二本の眉毛を一本に繋がりそうなほどひそめるタイプに、ターンは笑った。

「部屋が嫌ならシャワー室に行こう」

「アホか、他の奴らに聞かれたらどうするんだよ」

タイプが飛びかかってターンの洋服の袖を引っ張った。血走ったその目にターンはため息をつきながら、短気な……いや、同性愛者に偏見を持ちすぎて周りが見えなくなっている相手に説明を始める。

「この時間にシャワー室を使う奴なんて誰もいないよ。それにお前、忘れたのか？　ここは男子寮だぞ。誰が何をしてるかなんて誰も気にしてない。それにこの寮に何人のゲイが住んでると思う？　俺とお前だけじゃないって気が付いてないのか？　シャワー室じゃなければ、奴らはどこでしてると思う？」

タイプは両目を見開いて真剣に語るターンを見ながら思っていた。

信じていいのか？

「それに、お前は断らないだろ？」

タイプはサッと目を伏せる。

「なんで俺が断らないって思うんだよ」

「お前は断らないさ」

その自信に満ち溢れた表情がタイプをやきもきさせた。

「なんでだよ」

「お前も試してみたいんだろ」

タイプはドキッとしてまた黙り込み、立ち尽くした。その沈黙は肯定と捉えられてもおかしくないものだったが、ターンは急かすこともなく、何も言わずにただ立って返事を待つ。

「がっかりさせるなよ」

タイプはそれだけ言うと、シャンプーと石鹸を抱えて部屋から出ていった。ターンは頭を振って少し笑みを浮かべると彼を追った。

思いきりサービスしてやらないといけないな。


古いシャワー室のタイルに、シャワーの水が打ち付けられる音がやむことなく鳴り響いている。音が聞こえてくるドアに耳を当てれば、水音以外にも、唇が肌を吸い込む音や唾液を交換する音も聞こえただろう。ブースの中の二人はキスに夢中で、節水のことは全く頭にないらしい。

二人は一糸まとわぬ姿で唇を重ね、唾液で滴るほどに舌を絡ませ合って互いの熱を交換していた。相手の広い背中の感触を貪るように互いに両手で撫で回すと、重ねた唇はさらに激しさを増していく。

「あぁ……」

ターンが彼の胸筋に手を這わせ、中央にある色の濃い突起を撫でると、タイプの口から熱い吐息が漏れた。チョコレート色の首筋まで舌を這わせたターンは思った……なんて美味しそうなんだ。

なめらかな肌の味は、ほのかに匂い立つ汗と混ざり合い、ターンの欲情を刺激した。そして壁に寄りかかっている、男らしく逞(たくま)しい身体を鋭い目で舐め回すように見つめると、耐えきれなくなったように顔を胸に埋める。その肌は全身あますところなく褐色なのだろうか、薄い色の部位はあるのだろうか、と知りたい欲求を抑えられなかったのだ。考えれば考えるほど舌先の動きは速まり、ターンの好みを全て兼ね備えているタイプの味を貪った。

「ここは感じないって言ってたよな？」

ターンは両手で胸の中央にある小さな突起を摘まみながら囁いた。優しく撫でると、タイプの身体は強張り、喉の奥で低く唸る声が漏れる。指先で摘まんだり、撫でたり、弾いたり、力強く左右から圧を加えたりすると、柔らかかった突起は次第に硬さを帯びてきた。

「前はくすぐったそうにしてたのにな」

「うるさい……あっ！」

タイプの口から喘ぎ声が漏れ、ターンは舌先で優しく突起を転がしはじめた。彼が強烈な快楽に身震いするのを感じると、ターンはますます相手の味を知りたくなり、乳首から臍へ円を描くように熱い舌で何度も舐め回す。唇で乳首を優しく摘まむと、同時に手でも刺激を与えた。

美味しい……もっと舐めたい……全身丸ごと舐めたい……。

少し身体を離し、ターンは彼の筋肉質な身体を見つめた。後ろの壁に腰をもたせかけ、フェロモンたっぷりの表情をしているタイプは、以前から思っていた通りセクシーだ。

彼は運動部らしい体型をしている。背も高く、筋肉も多すぎず少なすぎずでちょうどいい。褐色の肌も魅力的だ。彼のモノが大きさも色も形もいい感じなことを差し引いても、充分に魅力に溢れている。だからこそ、気持ちよくしてあげたいと思うのだ。ターンは彼の全身を舐め回してみたいと本気で思っていた。

「嬉しいよ、気持ちよくなってもらえて」

「全然っ……あぁっ！」

タイプは否定したが、ターンがボディソープを胸筋に注ぐと、奥歯を噛み締めることしかできなかった。ぬるついた指先が濃いチョコレート色の二つの突起に触れると、それらは一層硬さを増す。そしてターンの唇は脂肪が全くついていない腹筋へと下りていき、熱い舌先が臍からさらに下りると、タイプは拳を握りしめた。ターンの両手はまだ胸の突起に触れている。タイプが倒れかかるように肩を壁にもたせかけると、熱を帯びた唇がゆっくりと腰まで到達した。

舌先がタイプのモノの根元から赤い先端まで這い上がり優しく舐めはじめると、タイプは声が漏れないように唇をぎゅっと噛み締めた。荒くなった低い息の音をかき消したくて、シャワーの水量を増やすために蛇口を回す。

目を閉じて快楽に歪んだ表情をしながら息を荒げているタイプを見上げ、ターンは両手で乳首を撫でた後、美味しそうだと思っていたモノを根元までゆっくりと口に含ませた。

「あぁ！」

まず一度吸い上げる。

「うぅ……」

次はもっと強く吸い上げた。

「はあっ……はぁ」

三度目はさらに強く吸うと、タイプは身体を屈ませ、夢中になっているターンの濃い栗色の髪を掴んだ。ターンは止めることを知らず何度も吸い上げながら、タイプの悦楽に満ちた表情を見上げていた。荒い喘ぎ声がさらに欲情をかき立て、堪能する。

ターンが知っている中でタイプは最もセクシーな男だ。雑誌の表紙を飾るモデルよりも、有名なスポーツ選手よりもセクシーで、ゲイを悩殺するために生まれてきたのではないかと思えるほどだった。自分の胸の奥に生じた衝動を「丸ごと呑み込んでしまいたい」以外の言葉では説明することはできない気がしていた。それほどまで、ターンはタイプに夢中になっていたのだ。


ターンはボディソープで塗れた手でタイプの熱いモノを握って上下に動かしながら、身体を起こして唇を重ねようとしたが、タイプに力ずくで拒否された。

「お前……あぁ……舐めた口で……キスするな！」

自分のモノを舐めた口なんだから構わないじゃないか。ターンは、笑えばいいのかうんざりすればいいのか分からず、低い声で囁いた。

「お前も舐めてくれよ」

「冗談じゃない！」

想定内の返答にターンはニヤリと笑う。

「しっかり壁に掴まっておけよ」

「ちょ……何するんだ！」

身体の向きを変えられ、チョコレート色の突起が壁に押し付けられた。タイプは振り返って必死に険しい声を出したが、身体は震えている。ターンは再び床に跪いて言い返した。

「サービスだよ」

「あ……馬鹿野郎、そんなとこ舐めるな……あぁ……」

ターンの熱い舌が尻の溝に触れると、壁に掴まっているタイプは前屈みに倒れ込み、もう少しで自分の顔とモノがぶつかりそうになった。彼の舌に舐め回され、そんなことをされた経験のないタイプは奥歯を噛み締め、壁に爪を立てる。舌がさらに狭い溝に進んでいくと、タイプは尻をきつく収縮させた。

「うぅ」

舌先が触れただけで尻が締まり、ターンは手で左右に優しく開いた。そして……舌先を隙間に差し込んだ。

「や……やめろ……馬鹿……はぁ……ターン、やめて……」

身体の中で最も不潔だとされている場所に熱い舌が下ろされ、タイプは身悶えする。ターンは周辺を舐めると、舌を差し入れようとしていた。脚が小刻みに震えだしたタイプは自分の腕を噛んで声が漏れるのを堪えた。

「はぁ……はぁ……はぁ……」

水はまだ流れていたが、二人ともお互いの荒い息の音しか聞こえていなかった。

「ぐ、うっ……」

そして指がゆっくりと奥まで入ったのを感じると、タイプは目を閉じて腕を強く噛み締めた。ターンは指を優しく動かしながら徐々に出し入れするスピードを速め、指の本数を三本にまで増やしていく。

「指だけでこんなに感じてるじゃないか……」

ターンは囁き、タイプの熱いモノを掴もうと前に手を伸ばした。両手で前後双方から攻め立てられ、慌てて振り向いたタイプの掠れた声がシャワーブース内に響いてしまう。

「お前……くそっ……早く……」

ターンはその言葉に満足そうな表情を浮かべてタイプの後ろに立ったが、指を狭い入り口から抜くことはしなかった。そしてもう片方の手でタイプの顔を後ろに向かせると、また唇を重ねた。タイプは快楽に夢中になるあまり、ターンの唇が何をしてきたか、今度は気を取られなかった。

ちゅっ……ちゅぷ……ちゅっ……。

互いの舌を貪るキスの音が響いている。ターンは指を抜き出し、今にも爆発しそうなほど熱い自分のモノを握って、びくびくと収縮しているタイプの尻に優しく擦り付けた。タイプは手を上げてターンの頭を掴み、低い声で聞いた。

「もう……いいだろ――あっ……いぃ……あ、ああ……」

タイプが言い終わる前に、ターンの燃えるように熱いモノがゆっくりと入ってきた。タイプは目を見開き、片方の拳を握りしめて壁を押さえつけ、もう片方の手で嬌声が口から漏れないように自分の口を塞いだ。そして……少しずつ、どのくらい奥まで届くのか分からないほど大きいモノにタイプは慄いていた。

そんな彼の様子に、ターンはさらにゆっくりと進もうとした。欲情を煽るように両手で腰を掴むと、タイプの中は溶けそうなほど熱く締まってきて歯を食いしばる。そしてタイプの褐色の背中を鋭い視線で捉え、堪えられず舌を這わせて気付かれないようにキスマークを残した。腰の動きは徐々に激しさを増し、それに呼応するかのようにタイプの腰も動きはじめた。

「もっと……あぁ……もっと強く……」

タイプのお願いにターンが応え、二人の身体がぶつかり合う音はシャワーの水音よりも大きくなっていく。しかし、快楽に溺れている彼らにそんなことを気にする余裕はなかった。

二人の身体を濡らしている水滴が、肉体がぶつかり合うたびに卑猥な音を出していた。ターンは手を前に伸ばし、濡れそぼっているタイプのモノを握る。自分の腕に顔を埋めているタイプの表情を見ようとしたが拒まれ、ターンは無理矢理彼の顔を自分の方に向けた。

鋭い目には涙が浮かび、まつ毛は濡れ、頬は赤く染まっていた。開いたままの口からは唾液が顎まで垂れてきている。ターンはタイプを抱きしめると、フィニッシュに向かうよう腰の動きをさらに速めた。

「俺……もう……もう……イきそう」

「俺もだ。あと少し。タイプ、もうちょっと」

間もなくしてタイプが白濁色の液体を放ち、それはシャワーの水とともに流れていった。しかし、ターンは自分のモノをタイプの身体から抜かなかった。

「この野郎、お前、中で……ああっ！」

タイプは驚きで両目を見開いた。自分の体内に精液を注がれたことに気付き、振り返って彼を睨みつける。しかし彼が抜いた瞬間、先ほどの情事で両脚に力を入れることができなくなっていたのか、そのままシャワーブースの床に崩れ落ちてしまった。

「はぁ……はぁはぁ……」

頭から降り注ぐシャワーの水が、髪を伝って顔や身体を優しく濡らしていく。ターンは慌てて蛇口をひねって水を止め、心配そうにタイプの側に跪いた。

「お前……はぁはぁ……大丈夫か？」

「触るな！」

いつもの調子にターンは少しむっとした。しかし彼は体勢を変える力も残っていないのか、両脚を開いて座り込んでいるものの、頬から耳にかけて真っ赤だった。片腕で顔を隠しているものの、荒い息を整えていたターンは思わずもう一度声をかけた。

「大丈夫か？」

「俺に構うな！」

視線を避けるように床に座り込んでいるタイプは精一杯強がって声を荒げ、ターンは笑いを堪えた。

「ごめんって。抜こうと思ったんだけど……あまりにも気持ちよすぎて間に合わなかったんだ」

「この……」

耳を塞ぎたくなるような言い訳に対して、タイプには怒鳴る力も残っていないようだ。

「全部掻き出さないといけないな。俺が手伝ってやるから……」

「出ていけ！」

ターンの親切心を拒絶するような険しい声で命令するも、恥ずかしさのあまり目を合わせたくない様子だ。ターンは仕方なくタオルを腰に巻いて自分の洋服を掴み、出ていく前に真剣な声で告げた。

「全部掻き出さないと、身体によくないぞ」

「この野郎――」

タイプが怒鳴り散らす前に、ターンは急いでシャワーブースを出た。そして恥ずかしがっている彼を思い出し、笑みを浮かべる。

腰が砕けて立つこともままならなかったことを、あいつは恥ずかしがっているのだろう。


あいつがいなくなりますように、あいつの身体がバラバラになって、大地の女神に吸い込まれてしまいますように、あいつにバチが当たりますように！

濡れた髪で部屋に戻ってきたタイプは、何事もなかったかのようにベッドの上で髪を乾かしていた。

どうして……向かいのベッドで横になっているあいつは俺のことをそんな目で見てくるんだ？

壁に寄りかかりながら大股を広げて座っている彼が視界に入るだけでタイプは苛ついた。耳にはイヤホンをつけ、目はタイプの一挙一動を凝視している。その眼差しに、先ほどの熱い情事が頭の中でフラッシュバックしてしまう。

全く経験のない女の子のように脚が震えて立っていられなくなるなんて、誰が想像できただろうか。これまで何度もターンに抱かれていて、指まで挿れられているのに……まるで初めて最高の快楽を体験したかのようだった。

いや、最低だ！

「お前――」

「それ以上何か言ったら、携帯を頭に投げつけてやるからな」

「ふふっ」

タイプは奥歯を噛み締め、投げつけたい衝動に耐えた。頬が熱を持ち、赤いという自覚はあったが、肌が白くないので奴にはバレてないだろう。

「俺はただ――」

「黙れ！」

空を舞ってベッド上にいるターンの顔面にヒット

したのは、携帯ではなく柔らかい枕だった。タイプはベッドに横になると、もう何も言うな、早く寝ろ、と言わんばかりに頭まですっぽりと毛布を被った。

なんで俺はあいつの前だと女の子みたいになっちゃうんだ⁉

悶々としていたその時、近づいてくる足音にタイプは息を押し殺した。ランプの光が遮られ、彼がベッドの隣に立っているのは間違いない。

「タイプ」

「なんだよ」

毛布の下から聞こえるくぐもった声に、ターンは笑いながら枕を返した。

「明日一緒にシーツを買いに行こう」

「なんでもいいからお前が買ってこいよ」

タイプは大声で答えた。

「一緒に行こう。どんなのが好きか分からないし」

なんでもいいって言ってるじゃないか。どんなシーツでも同じだよ。

「答えないなら、かわいい猫の柄にするぞ」

早く自分のベッドに戻って寝ろ、と思っていたタイプは、ターンの返事に固まった。

そんな柄のシーツを買ってきたら燃やしてやる！

タイプは奥歯を噛み締めながら、マヌケな笑顔を浮かべているであろう猫柄のシーツを、彼が買うところを想像した。

「ひょっとしてお前、俺と出かけたら俺を好きになるかもしれないって恐れてるのか？」

ターンの言葉に、タイプは身体を強張らせた。毛布を蹴飛ばして起き上がり、話をつけようと詰め寄るところだったが、顔も見たくないと思い直して起き上がるのをやめる。負けず嫌いのタイプにとって、彼の言葉は挑発そのものだった。

俺がそんなことを恐れているだと⁉

「分かったよ。行けばいいんだろ」

結局誘いを受けることになってしまったが、これは今年一番笑える話だと必死に思おうとした。ターンと出かけたら好きになってしまうなんてあり得ない。一緒に出かけるとしても、出かけないにしても、好きになるなんて絶対にあり得ないのだ。

　もう何も話すことはないだろうと思っていたのに、ターンはまだベッドの側に立っている。そして……。

「じゃあ……」

　ちゅっ。

「おやすみなさい」

　タイプの身体はまた固まってしまった。こめかみに触れたのはターンの手ではなく、それは間違いなく……唇だったからだ。

　おやすみなさい、だと！　俺はお姫様じゃないんだぞ！

　照明が消されて部屋が真っ暗になると、タイプは心の中で叫んだ。奴がベッドに入った音が聞こえても、一体何が起きているのか分からない、奇妙な感覚のままだった。その原因は……おやすみなさいという言葉なのか、こめかみへの優しいキスなのか、自分でも分からなかった。

第二十章　本当は恐れているだけ？

今のタイプの気持ちを表す言葉は……「不愉快」だ。

十時に起きだした二人の青年はそれぞれ身支度を済ませると、十一時過ぎには大学からそれほど遠くないデパートに到着し、ぶらぶらとその中を歩いていた。ここまで一緒に来たといっては語弊があるだろう。というのも、朝の身支度が終わると別々に部屋を出て駅まで行き、電車内でも、乗り換えたバスの中でも別々に座ってきたからである。

デパートを歩いている今でさえ、タイプが前を歩き、ターンはその一メートルほど後ろを歩いている。しかし、タイプがそのことに満足しているかといえばそうでもなく、むしろどれだけ離れていてもしつこくついてきて、きっと自分を見つめているはずのターンにイライラしていた。背中に熱い視線が向けられているのを本能で感じ取り、タイプは眉をひそめて振り向く。

ほら、思った通りだ。

「何見てるんだよ」

ターンは視線を逸らさないばかりか真っ直ぐに見つめ返してきた。二人の視線がぶつかるとターンは口角を上げて笑みを浮かべ、それがより一層イケメンさに拍車をかけている。

「お前の後ろを歩いているんだから仕方ないだろ」

確かにそうだ。

「変な目で見てるんじゃないだろうな」

念を押すようにそう聞いたタイプは、ターンの沈黙で自分の直感は当たっていたと悟った。そして踵を返して彼に近づくと、片方の眉を上げ、変な目で見ているのはバレているんだからなと言わんばかりの表情で尋ねた。

「どうして俺を見てるのか言ってみろよ」

「ん？」

ターンは大きくため息をつくと、重い口を開いて一言だけ告げる。

「心配なんだ」

「心配？」

心配？　しんぱい？　シンパイ？　なんだそれは？　何か心配されるようなことでもあるのか？

何を言われても平常心でいようと決めていたものの、伏し目がちだった眼差しがまるで喧嘩でも始まるかのように険しくなっていく。ターンはこれ以上何も言いたくないというように、大きくため息をついて答えた。

「もう痛くないのか？　昨日の夜あんなに脚が震えていたから。まだ痛いんじゃないかと思って」

馬鹿野郎！

タイプは内心で毒付いた。「痛くないのか」だけで充分意味は伝わったのに、二言目でご丁寧に説明までしたターンの腰を殴り飛ばすところだった。なんとかその衝動に耐えて怒りに奥歯を噛み締めたが、頬は真っ赤に染まっていく。

シャワー室でのことを思い出したからではない。あのおやすみのキスを思い出したからだ。

「俺に構うな！　関係ないだろ！」

タイプは険しい声で言いながら、早くシーツを買ってさっさと帰るために歩きはじめた。これ以上一緒にいたくない。しかしその時、ターンの声が後ろから聞こえた。

「心配しないわけにはいかないさ。お前は俺の嫁じゃないか」

「黙れ、ターン！」

後ろを振り返り喉から掠れるような声を出し、前回よりは痛みを感じていないタイプは歩みを早めた。

彼の様子に〝嫁〟という言葉を使ったターンはというと、ため息をつくしかなかった。タイプの怒りは理解できるが、彼を落とすためには常に攻めの姿勢でないといけないのだ。二人きりで出かけるチャンスがそんなに頻繁にあるわけではないので、ターンはこの機会をなんとか有意義なものにしたいと考えていた。

一方で、タイプはルームメイトの顔面を殴りたい衝動で苛立っていた。しかもターンの〝嫁〟という言葉で全身に鳥肌が立っている。しかし有名デパートの中で何か問題を起こせば、またネットやニュースに晒されるだろう。人生であんな経験はもう二度としたくないという思いが、衝動を抑えていた。

ただの彼女じゃなくて、嫁だなんて言いやがって……夢でも見てろ！

しかし、夢は夢でも叶わない夢ではないことを、その時のタイプは知るよしもなかった。

「あの柄のシーツがいいよ」

「口に足を突っ込んで黙らせるぞ！　おやつに俺の足でも食べるか？」

二人はベッド用品売り場にいた。最初、タイプは市場で売られているような安いシーツで充分だと言ったが、太っ腹のターンはその意見を拒否した。

「値段は気にするなよ。色々とお詫びも兼ねてるんだから」

考えた結果、買ってくれると言うターンの申し出を断る必要はないという結論に達した。しかしあれがいいとターンが選んだシーツは、まるでタイプを馬鹿にして喧嘩を売っているようなもの――チョコレートケーキの柄が一面に入ったパステル色のシーツ――だった。

ケーキ……と俺かよ。

「馬鹿にしてるんじゃないぞ。チョコレートケーキの柄が本当にお前に似合ってると思うんだ」

「俺が陽に焼けて黒いからか？　外国の血が入ってるからって黙れ！」

可愛らしい柄のシーツが絶対に良いと真剣な顔で勧めてくるターンにタイプは言い返した。四分の一しか西洋の血が入っていない彼は眉をひそめる。

「そんな要素なんかほとんどないぞ……どこをどう見てもアジア系なのに」

「目だって茶色いじゃないか。鼻は壁みたいに高いし。誰かの目に突き刺さったことがあるんじゃないのか？　肌だってこんなに白くて、ふわふわの体毛が身体中生えてるしさ」

タイプは苛ついて鼻声になった。どうしてだか分からないが、言っているうちにまるで彼を褒めているような気分になったからだ。実際、ターンは全男子が羨むパーツを全て持ち合わせている。タイプですら彼の肌の色、目の色、髪の色、顔のパーツを憧れの目で見たことがあるくらいだ。特に、自分の褐色の肌とは程遠い白い肌のことを羨ましく思っていた。

「それって――」

「なんだよ」

タイプは歯を見せて笑っているターンに被せるように聞き返した。奴はタイプの言葉に機嫌が良くなったのか、自分の顎を触っている。

「鼻が誰かの目に突き刺さったことがあるんじゃないのか、って話……お前もよく知ってるだろ、って思ってさ」

あまり何も考えずに言葉にする自分のこの性格が嫌になる。

タイプは拳を握りしめ、確かにキスをするといつも彼の鼻が自分の顔に当たることを思い出していた。そして腕組みをしてニヤリと笑いながら言い返す。

「だからなんだっていうんだ。ただのキスだろ」

ただのキス。もう何度ターンとキスをしたか分からない。タイプは動揺を悟られないように努めて冷静に言おうとしたが、ターンが言葉を続けた。

「体毛は……お前だって嫌がってなかったろ……?」

「ターン‼」

タイプは両手を強く握りしめ、掠れ声で言った。頬は赤くなっているが、恥ずかしかったからではない。奴がどんなことでも二人の情事の話に持っていくことに腹が立ったのである。あれだけ自分たちはセフレだと繰り返し言っているのに。

しかしターンは全くそんなことを気にする様子もなく振り返って聞いてきた。

「あのシーツはどう?」

怒りを鎮めようと大きく息を吸い込み、彼が指した方向に目を向ける。濃い紺色で小さな柄が入っている男性ものらしいシーツが視界に入ると、興味を持ったタイプは近くに行って見ようとした。

「あれも良いんじゃないか」

ターンも近くに寄ってきて、クリーム色の枕が描かれた、シンプルでモダンな雰囲気のグレーのシーツを指した。

タイプは寝られればなんでもいいほど無頓着だから、ターンのセンスの良さを認めざるを得ない。

そしてよく考えてみると、彼が使っているものはどれも良いものばかりだった。

「何かお探しですか？」

ターンに何かを聞く前に、若い女性店員が笑顔で近づいてきた。これまでデパートで買い物をしたことがないタイプはどう答えていいのか分からずに戸惑ってしまう。

「ここに置かれているもの以外の柄のシーツもありますか？　濃い色だといいのですが」

ターンがそう聞くと店員は笑顔で答えた。

「こちらはシングルベッドのシーツになります。ダブルベッドのものをお探しでしたら、あちらにあるのでどうぞ」

「え！　どうしてダブルだと思ったんですか？」

タイプは驚き、思わず聞き返してしまった。シングルベッドのシーツを探しているのに、ダブルベッドの売り場に連れていかれるのは理不尽に感じたのだ。女性店員は驚いて瞬きを繰り返した。

「あら、てっきりダブルベッドかと……申し訳ございません、私ったら勘違いを……」

店員は自分の勘違いを恥ずかしがって最後まで言葉にできないようだった。しかし、店員よりも恥ずかしがって顔から火が出そうだったのは、恋人とダブルベッドのシーツを買いに来たと勘違いされた……タイプだ。

くそ！

タイプは大声で怒鳴りつけてやりたかったが、店員の困った顔を見て、ターンに鋭い声で言った。

「なんでもいいからお前が買っておけよ。買い物する気分じゃなくなった。ハンバーガーショップで待ってるから」

　言い終わると、タイプは逃げるようにその場から離れた。店員はなんと言ったらいいのか分からず、しかし間違いなくこの二人の間には何かあるはずだ、と思いながらターンに申し訳なさそうに謝った。

「誠に申し訳ございません」

　店員はこう思っただろう……二人でじゃれながら歩いていたら、誰だってゲイカップルだと思うじゃない！　と。

「大丈夫です。すみません、僕の恋人、恥ずかしがり屋で」

「あら、やっぱりそうなんですね」

　安心したような彼女の様子に、ターンは笑いながら訂正した。

「本当はそこまでの関係じゃないんです。でも、自分は彼の恋人に立候補しているので、そう見られて嬉しいです」

　ターンがまたシーツを見て回りはじめると、店員の顔は照れて赤く染まった。恋人候補と言った時の笑顔や眼差し、そして甘い声を思い出し、逃げ出したタイプのことを羨ましく思ったほどだ。

　こんな素敵な人が自分を好きでいてくれるなんて、男同士だからなんだっていうの！

　この店員一人の思い込みではない。男が二人でシーツを買いに来ていたら、誰もがそういう関係だと思うだろう。タイプが知らないだけで、二人で買いに行けば関係を想像されてしまう物はまだ他にもたくさんあるのだ。


「なんでそんなに不機嫌になってるんだよ。店員もごめんなさいって謝ってたじゃないか」

　寝具セットを一式買ってハンバーガーショップに来たターンは、黒いTシャツにハーフパンツ姿のタイプをすぐに見つけ出すとそう声をかけた。タイプは憂さ晴らしをするかのようにドリンクをストローで一気飲みして、向かい側に座ったターンに視線を向けてくる。

「は？」

「そう俺に怒るなって。俺は何もしてないだろ」

「何もしてないなら、なんであの女はあんな勘違いをしたんだよ」

自分の外見にはゲイだと思われる要素は何もないとタイプは信じていた。ターンと一緒に歩いていたから間違われたのか、それとも奴との情事でゲイが〝感染った〟のかどちらかだ。

冗談じゃない、俺はストレートなのに。

「俺だってそんなの知らないよ……ちょっと待ってて。何か食べるもの買ってくるから」

「もう帰る」

タイプはハンバーガーを半分食べ終えたところだったが、ターンの手にしている袋に視線を移すと、用事はもう終わったとばかりに険しい声で言い放った。ターンは眉をひそめると表情を曇らせ、大きくため息をつく。

「俺みたいなゲイとご飯を食べたって死ぬわけじゃないだろう?」

その言葉に、タイプはドキッとした。何ヶ月も前であれば、タイプは間違いなく「死ぬ」と即答していただろう。しかし、ターンの悲しげな顔や残念そうな眼差しが視界に入ると何も言えなくなってしまう。そう、ゲイ全員が悪い人間ではないということを、今タイプは学習中なのだ。

ゲイは反吐が出るほど嫌いだ。近くにいるのも嫌なほど。だが、ターンは……例外だ。

嫁と呼ばれたことに対しては苛ついているが、内心ではターンを毛嫌いしているわけではなかった。毛嫌いしていたら大人しく抱かれないだろう。

「早く注文してさっさと食べろ。待たせるなよ」

タイプは自分の言葉に驚き、これまでずっと争ってきた相手から笑顔で「ありがとう」と言われたことに余計に苛立ちを募らせた。

一緒にご飯を食べるだけなのに、なんで「ありがとう」なんだよ。奢るわけでもないのに。

タイプはそう思いながらカウンターで注文をしている彼に視線を向けた。彼の笑顔や言葉が心に引っかかり、大きなため息をついてしまう。もし彼がストレートだったら、きっと最高の友達になれていたはずだと思わずにはいられなかった。

それなのに今では……。

ターンのことを考えすぎていると感じ、そんな考えを追い払うようにタイプは頭を振った。デパートのシールが貼られている袋に手を伸ばすと、マヌケ面の猫柄のシーツを買っていないか確かめようとする。濃い茶色と黒のチェック柄のシーツを見て、タイプは少し微笑んだが……。

「うーん……」

「気に入った?」

ちょうどその時、トレイを手にしたターンが席に戻り、何かを見つけたタイプと目が合った。

「お前馬鹿なのか？　このシーツ、千バーツ以上するじゃないか」

タイプが険しい声で問い詰めると、ターンは眉をひそめた。

「いいんだよ、少しくらい高くても。その方が長く使えるし、良い布だし」

「高すぎるだろ。受け取れないよ」

タイプは頭を振った。そこまで高額なものを買ってもらう理由はない。汚れたあのシーツも洗濯されてもう綺麗になっている。しかし、ターンも頑として引き下がらなかった。

「買ってあげるって約束だろ。受け取ってくれよ」

「お前金持ちか？　親からもらった小遣いでこんな高いもの買ってるってこと?」

確かにタイプは口が悪くて視野が狭いところがあるが、正しいお金の使い方を知らないわけではない。大学一年生がここまで高額なものをプレゼントされる理由はないと、納得がいかない様子で問い詰めた。大学を卒業し社会人になって自分で稼ぐようになっても、こんな高価な物を買わない人だっているだろう。数百バーツであればタイプも遠慮なく受け取れるが、何千バーツもするなら……両親にお金を返した方がいいと思ったのだ。

「違うよ、バイトして入った金だよ」

「バイト?」

タイプが眉をピクッと動かすと、自分のことに興味を持ってもらえたターンは喜びで目を輝かせ、説明しはじめた。

「話したことなかったよな？　昔バンドやってて、バーとかレストランで演奏してたんだ。高一の時に大学生の先輩に誘われて、知り合いの店で演奏したのがきっかけでさ。その店のオーナーに気に入られて、先輩が大学を卒業してからも新しいメンバーと一緒にずっと演奏してたんだ。でも高三の時に少しトラブルがあってバンドが解散して……前に先輩が歌ってる店に誘われたって言ったのも、ドラムを演奏しに行ってた。たまに仕事があると呼ばれるんだ」

タイプは戸惑って彼を見つめることしかできなかった。音楽学部の学費は超高額なことで有名だから、金持ちの息子だと聞いても驚かなかっただろう。それなのに、ターンは高校一年生から自分で小遣いを稼いでいたと言う。自分が同じ時に何をしていたか振り返ると……友達と学校のグラウンドでバスケットボールをしていただけだ。

「酔っ払って帰ってきた時も仕事だったのか？」

「何回かはそうだな。でも、一度かなり酔っ払って帰ってきたのは、先輩に飲みに連れていかれただけだよ」

「なんでバンドは解散したんだ？」

タイプはなんの気なしにただ聞いただけだったが、それまで嬉々と語っていたターンは突然黙り込んでしまった。知的な表情は曇り、明らかに何も言いたくなさそうだ。それを見たタイプは慌てて手を振って言った。

「いや、いいや。俺には関係ない」

しかし突然手をガシッと握られ、タイプは驚いて危うく怒鳴るところだった。ターンは真剣な眼差しで見つめ、重い口を開く。

「バンドのメンバーと喧嘩したんだ……そいつの弟のことで」

「手を離せ！」

怒鳴られたターンは掴んでいた手を離し、自分の手首を掴んだ。タイプは聞き返した。

「で？　なんのことで喧嘩になったんだよ。まさかそいつの弟と寝たとか？」

「そうだ」

ええ!?

タイプは驚いて顔を上げた。自分を見つめていたターンと目が合うと、彼が先に視線を逸らした。

「ヤリ逃げとかじゃない。バンド仲間の弟と付き合っていたんだけど、別れた後に『裏切られた』とかあることないこと吹聴されてさ。実際、フラれたのは俺なんだけどな」

そう自嘲し、無理矢理笑顔を作った彼を、タイプは今までにない眼差しで見つめることしかできなかった。

本気だったんだな……すごく。

「なんでそんなこと俺に話すんだよ」

喧嘩腰なタイプの声にターンは顔を上げ、二人の視線がぶつかった。

「俺がどんな人間なのか、俺のことをもっと知ってほしいから。傷つかないわけじゃないんだ」

「……」

傷つかないわけじゃない、という言葉に何も言い返せず、タイプは黙り込んだ。

これまでいつも罵倒して、馬鹿にして、嫌悪を露わにしてきた相手が「傷つかないわけじゃない」と言ったのだ。

「トイレに行ってくる」

居ても立ってもいられなくなったタイプは席を立ち、ターンの視線を背中に感じながらハンバーガーショップを出ていった。気持ちがおかしな方向に進みはじめている。罪悪感――そう、タイプはとてつもない罪悪感に苛(さいな)まれていた。

ターンは何も悪いことはしてない。悪いのは俺じゃないか。

タイプは気分を変えようとトイレに真っ直ぐ向かっていった。

「おい、タイプじゃないか」

トイレに入るところで、後ろから誰かに呼び止められる声が聞こえた。振り返るとそこには、ガタイのいいチャンプが大勢の友達と一緒にいた。

「最初タイプだって分からなかったよ。誰かと一緒か？」

笑顔で聞かれ、タイプは黙り込んだ。

俺はどういう関係の奴と来たんだ……？

「ルームメイト……そう、ルームメイトと来たんだ」

そうだ、ルームメイト。これが一番しっくりくる関係性だ。

「そうか。一人だったら映画にでも誘おうと思ったのに。高校の時の友達と来てるんだけど、お前を見かけたからつい」

チャンプは振り返って男子も女子もいる友達グループの方を見た。タイプは笑顔で軽く会釈をする。

「そうか。じゃ、俺はもう帰るから」

タイプはそれだけ言うと、友達の方へ走っていった元ムエタイ選手に手を振った。そのままトイレへ向かったが、チャンプの女友達が彼のシャツの裾を引っ張り、こちらを指差して何かを話しているのに全く気が付かなかった。


「俺はもう帰るぞ」

ハンバーガーショップに戻るとすぐに、タイプはシーツの入った袋を持って言った。

「買い物に付き合ってくれてもいいだろ」

座って待っていたターンは慌てて伝えたが、濃いまつ毛に縁取られた目が鋭く光る。

「なんで俺が付き合わないといけないんだ」

二人の間にまた見えない壁ができたような気がして、ターンは目を伏せた。

「付き合ってくれないのか？　重い荷物を一人で運びたくないんだよ」

「一人で運べる分だけ買えばいいだろ」

彼の喧嘩腰な声に、ターンは意味が分からず聞き返した。

「何を恐れてるんだ？」

ドキッ。

今日だけで何度身体がフリーズしたか、タイプはもう分からなくなっていた。黙り込んで向かい側の椅子に座り込むと、質問をしてきた相手を見つめる。

「俺が何かを恐れてるって？」

聞き返したタイプを、ターンは見つめ返した。

あいつが必死に二人の間に壁を作ろうとしているのが手に取るように分かる。トイレに行く前は自分の話を興味深そうに聞いてくれて、自分たちの関係は驚くほど良くなってきていると感じたばかりだった。しかし戻ってきた途端、一緒にご飯を食べるのも一緒にどこかへ行くのも、まるで禁じられているかのような態度を取ってくる。ターンは聞かずにはいられなかった。

「そうだ。お前は何を恐れて俺と一緒に買い物に行けないいんだ？」

「何も恐れてなんかない」

タイプが険しい声で答えてきた。

「じゃあ、なんで一緒に行かないいんだ？」

「行きたくないから」

「部屋で使う日用品を買うんだ。シャンプーがなくなるだろ？　洗濯洗剤もなくなりそうだって文句を言ってたじゃないか。買い溜めしておいたお菓子もお前が全部食べたんだろ？　なんで買い物を手伝ってくれないいんだ？」

何かから必死に逃げようとしている彼に、ターンは分かりやすく説明した。一緒に買い物に行くだけのことなのに、彼は頭を抱えて考え込んでしまっている。

「タイプ……俺はお前に存在価値がない人として扱われたくないいんだ」

「そんなことしてない」

「してるさ……いつも」

互いの視線がぶつかると、タイプがこれまでになく混乱している様子であることにターンは気付いた。

「お前、言っただろ……俺らはセックスフレンドだって」

ターンは不本意ながらこの言葉を使った。この言葉に心から満足しているわけではない。ただ、タイプの我が儘に付き合っていただけなのだ。ターンは言葉を続ける。

「ベッドの上じゃなかったら、俺らはただのフレンドになるわけにはいかないのか？」

お互いの視線がまたぶつかる。タイプは迷っていたが、ため息をつくと、正直に自分の気持ちを打ち明けはじめた。

「お前が俺のこと嫁って呼ぶの、すごく嫌なんだ」

「もう呼ばない……それでいいだろ」

「おう！」

タイプは険しい声でそう言ったが、先ほどのような攻撃的な声や目ではなくなっていた。

「実は、お前に白状しないといけないことがある」

「ん？」

ターンは眉をひそめた。

「実はお前のシャンプー、ここ最近俺も使ってたんだ」

「俺の？」

ターンが聞き返すと、白状したタイプは肩を竦めて続けた。

「俺のシャンプーなくなっててさ。ムカついてたから、お前のシャンプーボトルから俺のに入れ替えたんだ。つまり、お前のシャンプーを使ってたってこと」

ターンは黙り込んで固まった。子供みたいにお菓子を盗み食いしているだけかと思っていたら、まさかシャンプーまで勝手に使っていたとは。怒っているわけではなく、ただ呆れて言葉が出てこない。しかし……。

「ということは俺の髪とお前の髪、今、同じ香りがするってことか？」

「そうだよ馬鹿！　もう半月も勝手に使ってるんだぞ！　気付いてなかったのか？」

悪いことをしたタイプの方が逆ギレすると、ターンはまたしばらく黙り込み、ついに笑いだした。まるでこれまでとは別人のように大声で笑うターンにタイプは眉をひそめる。

「何を笑ってるんだ。怒ってるなら怒鳴れよ。笑うな」

「違う違う、色んな意味でお前最高だな」

ターンはそう言うと怒るタイプに見られないように顔を背け、こっそり笑った。彼の思いがけない告白に言いようのないくらい居心地の好さを感じる。長い間存在していた二人の間の壁が取り壊されたような気持ちになったのだ。タイプもそんなターンを見て怒鳴られなかったことに安堵し、大きくため息をついて言った。

「笑うのやめて早く食べろよ。買い物に行くんだろ」

「はい、はい、急ぎます」

ターンが笑いながら丁重に答えると、彼は黙って顔を背けた。

しかし、今のターンはそんなことは全く気にならなかった。食べ終わると、自分のトレイだけでなくタイプのトレイの上のゴミも集め、一緒に片付ける。携帯のゲームに夢中になっているタイプはそんなことに全く気がついていないだろう。しかし、ターンの顔からは笑みが溢れていた。

タイプが恐れを抱いているうちは、ターンにもチャンスがあるということだ。

自分のことを好きになってしまうかもしれない恐怖だと思うことにしよう。

第二十一章　これが友達か⁉

「学食にご飯食べに行く？」

「ん？　腹減ったのか？　何か買ってこようか？」

「違う。一緒に食べに行こうって誘ってるんだよ」

「はぁ⁉」

ターンは驚きで目を見開き、鞄に教科書を詰め込んでいるルームメイトを信じられないという顔で見た。自分の耳がおかしくなったのではないかと疑ったほどだ。あいつがご飯に誘ってくれているのだから。

今日は何ヶ月も前から繰り返されている朝の授業がある月曜日だ。いつもなら朝に起きて、それぞれシャワーを浴びて身支度をし、授業の前に慌ただしく何かを胃に入れるだけだった。それなのに、今朝はタイプから食事に誘ってきたのだ。

そんなことあり得るか？

自分の耳が信じられないターンは、制服のボタンをかけていた手を完全に止めてしまった。身支度を終わらせた褐色の青年を見ながら、喜べばいいのか不審に思えばいいのか分からず混乱してしまう。一緒にシーツを買いに行った日から、タイプの態度は明らかに軟化していたが、朝食に誘ってくるほどまでとは思ってもいなかった。

「何をじろじろ見てるんだよ……行かないのか？」

「行く！」

タイプの心変わりを恐れターンは慌てて答えたが、おそるおそる聞いてみた。

「どうして？」

どうして誘ったんだ？

タイプはその問いに面倒くさそうな顔をしたが、落ち着いた声でこう答えた。

「お前が言ったんじゃないか……ベッドの上にいなかったら、セックスフレンドじゃなくてただのフレンドだって」

タイプはその後も何か言おうとしたが、そのまま黙り込んでしまった。ターンはもっと詳しく説明してもらうために、彼の顔を凝視しながら再度聞いた。

「で、お前自身はどう思うんだ？」

「だからお前をご飯に誘ってるんだろ。行きたくないなら行かなくていいよ。うざいな」

タイプはますます面倒くさそうに言い、鞄を背負った。ターンは慌てて制服のボタンを留めると、鍵と鞄を掴み、大股歩きで既に部屋から出ていった南部の青年の後を追う。こんなラッキーなことが起こるとは考えてもいなかったのだ。

いや、違う。正確には、〝こんなにも早く〟ラッキーなことが起こるとは思っていなかった、が正しい。タイプと一緒に買い物に行けたことは、ここ数ヶ月の中で一番良いことだった。


タイプは今、言葉では説明しようのない苛立ちを覚えていた。その原因となっているのはあの言葉だ。

『傷つかないわけじゃない』

この短くてシンプルな言葉が、自分が犯した絶対に許されない最低な過ちを思い出させた。

週末の間、タイプは本当に自分が間違っていなかったか何度も自問した。ゲイ嫌いというフィルターを取り払って考えてみると、確かに……自分はあいつに最低なことをしてきた、という結論に達してしまう。

タイプはゲイが大嫌いだ。ただ、必死に……いや、死力を尽くしてターンをただの友達の一人だと考えたら、彼を罵倒しすぎたし、彼の気持ちを踏み躙（にじ）るようなことばかりしてきた。しかし、ターンもタイプに酷いことをした。悪夢からタイプを救ってくれたのもターンだが、過去の悲惨な事件のことを思い出させたのも彼だ。

僅かに残っている良心がタイプを苛立たせていた……。あいつの口から「傷つく」という言葉をもう聞きたくなかったのだ。

最近はずっと不気味なくらいに笑顔だったのに、ここ数日は浮かない顔をしている。ターンは怒鳴られても何をされても何も感じていない様子だったのでタイプはうっかり忘れていたのだが、あいつも人間だ。感情や思考がある人間なのだ。タイプですら、大学中から陰口を叩かれた時は全員殺してやりたい衝動に駆られたくらいなのだから、彼だって……。

あんなにゲイ野郎だの変態だの、他にも色々俺に罵倒されて、あいつが何も感じていなかったわけないよな。

今朝ターンを誘ったのは、そんな罪悪感があったからだ。タイプにできることといえば……以前のように友達に戻ることだ。……そのハードルはとても高いが。

「食べるんだったら食べろよ。なんで俺の顔をジロジロ見てるんだよ！」

自分の嫌悪する生物――ターンは例外なのかもしれないが――に普通に接するというのは、相手に凝視されようが、なんともないように振る舞うことなのかもしれない……たとえ、目を離さず微笑みかけられても。

「一緒にテーブルを囲む友達の顔を見たって、おかしいことじゃないだろ」

「じゃあなんで笑ってるんだよ」

タイプは険しい声で聞いた。微笑むだけでなく、目も笑っているように見えたからだ。

「嬉しいんだ」

「何がだよ」

思わず口が滑って聞き返してしまったが、どんな答えが返ってくるのかタイプ自身もよく分かっている。案の定、想定通りの答えが返ってきた。

「ご飯に誘ってもらえて嬉しい」

ターンが心から嬉しそうに満面の笑みを浮かべると、タイプは表情を変え、小声でボソボソと文句を言った。しかし、これまでのように鳥肌は立っていない。彼に少しずつ慣れてきている自分がいることに、さらに苛立ちを募らせる。

「ただ一緒にご飯を食べるだけだろ」

「俺には意味があることなんだ」

タイプは顔を上げると鋭い声で言った。

「お前が自分で〝ただの友達〟って言ったんだぞ。

これ以上鳥肌立つようなこと言うな」

　しかし口ではそう言いながら、タイプは友達という言葉の意味を改めて真剣に考えようとした。

　本当にこいつのセフレになっていいのか？　まぁ……面倒くさくなくてそれもアリだな。

　そして最高だったターンとの情事を思い返していた。ハマったといっても過言ではないだろう。そうでなければ、雰囲気に流されたとはいえ、毎回彼を受け入れることはなかったはずだ。欲求不満の男二人が、たまたま身近にいた相手でそれを手っ取り早く解消しようとしただけ……と必死に思おうとした。

　セフレでもいいな。もうあいつと何回寝たっていうんだ。ベッドの外ではただの友達、それでいいじゃないか。

　タイプは自分にそう言い聞かせながら、朝ご飯を食べ続けている〝万里の長城〟の顔を眺めた。うつむいている彼の目は見えなかったが、代わりに声が聞こえた。

「じゃあ、今晩〝友達〟として夕飯を食べに行かないか？」

　ドキッとしたタイプは当然すぐに断ろうとしたが、少しすると、自分でもなぜか分からないものの誘いに乗るかどうか迷いはじめた。

「ルームメイト同士がご飯を食べに行くだけ……だろ？」

　ターンは顔を上げてタイプの目をしっかり見ながら、友達という意味合いを強調してくる。

「お前が友達って言うなら俺はそれで満足さ。夕飯を一緒に食べる友達がいない俺を助けると思って、一緒に行ってくれよ」

　タイプはまたしても彼の策略に引っかかったことを痛感していた。闘牛が猛突進してくるかのように胸に突き刺さるような言葉を吐いてくる。僅かな良心に訴えかけて可哀想だと思わせるのは奴の作戦なのだ。

　まず一言目は……「傷つかないわけじゃない」だった。自分でも気が付かないうちに断り辛い気分になってしまう。

「可哀想だと思うとでも？」

タイプはからかうように言って顔を背けたが、声は小さくなっていた。

「授業が終わったら連絡しろよ」

タイプはそれだけ言うと、完膚なきまでに叩きのめされた気分を味わった。ターンは満面の笑みを浮かべ、周囲にいた女子たちの熱い視線を浴びている。彼は食べ終わると、タイプの皿やスプーンと合わせて片付けに行こうとした。あいつが片付けてくれると自発的に言ったのだ……おかげで楽ができていい。

「お前、思ったより優しいな」

ターンがそう言うと、ストローで最後の一口を吸い込んだタイプは顔を上げて答えた。

「お前も思った以上に悲劇のヒーローになりきってるな」

相手は一瞬固まったが、真剣な声で言い返した。

「もしお前が可哀想だと思ってくれるんだったら、俺はいくらでも悲劇のヒーローになるさ」

そう言って二人分の食器を片付けに行き、タイプは何も言い返せずに座り込むしかなかった。懸命に彼の言葉の意味を分析しようとするも、ある一つの意味にしか解釈できなかった。

つまり、あいつは俺から同情を引こうとしてるってことなんだ……よな？

……ターンが引こうとしているのは同情ではなく好意だということにタイプはまだ気付いていないようだ。


「俺にとって夕飯っていうのは、大学の前のラーメン屋台だからな……こういうのじゃない！」

授業が終わって部屋でゴロゴロしていると、夕飯に誘ったターンからどこで落ち合うか連絡がきた。寮の前まで下りていくと、ターンが呼んだタクシーに連れ去られるように乗せられ、レストランバーのような店の前で停車したのだ。南部の青年は微笑んでいるターンを睨みながら掠れた声で文句を言い放った。

「先輩のヘルプに来てるって言ったのはこの店だよ」

「へー、ここ？」

タイプは振り返って二つのエリアに分けられた大きな店を眺めた。屋内エリアはガラスで仕切られ、カウンターチェアーが並べられたバー形式になっている。屋外エリアはレストランで、一角に一段高くなったライブ演奏ブースもあり、様々な楽器が置かれていた。詳しくは分からないが、何やらアーティスティックな抽象画も多く飾られている。

ターンの奴、こんなにすごい店で演奏してるのか？

「バイト代がいいのか？」

「まあね。お客さんに気に入られたら店のオーナーに出演料を交渉できるからさ」

ターンがそう答えながらタイプの手を引くと、店に興味を持った南部の青年は大人しくついていった。

まあ、ターンの世界がどんなものか見てみたい気もするしな。

「あら、ターンじゃない。どうしたの、突然。今日はボーイが演奏する日じゃないのに」

店に足を踏み入れた途端、綺麗な女性がそう声をかけながら歩いてきた。ターンは振り返って挨拶をする。

「こんにちは、ジットさん。今日は演奏じゃなくて客として友達と来たんです」

そう言うと、ターンはオーナーの奥さんに、一緒に来た友達の顔が見えるように身体を少しずらした。すると彼女は笑いながら答えた。

「あら、本当に友達なの？　新しい恋人じゃなくて？」

目の前の女性にターンの恋人だと間違われ、内心タイプは頭にきていた。いや、激怒していたといっても過言ではない。彼女がウインクをしてきた時は、何見てるんだ目でも痛いのか、と怒鳴り返すところだった。ただ、ターンの態度からこの女性が店で立場ある人なのだろうという空気を読み、仕方なく大人しくしていた。

俺のせいであいつをトラブルに巻き込んだらダメだ。

タイプの不機嫌さに気がついたターンは慌てて否定した。

「違いますよ。こいつは〝友達〟です」

なんで強調してるんだよ、わざとらしいだろ。

タイプの気持ちも少しは晴れたが、友達であることを不自然なまでに強調したターンの言葉に目を伏せながら、女性と親しそうに話す彼の背中を見ていた。すると女性がこちらを振り向き、タイプは無意識に両手を合わせて挨拶をした。

遠慮してるんじゃないぞ。俺の暴言のせいでもうターンに迷惑をかけたくないだけだからな。またあいつに傷ついたとか言われるのが嫌なだけだから。

内心で言い訳をしていると、相手の女性も手を合わせて挨拶を返してくる。

「本当に友達なの？　彫りが深くてイケメンじゃない。ね、そういえば前回のあの子以来、誰もこの店に連れてこなかったわよね……」

最後の方の言葉はタイプには聞こえなかった。タイトな洋服を着ているジットさんがターンの耳元で囁くように言ったからだ。彼がタイプを振り返って笑顔を見せたことから、タイプについて話題にしているらしい。

「なんのことですか」

「分かったわ。もう聞かないであげる。店の子に席に案内するよう言っておくから、楽しんでね。何か飲みたいものがあれば言って。いつも女の子のファンから奢ってもらってばかりだから、たまには自腹で飲むのもいいかもね」

彼女がそう言うと、ターンはタイプには見せたことのないような笑顔で、甘えるように言い返した。

「ジットさんが奢ってくださいよ」

「もう、甘えないの。君みたいにお酒が強い人に奢ったら店が潰れちゃうわ」

ジットさんが笑いながら手を振ると、店員が演奏スペースから離れた席に二人を案内した。演奏の音に邪魔されずに話ができる席を、という彼女の配慮だったのだろう。

　席に着くと、タイプは向かいに座るターンを問い詰めるような眼差しで見つめた。

「なんで睨むんだよ。友達だってジットさんにちゃんと言ったじゃないか」

　しかし、タイプが不機嫌な理由は違うところにあったらしい。彼は首を振った。

「違うよ、その話じゃない。お前……いつものお前じゃないみたいにジットさんに笑いかけてたから」

　知り合ってからこれまで、ターンはいつも落ち着き払ったクールな表情をしていた。笑顔になったとしても微笑みを浮かべるくらいだ。それなのに、先ほどのオーナーと思われる女性に向けられた笑顔は……とても魅力的に見えた。そう、ターンが彼女に酒を奢ってほしいと頼んだ時の笑顔は、眩しいほど魅力的だったのだ。

「いつもはどうやって笑ってるっていうんだよ」

「うざい笑い方」

　タイプがふざけて笑いながらそう答えると、ターンは顔を撫でながら言った。

「仕事のうちだから」

「どういうことだ？」

　ターンはタイプの目を見つめると、少し笑みを浮かべてきた。先ほどのような眩しいくらいの笑顔ではなく、いつも通りの微笑で、いつも通り真剣な目をしている。

「〝営業スマイル〟って言葉、聞いたことないか？」

　タイプはゆっくり頷く。

「それだよ。バンドマンはエンターテイナーじゃないといけないから。リードボーカルじゃなくても、いつでも笑顔を作れるようにしないと。客商売だからまずは客に好かれないといけないんだ。そうじゃないと店のオーナーから雇用契約を更新してもらえないからな。でも、客に好かれる以上に大切なのは、雇い主である店のオーナーに好かれることさ。店のオーナーがこいつはダメだと思ったらお金を払ってまで演奏させないだろ？」

　彼の説明にタイプは聞き返した。

「作り物の笑顔ってことか？」

直球の質問にターンは笑う。

「そうだな、作り物だな」

そして満面の笑みを浮かべて真剣に言った。

「これが、お前への……本物の笑顔だ」

タイプは身体を固くし、向かいに座っている奴の顔を見た。薄茶色の目には店のライトが反射し、眩しいほど光り輝いている。先ほどの作り物の笑顔や眼差しは消え、タイプの不安定な感情の波を大らかな気持ちで受け止めてくれる、海のように大きくて深い笑顔だった。

作り物の笑顔より、ずっと魅力的なものに見える。

「反吐が出る」

実際はドキッとしたにも関わらず、タイプの口から出てきた裏腹な言葉にターンはため息をついた。

「反吐が出るなら出せばいいさ。で、何食べる？俺が奢るから」

「いいよ」

「いいだろ。俺がお前を無理に引っ張ってきたんだし」

「分かってるじゃないか」

タイプが鼻にかかった声を出すと、ターンは笑ってメニューを見ながら言った。

「お前に来てほしかったんだ……」

タイプが顔を上げても、目を伏せてメニューを見ている彼の横顔しか見えなかった。

「お前に俺の世界を知ってほしかったんだ」

ターンの真剣な言葉に心臓の鼓動が速まる。それはまるで彼の言葉が右耳から入り、左耳に抜ける前に直接心臓に向かったかのような不思議な感覚だった。ターンの真剣さに触れてしまい、タイプは何も言い返せなかった。

「ただの友達じゃないか。そんなことしなくていいだろ」

「そうだな、ただの友達だ」

ターンもそう答えて顔を上げた。二人の視線がぶつかると、タイプはまだお酒も入っていないというのにキュッと胸が痛んだ。ターンはがっかりした表情をしていたのだ。

どうでもいい。あいつがどんな顔をしていても関係ない。俺は友達にしかなれないんだから……でも、本当にそれでいいのか？


日が暮れると、レストランバーの雰囲気はがらっと変わった。薄明かりの店内は別世界のようにロマンチックで、もっと酔いしれたいという気分にさせる。店の周りは空席待ちの人で溢れかえっていた。一段高いところに設置された演奏ブースでは、バンドが心地好い音楽を奏で、客は思い思いに楽しんでいる。

演奏ブースから離れたテーブルに一人で座っている男がいた――タイプだ。

彼は少しずつお酒を飲みながら、音楽に合わせて足でリズムをとり、驚くほどくつろいでいた。そもそもバーやクラブに飲みに行くのが好きな方ではないのだが、たまにはこういうのもいいなとまで感じていた。しかもお酒は無料だ。

思わず微笑むと、タイプはつまみを口いっぱいに頬張り、演奏ブースの方に視線を向けた。タイプをここに連れてきた張本人は、先輩に挨拶に行くと言って席を離れ、三、四人のバンド仲間と座って話し込んでいる。ターンが席を離れてから十五分は経っているが、食べる物も見る物もたくさんあったためタイプは一向に気にならなかった。ルームメイトを眺めていたタイプはあることに気付いた。

彼はリラックスしていて、いつもよりも笑顔や笑い声が多い気がする。タイプは彼が言っていた、営業スマイルが必要な時だってあるという言葉を思い出した。自分と同じ歳のターンが、大勢の知り合いに囲まれ、その中でどう立ち振る舞うべきかを弁え（わきま）たうえで大人と上手に会話ができることを、尊敬にも似た気持ちで見ていた。箱入り息子のタイプはまだ両親から小遣いをもらっているというのに、ターンは自分でお金を稼いでいるのだ。

俺が普通だからな。ターンがすごすぎるだけだ。

「あら、ターンはどこに行っちゃったの？」

「ジットさん」

背後からの大きな声に振り返ると、そこには笑顔のジットさんがいた。彼女はターンが座っていた席に腰を掛けた。

「あいつなら向こうにいますよ」

タイプは演奏ブースの方に顔を向ける。

「違うのよ。店を回ってたら君が一人で座ってるのが見えたから声をかけたの。タイプくん……だったわよね。ターンがそう呼んでるのが聞こえたわ」

「そうです」

そう答えながら、ターンとはただの友達でないことがバレているのではないかとタイプは内心少し焦っていた。

「私はジットよ」

女性はそう自己紹介をすると、タイプは頷いた。

「はい、ターンから店のオーナーだって聞きました」

「はは、オーナーの嫁って言った方が正しいかもね」

彼女はそう言いながら、まだ他の席で飲んでいるターンに視線を向ける。

「何年も前からターンのことを知ってて、もう弟みたいな感じなの。高校生だったから夜遅くまでは演奏できなかったけど、ファンが多かったあの子達のバンドが解散したのは本当にもったいなかったわ」

懐かしそうに笑ってそう言いながら、店員に自分のグラスを頼むと、慣れた手つきで空になったタイプのグラスにお酒を注ぎはじめた。

「あいつ、そんなに上手かったんですか？」

「すごく」

感情を込めてそう言うと、さらに言葉を続ける。

「私の旦那も演奏をするんだけど、ターンがドラムを叩いた時、すごく驚いてた。あの時あの子はまだ高校生だったのに店で演奏するように誘ったのよ。先輩のバンドとセッションするだけでもいいからって。君もあの子の演奏を一度聴いてみた方がいいわ。どれだけすごいか分かるから……もう聴いたことある？」

「ないんです、一度も」

「絶対に聴いた方がいいわよ。ボーイがいつあの子を呼ぶか分からないけど、ここに来てみて。あの子がいつになったら新しいバンドを結成するかも分からないし。せっかくの腕がもったいない」

彼女はそう言いながら店員が持ってきたグラスを受け取り、自分用のお酒を作った。ターンについてもっとおしゃべりしたい様子だ。

「そういえば、さっきはごめんなさいね。君のこと友達じゃなくて……って勘違いしちゃって。君も知ってるのよね、あの子が……」

「はい、知ってます」

ジットさんは言葉を濁しながらそう聞いたが、タイプが彼の性的指向を知っていることに安心すると笑顔になり、指を鳴らして明るい声で言った。

「そうそう、絶対に恋人だと思っちゃったのよ。今までここに友達を連れてきたことなかったから。一回くらいあったかしらね、昔のバンドメンバーの弟とかなんとか……」

タイプは黙り込んだ。きっと以前あいつが言っていた……元彼のことだろう。

「もうここ一年は誰も連れてきてないわね。それで今日の君でしょ？　だから絶対にそうだと思ったのよ。あの子も見る目あるなって……こんなイケメン」

自分をイケメンだとは思ったことがないタイプは微笑むしかなかった。

「違いますよ、俺なんかイケメンじゃないです。あいつみたいなのをイケメンって言うんですよ」

「あら、イケメン同士お似合いよ」

タイプは眉をひそめてグラスを一気に空にしたが、不機嫌になったわけではない。その前の話題が心に引っかかったままだったのだ。ジットさんが言った、あいつはもうここ一年は誰も連れてきていないという言葉に。

「ジットさん、僕の友達と何を話してるんですか？」

ちょうどその時、噂の人物が笑顔で席に戻ってきた。席を離れた時よりも酔っ払って戻ってきたターンに、ジットさんはグラス半分を飲み干して笑うと、立ち上がって彼に席を返した。

「友達ってことをやけに強調するわね」

彼女にそう言われ、ターンはタイプの目を見ながら言った。

「こいつが俺のことをただの友達だって言うからですよ」

「あら、いいこと聞いいちゃった。イケメンくんったらこの子を口説いてるの？　頑張ってね」

ジットさんはそう言いながら大笑いをすると、タイプは目を光らせ、怒りに震える声でターンを呼んだ。

「おい、ターン！」

「おっと、邪魔しない方がいいみたいね。いいこと聞いちゃったお礼にここは私が奢ってあげるわ」

ジットさんはそう言うと、自分が爆弾を落としてしまったことにも気付かずにその場を去っていった。

酔ったターンは静かに笑っている。

「怒るなよ。お前が友達だって言うから俺もそれに従ってるだけじゃないか」

「お前のせいでジットさんが誤解しただろ」

「どこが誤解なんだ？」

酔って絡んでくるとか面倒くさいな。

そう思っていると、笑顔のまま乾杯しようとしているターンに手招きされた。

「この店に入った時、ジットさんが小声でなんて言ったか知りたい？」

タイプは知りたくてたまらなかったが、同時にこの酔っ払いの言うことを信用してはいけないような気もしていた。しかし知りたい欲求の方が上回り、身を乗り出してターンの小声を拾おうとした。

「俺らが本当に付き合ってないのか聞かれたんだ。それで……」

周囲の音にターンの声はかき消され、タイプはさらに身を乗り出す。アルコール混じりの温かい吐息を頬に感じると、薄暗い照明の中で二人の視線はぶつかった。

タイプは、ターンの笑顔も眼差しも低い声も、そして、バンドが奏でる音楽さえも遠くへ流れ去っていくような奇妙な感覚に陥った。そしてターンは笑顔で告げた。

「俺がお前のことをどう思ってるのか聞かれたんだ」

「‼」

二人の唇が触れ合い、タイプは身動きできなくなった。後先考えずに激しいキスをしたこともあるが、今の触れ合うだけの優しいキスは信じられないほど彼の心を揺さぶった。

それは柔らかくて優しくて甘いキスだった。

ターンは顔を離すと、笑顔のまま囁いた。

「お前は友達だ……でも、キスはしたい」

ターンはそう言うと、顔を近づけてタイプの温かい唇にもう一度キスをした。今度はただ唇同士が触れ合うだけのものではない。まるで花びらにキスをするかのように、優しく、そして甘く、ターンは自分の唇を押し付けた。そして……彼らの周りに静寂が広がった。

タイプは、酒に酔っているから抵抗せずに黙っていた。大人しくキスされているのだと自分に言い訳をしていた。今までセフレ同士でも友達になれると信じてきたのに、今のキスは彼にある疑念を抱かせた。

俺たちは……本当にただの友達なのだろうか。

第二十二章　絶対に謝らない！

「お前は友達だ……でも、キスはしたい」

「……」

　タイプがされるがままになっている間、ターンはその唇の甘さや温かさを心の奥底から堪能していた。周囲の雰囲気とキスの甘美さを言い訳にして、もう少しでタイプを両手で抱きしめそうになったが……夢のような時間は、タイプに肩を力いっぱい突き飛ばされたことで突然に終わった。

「タイプ」

　ターンは理解できないといった表情でタイプの顔を見ながら声をかけた。先ほどのキスは、それほどまでに期待を持たせるものだったからだ。タイプがもし何も感じていないなら、されるがままに応じるわけがない。しかし、好きな人の眼差しに、そんな自惚れは音を立てて崩れ去っていった。

　彼の目には……虚無感しかなかった。

「お前、酔ってるぞ。もう帰ろう」

　ターンは会計のために店員を呼ぼうとするタイプを黙って見つめることしかできなかったが、彼の言葉に対し慌てた。

「まだ酔ってない」

「酔ってるだろ」

　平静を装った声でそう言われ、ターンは感情を露わにして言った。

「酔ってないって。数杯しか飲んでないのにどうやったら酔えるんだよ！」

「酔ってるだろ、かなり酔ってるぞ、ターン！」

　タイプの声は険しくなりはじめていた。怒りや不満ともいえない、説明できないような強い感情を帯びた彼の眼差しに、ターンは苛立っていた。

「酔ってないって言ってるだろ！」

「酔ってないならなんであんなことするんだ！」

　タイプはこぼれ落ちそうなほど目を見開き、今にも噛みつきそうな勢いだった。酒に酔った勢いでのキスということにしたい彼を、ターンは黙り込んで見つめた。ターンは本当に酔ってなどいないのに。

「すみません、お会計」

タイプが店員を呼ぶと、ターンは自分の話を聞いてくれという懇願する気持ちで顔を上げ、真剣な声で伝えた。

「俺が酔っ払ってるからキスしたとでも言いたいのか？　言っておくが、このくらいの酒で酔わないからな。大胆になることはあってもだ！」

タイプが振り向き、二人の視線が絡み合う。ターンは言葉を続けた。

「さっきみたいなキスがしたいってどれだけ長いこと思ってたか、お前に分かるか？」

「……」

彼らは見つめ合ったまま黙り込んだが、お互いが相手の視線の意味を理解できずにいた。いや、タイプが理解しようとしなかったといった方が正しいかもしれない。先にタイプが逃げるように顔を背けると、財布を取り出し、お金をテーブルの上に置いて言った。

「店の前で待ってるから。早くしろよ。もう帰りたいんだ」

それだけ言うと、タイプはその場を離れた。気を引こうと必死だったターンは呆然と自分の頬を撫でる。

拒絶されたってことなのか……。いい加減に慣れないとな。もうあいつには何度も拒絶されているんだから。

今夜の決死のアプローチが失敗に終わったことに、ターンは自嘲するしかなかった。大きくため息をつくとジットさんがこちらを心配そうに見ていることに気付いたが、振り返って笑顔を作る余裕はもうない。残り僅かの気力を振り絞って会計を済ませると、言葉では表現できない複雑な感情を落ち着かせ、店の外に出ていったタイプを追いかけた。

キスを受け入れてくれたことを喜ぶべきか、それともあいつの言葉に悲しむべきか。

その後二人はタクシーで寮まで帰ってきたが、タイプは一言も話さず、ターンも車窓を眺めるばかりで、それぞれが自分の考え事に没頭していた。部屋に到着してからも同じように、彼らの間に一切の会話はなかった。

タイプがシャワー室へ行くとターンはベッドに横になったが……何も考えられなかった。

「あいつが言う通り、俺は本当に酔ってるのか?」

そう呟いてみても、酔った勢いで何も考えずにキスをしたわけではない、ということだけは確信があった。しかし、脳は何も考えることができないほど疲弊し、視界は霧で閉ざされているような状態だ。彼は大きなため息をつくしかなかった。

「頭が痛くなってきた」

ターンは額に手を重ねた。起き上がってシャワーを浴びに行かないといけないのに、身体がまるで言うことを聞かない。キスを受け入れてくれた、三十分前の彼の顔が脳裏から離れなかったのだ。

先ほどのキスはこれまでのように意味のないものではなかった。これまでも彼とは何度もキスしてきた。熱く激しいキスもあった。しかしそれらは惹かれ合う者同士の甘美なものではなく、ただ欲情を煽るためだけのものだった。でも、今晩のキスは……今までとは違ったのだ。だからこそ、酔っていると言われたことが悔しくてならなかった。

「はぁ」

横になってからどれくらい長い間考え事をしていたのだろう。玄関のドアが開き、シャワーに行っていたタイプがハーフパンツ一枚で部屋に戻ってきた。ターンは彼に視線を向けたが直後、顔も見たくないというように寝返りを打って背を向けた。

まるで俺が拗ねてるみたいじゃないか!

拗ねたりいじけたりする権利なんて自分にないことをよく分かっているからこそ、ターンは頭を抱えた。

拗ねたからどうなるというんだ。タイプが自分を気にかけてくれるはずもない。死ぬほど拗ねてもあいつは全く何も感じないだろう。拗ねれば拗ねるほど、女々しいなどと怒られるだけだ。

タイプが謝ってくるはずがないと頭では理解しているのに、ターンは今の態度を変えられなかった。

「ターン」

しかしベッドの側に移動したのか、タイプから突然背中越しに呼ばれた。ターンは動かずに横になったまま、相手の言葉を待つ。期待してはいけないと分かっていても、ひょっとしたら謝ってくれるのではないかと思ってしまうのだ。

「ターン、聞こえてるだろ?」

「……」

ターンは自分の子供じみた態度にため息をつきたかった。せっかくタイプが話しかけてくれたこのタイミングで返事をするべきだったが、そのまま黙り込んで横になっている。

「まだ起きてるだろ?」

「うん」

結局答えると、タイプがストレートに聞いてきた。

「俺と寝るか?」

なぜ、どんな理由で誘われたのか、いつも誘う側だったターンの頭の中は疑問でいっぱいだった。寝返りを打って仰向けになり、照明を遮っている背の高い相手の顔を見上げると、彼の鋭い目はターンをしっかりと見据えている。タイプはもう一度言った。

「一緒に寝よう」

「分かった」

ターンは平静を装って答えた。上体を起こして彼の腕を引っ張ると、ベッドに倒れ込んだタイプは嫌がることもなく、大人しくそのままマットレスに横になった。ターンは自分の思惑通りに事が進み、満足そうに目を光らせた。タイプはただ欲求の発散先を必要としているだけで、ターンの愛情など必要とはしてはいないのだ。それならば……。

「おいっ!」

ターンは両腕で彼を抱きしめ、シャワーを浴びたばかりの彼の冷たい身体に自分の片脚を絡ませた。タイプは思わず大声で叫んだが、ターンはそのまま目を閉じる。

「一緒に寝よう」

ターンは狭いベッドの上で冷たくなった身体をきつく抱きしめ、低い声でそう言った。腕の中の相手は状況が分からないのか身動き一つしていない。酔っているターンは褐色の首に顔を埋めるだけで、キスを始めることもなく、そのまま眠りにつこうとした。

「ちょっと狭いけど、仕方ないよな」

「馬鹿野郎！　こういう寝るじゃなくて、俺が言ったのは――」

「なんだよ。俺と寝たいんだろ。だったら寝ろよ」

ターンは目を閉じたまま彼の苛立ちを感じていた。

「ターン！　ふざけるな‼」

「どこがふざけてるって？」

「馬鹿‼」

タイプの怒鳴り声を気にかけるそぶりもなく、彼の言った「寝る」という言葉の意味を理解できないふりをしてそのまま眠りに入ろうとした。

「ちくしょう‼　もういい！　馬鹿野郎！」

怒りで真っ赤な顔をしたタイプは彼の身体を払い除け、転がり落ちるように彼のベッドから抜け出した。険しい声で怒鳴り、睨みつけ、怒りが伝わるようにわざと大きな音を出して自分のベッドで横になる。

ターンはニヤリと笑いながらそのまま目を閉じた。せっかくのチャンスをものにするべきだったのかもしれないが、セフレというだけの関係を望んでいるわけではないということを彼に伝えたかった。


俺はゲイじゃない。俺はゲイじゃない。違うんだ！

ここ最近、タイプは一人でブツブツと何かを言うことが多くなっていた。あまりにも頻繁だったので、すぐにでもこの独り言をやめないと頭がおかしくなりそうだったが、頭の中を堂々巡りしているのは全て……ターンとのことだった。

あの酔った夜のキスに、なんにも感じなかったなんて。実際そんなことなかった！　何も感じてなかったら、あの時あいつの顔面を殴っていただろう。何かを感じたから、酒のせいにしたかったんだ。

タイプは手を額に重ねた。正直に言うと、ルームメイトであるターンとの関係に迷いが生じている。最初は大嫌いで、顔を見ただけで吐き気がするほどだった。しかし、今では嫌いでないどころか、人間的に好きになっている。ベッドの外では一人の良き友達……いや、友達同士でキスする奴らがどこにいるっていうんだ。

ひょっとして……。

完全に納得したわけではない。タイプは苛ついたように頭を振ったが、最終的にターンとの関係をこう定義することにした。

友達以上、恋人未満。

そうさ、あんなキスをするなら友達とはいえない。でも、絶対に恋人同士じゃない。ゲイと付き合うなんてあり得ない！

ルームメイトとの関係をどう言い表すか一応の解決を見出しても、考えれば考えるほど苛立ちが募る。あの夜、子供がするようなキスでは何も感じないと証明し、自分たちはセフレだということをはっきりさせようとターンをベッドに誘ったというのに、相手の態度はふざけていた。

「くそっ、寝るっていうのはただ横になって眠るって意味じゃないだろ。意味が分からないふりをしやがって」

そう呟き、大きくため息をつく。

また独り言を言ってしまった……。このままだと精神病院に入院させられちゃうぞ。

「何を一人でブツブツ言ってるんだ？」

「おう、テクノー。いつからいたんだよ」

「えぇ!?　お前が俺の隣に来て座ったんじゃないか。視界に入ってなかったのかよ。酷い奴だな！」

親友にそう声をかけられ、顔を上げて初めて自分が一人じゃないことに気付いた。サッカー場の片隅で一緒に座っていたテクノーは大声をあげている。

「そうさ、俺は酷い奴だよ。で、なんだって？」

反論するのも面倒くさがるタイプにテクノーはため息をついた。

「何ボーっとしてるんだよ。結局サッカー部に入るのか入らないのか聞いたんじゃないか。練習にも全然来ないしさ。そのうち大目玉喰らうぞ」

心配そうに聞かれ、タイプは黙り込んだ。サッカー部に入ると約束はしたが、入部したものの実際にはまだ数回しか練習に参加していなかったのだ。

「やめとくよ。みんなのお荷物になるだけだ」

タイプが真剣に答えると、テクノーは何も言い返さなかった。

「そうか、好きにすればいいさ。今学期はお前も色々あったもんな。俺としてはお前に入部してもらいたいけど……将来キャプテンを決める選挙の時、お前は絶対俺を推してくれるだろうし」

友人の真の目的にタイプは頭を振りながら、練習もしないのになぜサッカー場に来て座っているのか考えていた。

「そういえば、ターンに何かあったのか？」

「あいつに何の関係があるんだよ！」

ターンの名前が出てきた途端に噛み付くタイプに、テクノーは慌てて言った。

「今朝たまたま見かけて声をかけたんだ。でも、顔を引き攣らせて振り向きもしなかったから、どうしたんだって聞ける雰囲気じゃなくてさ……またお前があいつに喧嘩でもふっかけたんだろ？」

なんの根拠もなくタイプを悪者にする言葉に、タイプは眉をひそめた。

これまで俺がいつも喧嘩をふっかけてきたみたいな言い方じゃないか。

「お前はあいつの友達なのか、それとも俺の友達なのか、どっちなんだよ」

テクノーは大声で笑った。

「お前の友達さ。だから言ってるんだよ、お前があいつに喧嘩をふっかけたんじゃないかって……お前みたいな奴を好きになるなんて、あいつも本当に可哀想だよな。で、どこまでいったんだよ。先輩もお前がターンの熱意に負けてそのうち落とされるんじゃないかって知りたがってたぞ。ははは、笑えるよな。超がつくほどゲイ嫌いで、どんな手を使ってでもゲイを追い払おうとするお前が落とされるなんて。あり得ない」

テクノーは腹を抱えて笑いながらタイプの顔を見たが、一瞬にして考えが変わった。

おい、その苦虫を噛み潰したような顔はなんだ？

「ええ⁉ ひょっとしてお前ら……」

「お前の想像は胸に納めて蓋をしておけ、馬鹿。あり得ないだろ！」

大声で怒鳴られ、テクノーはタイプの顔を指していた指を慌てて引っ込めて目を伏せた。

「タイプ、何か変な臭い(におい)がしないか？」

タイプは冷笑を浮かべた。

「うん、俺も臭い(くさい)と思ってたんだ。お前の靴下じゃないのか。臭っ……もう部屋に帰る」

タイプはテクノーの言葉に被せるようにそう言うと、返事を待たずに突然立ち上がった。そして持ってきたコップを手に取り、暇潰しに立ち寄っていたドリンクスタンドから急いで出ていく。テクノーは意味が分からずに唖然(あぜん)とするばかりだった。

「なんだよ……何かやましいことでもあるのか？ところで、俺の靴下は腐ってんのかな？」

テクノーはブツブツと独り言を言いながら屈んで自分の靴下を嗅いでみた。

「臭っ、最悪だ！」

テクノーから逃げてきたタイプの歩みは次第に遅くなり、最終的に完全に立ち止まってしまった。彼の言葉が頭を駆け巡って動けなくなったのだ。テクノーが言う通り、やましいことならある。何回もターンと寝た。しかし、それ以上に心に引っかかることがあった。

俺の考えすぎじゃないよな。

タイプは目を伏せた。ドリンクスタンドに来ていたのもルームメイトが原因だった。

なんであいつは口もきかないいんだ。あいつのせいで最悪な気分じゃないか。

最初、タイプは自分が考えすぎているだけだと思っていた。しかしテクノーもそう感じていたように、ここ数日あいつの様子は少しおかしい。いつもより口数が少なく、まるで以前の冷たいターンに戻ったかのようだったのだ。タイプは彼と同じ部屋にいたくなかった……苛つくからだ。

だけど……この気持ちは一体なんなんだろう。

タイプは片手を左胸に当てて眉をひそめた。胸の内にある妙な違和感が心を乱している。それがターンに関係していることまでは分かっても、具体的に何が原因かまでは分からなかった。

「欲求不満なだけなのか？　我慢のしすぎとか？」

タイプはイライラしながらまた独り言を呟き、この感情の原因は幾晩も前にターンに断られたことにあるのかもしれないと考えはじめた。多少の気まずさに、二度と自分から誘わないと決意したくらいだ。欲求不満が胸を締め付けている可能性もある。

考えすぎてもう何も分からなくなってきた。

タイプは頭を振ってため息をつき、金曜日か土曜日の朝にはこれまで通りまたあいつから襲ってくるだろうと思おうとした。

あいつが俺を誘ってくるのはきっと金曜日の夜だな。あいつも〝寝る〟のが好きだから。


「くそっ、なんの真似だ‼」

タイプは大声をあげると、主のいないベッドに向かってもう一度怒鳴った。

土曜日の朝、目を覚ますと『実家に帰る』とだけ記されたメモがテーブルの真ん中に貼られていた。短くて簡単な、たった数文字の言伝にタイプの怒りは沸点に達し、耳から蒸気が噴き出そうだ。彫りの深い顔は引き攣り、堪えきれずに誰もいないベッドに罵声を浴びせる。

「なんだよ、何をそんなに怒ってるんだ俺は。ちくしょう、もう何日も口をきかないで、挙げ句に実家に帰るとか聞いてないぞ。一体俺が何をしたっていうんだ。くそっ、それで俺はなんで苛ついてるんだ。あいつがいないならいないでいいじゃないか。この部屋を独り占めできる！　気色悪いことをする奴がやっといなくなったんだ。喜ばないと！」

何も言わずに実家に帰ったターンに、腹を立てている自分が憎らしかった。

ルームメイトじゃないか。実家に帰るって先に伝えておくのがそんなに難しいことか？

自分の感情に困惑しているタイプはそう自問しながらベッドの上であぐらをかいた。そして向かいの空のベッドを見ていると、彼が何かしらに怒っていることにようやく確信が持てた。

「あの晩のキスのことか？」

空のベッドを見つめながら横になる。

「俺が謝ると思うなよ！」

タイプは心に誓った……絶対に自分からは謝らない！

そう、タイプのような人間は簡単には謝らないのだ。

「飲めよ」

日曜日の夕方、衣類を入れた鞄を持ったターンがようやく帰ってきたが、タイプに声をかけるどころか顔を上げることもなかった。タイプはベッドから起き上がり、寮の冷蔵庫から飲み物を持ってきてテーブルの上に置いた。

「なんだよ」

「なんだと思うんだよ。ぶどうジュースにでも見えるか？」

どこからどう見てもサイダーだろ。

腕組みをしながら肩を竦めているターンをそのまま見ていると、彼は感情のこもっていない声で答えた。

「ありがとな。でも、いいや。喉渇いてないから」

それだけ言うと、ターンは部屋から出ていってしまった。わざわざ買ってきて冷蔵庫で冷やしておいたタイプは奥歯を噛み締めた。面目が潰れる音が聞こえたような気がする。気恥ずかしさを誤魔化すため、自分で飲もうと缶を開けた。

お前がまだそんな態度を取るっていうなら、俺はもう二度と絶対お前に謝らないからな‼　……いや、違う違う。サイダーは別に謝罪のためっていうわけじゃなかった。

次の日もタイプは自分にそう言い聞かせながら、サイダーの缶をルームメイトのベッドの上に置いた。自分のベッドの上であぐらをかきながら教科書を読んでいると、部屋に帰ってきたターンに声をかけられた。

「なんだよ、これ」

「知らない。お前のベッドだろ。俺のベッドじゃないんだから知るわけない」

タイプは面倒くさそうに答えた。それはまるで「お前のベッドの上に置かれたもののことを俺に聞いてどうするんだ」と言わんばかりの〝知らないふり〟だった。しかし彼が缶を手にするのを見て、安堵で思わず口から声が漏れてしまう。

「よし」

彼が缶の蓋を開けて飲みはじめたのでほっとしたのも束の間、飲み終わったターンは立ち上がって言い放った。

「今日は友達の部屋で寝るから」

なんだって！　俺がここまでしてやってるのに、まだ怒ってるのかよ！

奥歯を噛み締めるタイプをよそに、彼は何事もなかったかのようにそのまま部屋から出ていってしまった。煩わしさの元凶となる鬱陶しい奴が出ていったのは、今学期の中で最も良いニュースだと必死に思おうとしたが……何かが違う。

あいつが俺のことを空気みたいに扱うのが嫌なだけなんだ！

「あいつが糖尿病になりますように。炭酸ガスを詰めたこのサイダーでも飲んで、砂糖で血管を詰まらせて死んじゃいますように！」

さらに三日が経過したが、ターンとタイプの関係には一向に改善の兆しが見られなかった。唯一変わったことといえば、タイプが頻繁にコンビニに行き、緑と青の缶のサイダーを毎回買うようになったくらいだ。今日はいつもより多めに買い物カゴに三本の缶を入れ、さらに四本目を入れようとしている。つまり、この折衝——もちろんルームメイトに機嫌を直してもらうためのものだ——はまだ続くということだ。

あいつに謝る気なんて全然ないぞ。ただ、部屋の雰囲気が悪いのが嫌なだけだ。

タイプは自分にそう言い聞かせながらレジで会計を済ませ、これまでと同じように……彼のベッドの上に置いた。しかしそんな行動も虚しく、彼はタイプに告げた。

「何を考えているのか知らないけど、毎日サイダー買ってこなくていいから」

その眼差しは、先日の情事の時とはうってかわって落ち着き払ったものだった。タイプは彼の言葉に眉をひそめ、怒りがふつふつと湧いてくるのを感じていた。

「俺の方だよ、お前が何を考えているのか聞きたいのは。どうしたっていうんだよ。何かあるならはっきり言えよ‼」

気が短いタイプは立ち上がって声を荒げた。面倒くさいとでもいうように大きくため息をつくターンを見て、怒りの炎に油を注がれたタイプの険しい目がより一層光る。

「言うことは何もない」

「この野郎！」

タイプが奥歯を噛み締めながら不満げに言うと、ターンは振り返り、目を見ながら言い返した。

「この方が……お前にとっては好都合なんじゃないのか？」

「……」

一瞬で部屋は静寂に包まれた。彼らは必死に、お互いの本心を探ろうと険しい目で見つめ合うだけだ。タイプは拳を握りしめながら、違う、求めていたのはこれではないと感じていた。

しかし、何が違うのか……タイプ本人も分からなかった。

「今晩も友達の部屋で寝るから」

タイプは何も言えなかった。他の部屋で寝るという言葉に対してではなく、ターンの笑顔を見たからだ。それは心からの笑顔ではなく……営業スマイルだった。それはかつて、タイプがからかったことのある作り物の笑顔だった。

ターンはそれだけ言うと、玄関の方へ向かった。同時に、タイプは頭で考えるよりも先に身体が動いていた。大きな手で彼の肩を掴むと、もう片方の手で襟を掴み、顔を引き寄せる。

「‼」

二人の唇が重なり合った。

予想外の出来事に、悪霊にでも乗っ取られたのではないかと思ってしまうほどターンは身動き一つできずにいた。タイプは掴んだ襟をくしゃくしゃにすると、ゆっくりと唇を離した。


二人の視線がぶつかったその時……ターンの顔から笑みがこぼれた。

「タイプ……」

「キスしたいんだったらすればいいさ。言っておくが、お前に謝ってるわけじゃないぞ。そんなに笑うことじゃない！」

頬が火照っていることに意識を向けないよう必死に険しい声で言いながら、ターンのシャツをポンポンと叩いてベッドに横になる。

「どこか行くなら勝手にしろ」

しかし、部屋を出ていこうとしていたターンはベッドまで来るとタイプに覆い被さり、自分の頭を彼の肩に埋めて抱きしめた。いつもだったら蹴飛ばされていただろうが、耳元で囁く言葉が功を奏し、抱擁を受け入れてもらえたようだ。

「お前のこと諦めたいけど……それができないんだ」

ターンが欲しかったのは謝罪の言葉ではなく……

「まだ自分にもチャンスがある」という期待だったのかもしれない。

――To be continued

-ダリアシリーズユニ　既刊案内-

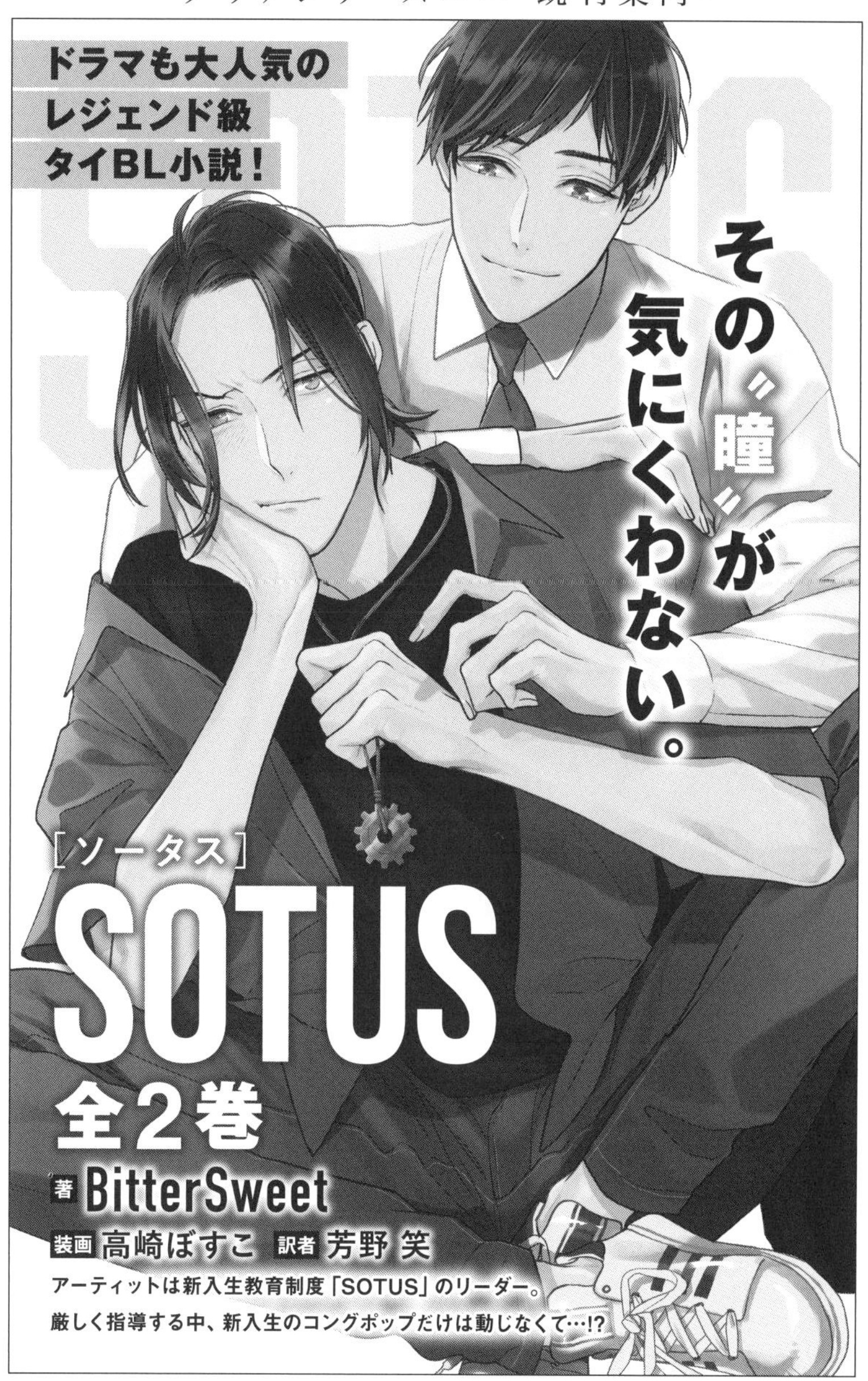

大好評発売中!!

「――オレは
お前のことを友達だなんて
思ったことない」
「2gether」のJittiRainが送る、
恋することの楽しさと苦しさを
繊細に描いた感動作！
Theory of Love
［セオリー・オブ・ラブ］
全2巻
著：JittiRain　装画：苑生　訳者：南 知沙
大学生のサードは、イケメンでプレイボーイなカイと親友同士。
しかしサードは出会った頃からずっと、カイに恋をしていて…!?

大好評発売中!!

-ダリアシリーズユニ　既刊案内-

大好評発売中!!

Daria Series uni

TharnType Story 1

2023年8月10日　第一刷発行

著　者 —— MAME

翻　訳 —— エヌ・エイ・アイ株式会社

発行者 —— 辻 政英

発行所 —— 株式会社フロンティアワークス
〒170-0013 東京都豊島区東池袋3-22-17
東池袋セントラルプレイス5F
[営業] TEL 03-5957-1030
http://www.fwinc.jp/daria/

印刷所 —— 中央精版印刷株式会社

装　丁 —— Hana.F